suhrkamp taschenbuch 2672

Die russische Literatur hatte schon früh viel zu bieten in der phantastischen Literatur: Nikolai Gogol und Fjodor Dostojewski sind nur zwei der
ganz großen Namen. Dagmar Kassek lenkt in dem vorliegenden Band die
Aufmerksamkeit besonders auf die 20er Jahre unseres Jahrhunderts, als
die Revolution noch nicht ganz beendet war und der Stalinismus schon
seine Schatten vorauswarf. *Autobiographie einer Leiche* versammelt Erzählungen bekannter Autoren wie Michail Bulgakow, Boris Pilnjak und
Andrej Platonow und in Deutschland noch zu entdeckender Autoren wie
Michail Kosyrew, Sigismund Krzyżanowski und Alexander Tschajanow.

Autobiographie einer Leiche

*Russische
phantastische Erzählungen*

Herausgegeben von
Dagmar Kassek

Phantastische Bibliothek
Band 341

Suhrkamp

Redaktion und Beratung: Franz Rottensteiner
Umschlagmotiv: Alexander Rodtschenko, Photomontage zu Majakowskis
Pro Eto, 1923

suhrkamp taschenbuch 2672
Erste Auflage 1997
© Suhrkamp Verlag Frankfurt am Main 1997
Quellennachweise am Schluß des Bandes
Suhrkamp Taschenbuch Verlag
Alle Rechte vorbehalten, insbesondere das
des öffentlichen Vortrags, der Übertragung
durch Rundfunk und Fernsehen
sowie der Übersetzung, auch einzelner Teile.
Druck: Nomos Verlagsgesellschaft, Baden-Baden
Printed in Germany
Umschlag nach Entwürfen von
Willy Fleckhaus und Rolf Staudt

1 2 3 4 5 6 – 02 01 00 99 98 97

Inhalt

Anhang

Valeri Brjussow

Im Spiegel

Aus dem Archiv eines Psychiaters

Ich liebe Spiegel, seit ich denken kann. Als Kind weinte und zitterte ich, wenn ich in ihre durchsichtig-wahrheitsgetreue Tiefe schaute. Mein Lieblingsspiel damals war es, durch die Räume und den Garten zu spazieren mit einem Spiegel in der Hand, in seinen Abgrund zu blicken und bei jedem Schritt dessen Rand zu überschreiten, wobei mir vor Entsetzen und Schwindel der Atem stockte. Schon als Mädchen stellte ich mein ganzes Zimmer voller Spiegel, große und kleine, getreue und ein wenig verzerrende, klare und etwas trübe. Ich gewöhnte mich daran, ganze Stunden und Tage in den sich überschneidenden Welten zuzubringen, die ineinander übergingen, ins Schwanken gerieten, entwichen und neu erstanden. Es wurde zu meiner einzigen Leidenschaft, meinen Körper diesen lautlosen Weiten anheimzugeben, Perspektiven ohne Echo, gesonderten Welten, die unsere kreuzen und unserem Bewußtsein zum Trotz zur selben Zeit und am selben Ort mit ihr existieren. Diese seitenverkehrte, durch die glatte Glasscheibe von uns getrennte und unserem Tastsinn unzugängliche Wirklichkeit reizte mich, lockte mich wie ein Abgrund, wie ein Geheimnis.

Mich zog auch die Erscheinung an, die jedesmal vor mir erstand, wenn ich mich dem Spiegel näherte, und mein Ich merkwürdig verdoppelte. Ich suchte zu erraten, was diese andere Frau von mir unterschied, wie es möglich sei, daß meine rechte Hand ihre linke war und daß alle Finger dieser Hand entgegengesetzt angeordnet waren, obwohl an dem einen doch mein Trauring steckte. Mein Denken trübte sich, wenn ich in dieses Rätsel einzudringen, es zu entwirren trachtete. In dieser Welt, wo man alles berühren konnte, wo Stimmen ertönten, lebte mein wirkliches Ich; in jener widergespiegelten Welt, die man nur betrachten konnte, existierte sie, das Spiegelbild. Sie war fast wie ich, und doch ganz und gar nicht ich; sie wiederholte alle meine Bewegungen, aber nicht eine davon entsprach den meinen vollständig. Jene andere wußte, was ich nicht erraten konnte, sie war im Besitz jenes Geheimnisses, das meinem Verstand für allezeit verschlossen war.

Doch ich bemerkte, daß jeder Spiegel seine eigene, besondere Welt besaß. Stellen Sie zwei Spiegel an die gleiche Stelle, einen hinter den anderen – und es entstehen zwei verschiedene Welten. Und in den verschiedenen Spiegeln tauchten verschiedene Erscheinungen vor mir auf, alle mir ähnlich, aber keine mit der anderen identisch. In meinem kleinen Handspiegel lebte ein naives Mädchen, mit klaren Augen, die mich an meine früheste Jugend erinnerten. Der runde Boudoirspiegel barg eine schamlose, ungezügelte, schöne und furchtlose Frau, die alle Wonnen der Liebe ausgekostet hatte. Aus dem viereckigen Schrankspiegel trat mir stets eine herbe, gebieterische, unnahbare Gestalt mit kaltem Blick entgegen. Ich kannte noch andere Doppelgängerinnen von mir – in meinem Trumeau, in dem dreiflügligen vergoldeten Frisierspiegel, in dem Wandspiegel mit Eichenrahmen, in dem Spiegelchen, das ich am Halse trug, und in meinen vielen, vielen anderen Spiegeln. Allen Geschöpfen, die sich in ihnen verbargen, gab ich einen Vorwand und die Möglichkeit, in Erscheinung zu treten. Gemäß den sonderbaren Bedingungen ihrer Welt mußten sie die Gestalt dessen annehmen, der sich vor das Spiegelglas stellte, doch in diesem geliehenen Äußeren bewahrten sie ihre eigenen Züge.

Es gab Spiegelwelten, die ich liebte, und andere, die ich haßte. In die einen mochte ich mich stundenlang begeben, mich in ihrer verführerischen Weite verlieren. Die anderen mied ich. Meine Doppelgängerinnen liebte ich insgeheim nicht alle. Ich wußte, daß sie mir alle feindlich gesinnt waren, allein deswegen, weil sie mein verhaßtes Äußeres annehmen mußten. Doch einige der Spiegelgestalten taten mir leid, ich verzieh ihnen ihren Haß und brachte ihnen beinahe Freundschaft entgegen. Andere verachtete ich; ich lachte über ihre ohnmächtige Wut, ärgerte sie mit meiner Unabhängigkeit und ließ sie meine Macht über sie qualvoll spüren. Es gab aber auch solche, die ich fürchtete, die zu stark waren und es wagten, ihrerseits über mich zu lachen und mir zu befehlen. Von den Spiegeln, in denen diese Frauen lebten, suchte ich mich eilends zu befreien, ich schaute nicht hinein, versteckte sie, gab sie weg oder zerbrach sie gar. Doch jedesmal, wenn ich einen Spiegel zerschlagen hatte, mußte ich tagelang weinen, weil ich mir bewußt wurde, daß ich eine eigene Welt zerstört hatte. Und die vorwurfsvollen Gesichter der vernichteten Welt schauten mich aus den Scherben tadelnd an.

Den Spiegel, der mir zum Verhängnis werden sollte, kaufte ich im Herbst, auf einer Versteigerung. Es war ein großer Trumeau, der sich in den Scharnieren hin und her bewegen ließ. Er verblüffte mich durch seine außerordentlich klare Widerspiegelung. Die Spiegel-Wirklichkeit veränderte sich bei der geringsten Neigung der Glasfläche, doch sie war selbständig und lebendig bis zum äußersten. Als ich mir diesen Trumeau auf der Auktion ansah, blickte mich die Frau, die mich darin verkörperte, hochmütig und herausfordernd an. Ich wollte nicht klein beigeben, ihr nicht zeigen, daß sie mich erschreckt hatte – so kaufte ich den Trumeau und ließ ihn in mein Boudoir stellen. Allein geblieben, trat ich sogleich vor den neuen Spiegel und starrte meiner Rivalin in die Augen. Doch sie tat das gleiche, und so standen wir einander gegenüber und durchbohrten uns, wie Schlangen, mit Blicken. Ich spiegelte mich in ihren Pupillen, sie in den meinen. Mein Herzschlag stockte, und mir wurde schwindlig von diesem durchdringenden Blick. Unter Aufbietung aller Willenskraft riß ich meine Augen schließlich von den fremden Augen los, stieß mit dem Fuß gegen den Spiegel, daß er ins Wanken geriet und die Erscheinung meiner Rivalin jämmerlich hin und her schwankte, und ging aus dem Zimmer.

Mit dieser Stunde begann unser Kampf. Am Abend nach unserem ersten Aufeinandertreffen wagte ich mich nicht in die Nähe des neuen Trumeaus, ich ging mit meinem Mann ins Theater, lachte übertrieben und gab mich heiter. Am nächsten Morgen, beim hellen Licht des Septembertages, ging ich mutig allein in mein Boudoir und setzte mich absichtlich direkt vor den Spiegel. Im selben Augenblick trat jene andere ebenfalls ein, ging mir entgegen, durchquerte das Zimmer und setzte sich ebenfalls mir gegenüber. Unsere Augen trafen sich. Ich las in den ihren Haß auf mich, sie in den meinen Haß auf sie. Ein neuer Zweikampf begann, ein Zweikampf der Augen, zweier unnachgiebiger Blicke, gebieterisch, drohend, hypnotisierend. Jede von uns versuchte, Macht über den Willen der Rivalin zu erlangen, ihren Widerstand zu brechen, sie ihren Wünschen zu unterwerfen. Für einen Außenstehenden wäre es schrecklich gewesen, die beiden reglos einander gegenübersitzenden Frauen zu sehen, die mit Blicken magisch aneinander gefesselt und vor psychischer Anspannung beinahe bewußtlos waren... Plötzlich wurde ich gerufen. Der Zauber schwand. Ich erhob mich und ging aus dem Zimmer.

Dieser Zweikampf wiederholte sich jetzt Tag für Tag. Ich begriff, daß diese Abenteurerin absichtlich in mein Heim eingedrungen war, um mich zu vernichten und meinen Platz in unserer Welt einzunehmen. Mich dem Kampf mit ihr zu entziehen, fehlte mir jedoch die Kraft. Diese Rivalität hatte ihren geheimen wollüstigen Reiz. Allein die Möglichkeit einer Niederlage verlockte ungemein. Manchmal zwang ich mich, tagelang nicht vor den Trumeau zu treten, lenkte mich ab, zerstreute mich – doch in tiefster Seele war stets der Gedanke an die Rivalin gegenwärtig, die geduldig und selbstsicher wartete, daß ich zu ihr zurückkehrte. Und ich kehrte zurück, sie trat vor mich hin, triumphierender denn je, durchbohrte mich mit siegesbewußtem Blick und fesselte mich an den Platz ihr gegenüber. Mein Herz stockte, und mit ohnmächtiger Wut fühlte ich mich in der Gewalt dieses Blicks. Manchmal, in der Freiheit, kam mir der Gedanke, aus meinem Heim zu fliehen, in eine andere Stadt zu fahren, mich vor meiner Gegnerin zu verstecken, doch sofort wurde mir klar, daß dies für mich unmöglich war, daß ich, der faszinierenden Kraft des feindlichen Blicks gehorchend, ja doch hierher zurückkehren würde, in dieses Zimmer, vor meinen Spiegel. Manchmal wollte ich auf das Glas einschlagen, es zertrümmern, diese mir unbekannte, aber bedrohliche Welt vernichten – und in rasendem Zorn war ich sogar mit einem schweren Gegenstand bewaffnet auf den Spiegel zugestürzt, doch das verächtliche Lächeln meiner Rivalin hielt mich zurück. Ein Sieg um solch einen Preis hätte das Eingeständnis ihrer Überlegenheit und meiner Niederlage bedeutet. So ging der Kampf weiter und weiter, bis eine von uns siegen würde.

Bald merkte ich jedoch, daß meine Rivalin stärker war als ich. Bei jeder neuen Begegnung hatte sich mehr Macht über mich in ihrem Blick angesammelt. Allmählich brachte ich es nicht mehr fertig, nicht wenigstens ein einziges Mal am Tag vor meinen Spiegel zu treten. *Sie* befahl mir, täglich mehrere Stunden ihr gegenüber zuzubringen. *Sie* beherrschte meinen Willen wie ein Magnetiseur den Willen einer Somnambulen. *Sie* bestimmte über mein Leben wie eine Herrin über das Leben der Sklavin. Ich tat, was sie verlangte, führte wie ein Automat ihre stummen Befehle aus. Ich wußte, sie führte mich wohlüberlegt, behutsam, aber unausweichlich ins Verderben, doch ich wehrte mich nicht mehr. Ich erriet ihren geheimen Plan: mich in die Welt des Spiegels zu stürzen, um selbst aus ihr in unsere Welt herauszutreten – aber ich hatte nicht die Kraft, sie daran zu hindern. Mein Mann und meine Verwandten hielten mich für geistesgestört, weil ich ganze Stunden, Tage und Nächte vor dem Spiegel zubrachte, und wollten mich heilen. Ich aber wagte nicht, ihnen die Wahrheit preiszugeben, es war mir verboten, ihnen das ganze schreckliche Geheimnis zu enthüllen, das Entsetzliche, auf das ich mich zubewegte.

Ein Dezembertag, vor den Feiertagen, wurde mir zum Verhängnis. Ich erinnere mich an alles ganz klar und deutlich, bis in alle Einzelheiten; nichts ist in meinem Gedächtnis durcheinandergeraten. Wie gewöhnlich betrat ich mein Boudoir sehr früh, im ersten winterlichen Morgendämmer. Ich schob den weichen Sessel ohne Rückenlehne vor den Spiegel, setzte mich und gab mich *ihr* anheim. Ohne Zögern erschien sie auf meinen Ruf hin, schob ebenfalls den Sessel heran, setzte sich ebenfalls und blickte mich an. Dunkle Ahnungen peinigten meine Seele, doch ich vermochte mein Gesicht nicht abzuwenden und mußte den dreisten Blick meiner Rivalin in mich eindringen lassen. Die Stunden vergingen, die Schatten senkten sich herab. Keine von uns beiden zündete Licht an. Die Spiegelscheibe schimmerte schwach in der Dunkelheit. Die Gestalt war kaum mehr zu sehen, aber die selbstsicheren Augen blickten mit unveränderter Kraft. Ich empfand nicht Wut oder Entsetzen wie sonst, nur unstillbare Trauer und das bittere Bewußtsein, daß ich mich in der Macht der anderen befand. Die Zeit schwand dahin, und ich entschwand mit ihr in die Unendlichkeit, in den schwarzen Abgrund von Ohnmacht und Willenlosigkeit.

Plötzlich stand sie, das Spiegelbild, vom Sessel auf. Ich erbebte vor Kränkung. Doch etwas Unbesiegbares, ein äußerer Zwang, veranlaßte mich, ebenfalls aufzustehen. Die Frau im Spiegel trat einen Schritt vor. Ich ebenfalls. Die Frau im Spiegel streckte die Hände aus. Ich ebenfalls. Mir mit hypnotisierendem und befehlendem Blick direkt in die Augen sehend, bewegte sie sich unverwandt vorwärts, und ich ging ihr entgegen. Und seltsam: so entsetzlich meine Lage war und so sehr ich meine Rivalin haßte — irgendwo tief in meiner Seele flackerte ein merkwürdiger Trost, glühte eine heimliche Freude: endlich würde ich diese geheimnisvolle Welt betreten, in die ich seit meiner Kindheit einzudringen suchte, die mir aber bis heute verschlossen war. Sekundenlang wußte ich fast nicht, wer wen zu sich zog: sie mich oder ich sie, trachtete sie nach meinem Platz, oder hatte ich den ganzen Kampf nur ersonnen, um ihren Platz einzunehmen?

Doch als ich im Vorwärtsgehen mit meinen Händen an der Spiegelscheibe die ihren berührte, erstarrte ich vor Abscheu. *Sie* aber nahm mich gebieterisch bei der Hand und zog mich gewaltsam zu sich. Meine Hände tauchten in den Spiegel wie in glühendes Eiswasser. Die Kälte des Glases drang mit so entsetzlichem Schmerz in mich ein, als würden sämtliche Zellen meines Körpers durcheinandergeschüttelt. Im nächsten Augenblick berührte mein Gesicht das meiner Rivalin, sah ich ihre Augen unmittelbar vor den meinen, verschmolzen unsere Lippen in einem ungeheuerlichen Kuß. Alles versank in einer unvergleichlich qualvollen Pein – und als ich aus der Ohnmacht erwachte, sah ich mein Boudoir vor mir, aber ich blickte bereits *aus* dem Spiegel darauf. Meine Rivalin stand vor mir und lachte. Und ich, vor Schmerz und Demütigung vergehend, mußte – o grausames Spiel! – ebenfalls lachen, mußte alle ihre Grimassen wiederholen und dabei triumphierend fröhlich lachen. Noch hatte ich meine Lage kaum begriffen, da wandte sich meine Rivalin um, ging zur Tür, verschwand aus meinen Augen, und ich fiel in einen Zustand der Erstarrung, des Nichtseins.

Nun begann mein Spiegel-Dasein. Ein seltsames, halbbewußtes Leben, nicht ohne heimlichen Reiz. Es gab viele solcher dumpfen, dahindämmernden Seelen in diesem Spiegel. Wir konnten nicht miteinander sprechen, doch wir fühlten uns einander nahe, liebten uns. Wir sahen nicht, hörten nur verschwommen, und da wir nicht atmen konnten, glich unser Zustand völliger Erschöpfung. Nur wenn ein Wesen aus der Menschenwelt vor den Spiegel trat, konnten wir, in seine Gestalt schlüpfend, in diese Welt blicken, Stimmen unterscheiden, aus voller Brust atmen. Ich glaube, so muß das Leben der Toten sein – ein unklares Bewußtsein seines eigenen Ichs, eine vage Erinnerung an die Vergangenheit und das quälende Verlangen, wenigstens für einen Augenblick wieder Gestalt anzunehmen, zu sehen, zu hören, zu sprechen... Und jeder von uns hegte und pflegte den sehnsüchtigen Traum, sich zu befreien, einen neuen Körper zu finden, in die Welt der Unwandelbarkeit und Beständigkeit zu entfliehen.

Die ersten Tage fühlte ich mich todunglücklich in meiner neuen Lage. Ich wußte nichts und konnte nichts. Gehorsam und gedankenlos nahm ich die Gestalt meiner Rivalin an, wenn sie sich dem Spiegel näherte und sich über mich lustig machte. Und sie tat das recht häufig. Es bereitete ihr großen Genuß, mit ihrer Lebendigkeit und Realität vor mir zu prahlen. Sie setzte sich, und auch ich mußte Platz nehmen, sie stand auf und frohlockte, weil auch ich aufstand, sie schwenkte die Arme, tanzte, zwang mich, ihre Bewegungen mitzumachen, und lachte, lachte, damit auch ich lachte. Sie schrie mir verletzende Worte ins Gesicht, und ich konnte ihr nichts entgegnen. Sie drohte mir mit der Faust und verspottete mich, weil ich die Geste pflichtschuldig nachahmte. Plötzlich versetzte sie dem Spiegel einen Stoß, daß er sich um die eigene Achse drehte, und schleuderte mich in den Zustand des Nichtseins zurück.

Doch die Beleidigungen und Demütigungen riefen allmählich mein Bewußtsein wach. Ich begriff, daß meine Rivalin jetzt mein Leben lebte, meine Kleider trug, als Ehefrau meines Mannes galt, meinen Platz in der Gesellschaft einnahm. Haß und Rachsucht wuchsen in meiner Seele wie zwei flammende Blumen. Ich verwünschte bitterlich, daß ich mich aus Schwäche oder aus verbrecherischer Neugier hatte besiegen lassen. Ich gelangte zu der Gewißheit, daß diese Abenteurerin niemals über mich hätte triumphieren können, wenn ich ihr bei ihren Intrigen nicht geholfen hätte. Und nun, da ich mich den Bedingungen meines neuen Daseins einigermaßen angepaßt hatte, beschloß ich, gegen sie ebenso zu kämpfen, wie sie es mit mir getan hatte. Wenn sie, ein Schatten, den Platz einer leibhaftigen Frau hatte einnehmen können, sollte dann ich, ein Mensch, der nur zeitweilig zum Schatten geworden, nicht stärker sein als die Spiegel-Erscheinung?

Ich holte sehr weit aus. Zunächst tat ich, als quälte mich der Spott meiner Rivalin immer unerträglicher. Absichtlich ließ ich sie alle Wonnen des Sieges auskosten. Ich schürte in ihr die geheimen Henkerinstinkte, indem ich mich als verschmachtendes Opfer stellte. Sie fiel auf diesen Köder herein. Sie fand Gefallen an diesem Spiel mit mir und verschwendete ihre Phantasie darauf, immer neue Foltern für mich zu ersinnen. Tausende Listen erfand sie, um mir immer und immer wieder zu zeigen, daß ich nur ein Spiegelbild war und kein eigenständiges Leben besaß. Bald spielte sie mir Klavier vor und marterte mich durch die Lautlosigkeit meiner Welt. Dann wieder saß sie vor dem Spiegel, trank in kleinen Schlucken meine Lieblingsliköre und zwang mich, so zu tun, als trinke ich ebenfalls. Und schließlich holte sie Männer, die ich haßte, in mein Boudoir und ließ sie vor meinen Augen ihren Körper küssen, wobei sie annahmen, sie küßten mich. Wieder allein

mit mir, lachte sie hämisch und triumphierend. Doch dieses Gelächter verletzte mich nicht mehr, seine bittere Spitze wurde ver-
süßt durch meine bevorstehende Rache.

In den Stunden, während sie mich verhöhnte, veranlaßte ich
meine Rivalin unmerklich, mir in die Augen zu sehen, und gewann allmählich Gewalt über ihren Blick. Bald schon konnte ich
sie mit meinem Willen zwingen, die Lider zu heben oder zu senken, das Gesicht hierhin oder dorthin zu bewegen. Nun begann
ich zu triumphieren, obwohl ich dieses Gefühl unter der Maske
des Leids verbarg. Meine seelische Kraft wuchs, und ich wagte
meiner Widersacherin zu befehlen: Heute machst du dies und
fährst dorthin, morgen kommst du dann und dann zu mir. Und
sie führte die Befehle aus! Ich umgarnte ihre Seele mit dem Netz
meiner Wünsche, knüpfte einen festen Faden, an dem ich ihren
Willen dirigierte, und frohlockte insgeheim über meine Erfolge.
Als sie eines Tages während ihres Schmähgelächters plötzlich ein
siegessicheres Lächeln auf meinen Lippen auffing, war es bereits
zu spät. Nun lief *sie* wutentbrannt aus dem Zimmer, doch während ich wieder in den Schlaf meines Nichtseins sank, wußte ich,
sie würde zurückkehren, wußte ich, sie würde sich mir unterwerfen! Und die Siegesfreude schwebte über meiner willenlosen Ohnmacht, sie durchschnitt wie ein fächerförmiger Regenbogen das
Dunkel meines vermeintlichen Todes.

Und sie kehrte zurück! Sie kam zu mir voll Zorn und Furcht,
schrie mich an, drohte mir. Ich aber gab ihr Befehle. Und sie mußte
gehorchen. Ein Katz-und-Maus-Spiel begann. Wann immer ich
wollte, konnte nun ich sie zurück in die Spiegeltiefe stürzen und
selbst in die mit Lauten erfüllte, feste Wirklichkeit hinaustreten.
Sie wußte, daß dies in meinem Willen lag, und dieses Bewußtsein
quälte sie doppelt. Doch ich zögerte. Es bereitete mir Genuß, zeitweilig ins Nichtsein zu sinken. Allein die Möglichkeit berauschte
mich. Schließlich (und das ist merkwürdig, nicht wahr?) bekam
ich plötzlich Mitleid mit meiner Rivalin, meiner Widersacherin,
meinem Henker. Immerhin war in ihr etwas von mir, und ich fand
es entsetzlich, sie aus der Lebenswirklichkeit herauszureißen und
in eine Spiegel-Erscheinung zu verwandeln. Ich schwankte und
brachte es nicht über mich, schob es Tag um Tag hinaus, ich wußte
selbst nicht, was ich wollte und was ich fürchtete.

An einem hellen Frühlingstag kamen plötzlich Männer mit
Brettern und Beilen in mein Boudoir. Ich lag leblos, in wollüstiger

Entrücktheit, doch obwohl ich sie nicht sah, wußte ich, sie waren da. Die Männer begannen an dem Spiegel, der meine Welt war, herumzuklopfen. Und die Seelen, die sie mit mir zusammen bevölkerten, wurden eine nach der anderen wach und nahmen ihre Schattengestalt in Form von Spiegelbildern an. Eine entsetzliche Unruhe bemächtigte sich meiner schlummernden Seele. Im Vorgefühl eines grauenvollen, nicht wiedergutzumachenden Unheils nahm ich all meine Willenskraft zusammen. Welcher Anstrengung bedurfte es, gegen die Mattigkeit des Halbentrücktseins anzukämpfen! So kämpfen lebendige Menschen manchmal gegen Alpträume an, um sich aus deren würgenden Fesseln loszureißen und in die Wirklichkeit zurückzukehren.

Ich konzentrierte meine ganze Suggestionskraft darauf, meiner Rivalin zuzurufen: »Komm hierher!« Ich hypnotisierte und magnetisierte sie unter letzter Aufbietung meines halb schlummernden Willens. Es war keine Zeit zu verlieren. Der Spiegel schwankte bereits. Schon wollten sie ihn in den vorbereiteten Brettersarg legen, um ihn wer weiß wohin zu schaffen. In einer Aufwallung von Todesangst rief ich immer wieder: »Komm!« Und plötzlich spürte ich, wie ich zum Leben erwachte. *Sie*, meine Widersacherin, öffnete die Tür und kam auf meinen Ruf hin bleich und halbtot auf mich zu, widerstrebend, wie zur Hinrichtung. Ich bannte ihre Augen in die meinen, fesselte ihren Blick an den meinen und wußte: Der Sieg war mein.

Augenblicklich ließ ich sie die Männer aus dem Zimmer schikken. *Sie* gehorchte ohne jeden Widerspruch. Wieder waren wir beide allein. Ich durfte nicht länger zögern. Auch konnte ich ihr die Intrigen nicht nachsehen. Gnadenlos befahl ich ihr, zu mir zu kommen. Ihre Lippen öffneten sich in qualvollem Stöhnen, die Augen wurden weit, als erblickten sie ein Gespenst, sie kam, schwankend und fallend – aber sie kam. Auch ich ging ihr entgegen, mit triumphverzerrten Lippen und freudegeweiteten Augen, taumelnd vor trunkenem Glück. Wieder berührten sich unsere Hände, wieder näherten sich unsere Lippen, versanken wir ineinander, und in unaussprechlichem Schmerz verbrennend, verwandelte sich die eine wieder zurück in die andere. Eine Sekunde später war ich bereits *vor* dem Spiegel, ich atmete in vollen Zügen, stieß einen lauten und sieghaften Schrei aus und fiel vor dem Trumeau erschöpft zu Boden.

Sie kamen gelaufen, mein Mann und ein paar Leute. Ich

konnte gerade noch sagen, daß man, wie ich schon vorhin befohlen hatte, den Spiegel aus dem Haus schaffen sollte, für immer. Dann schwanden mir die Sinne.

Man legte mich ins Bett. Rief einen Arzt. Nach allem, was ich durchgemacht hatte, bekam ich Nervenfieber. Meine Angehörigen hatten mich schon lange für krank und anormal gehalten. In meiner ersten Glücksaufwallung war ich so unvorsichtig und erzählte ihnen alles, was mit mir geschehen war. Man brachte mich in eine psychiatrische Klinik, wo ich mich bis heute aufhalte. Mein ganzes Wesen, das gebe ich zu, ist noch zutiefst erschüttert. Aber ich darf nicht lange hier bleiben. Ich habe noch eine Aufgabe, noch eine Sache, die ich unbedingt bald erledigen muß.

Ich zweifle nicht an meinem Sieg, nein und nochmals nein! Ich weiß, daß ich *ich* bin. Aber wenn ich an jene andere denke, die in meinem Spiegel eingeschlossen ist, befällt mich eine seltsame Unsicherheit: Was, wenn mein wirkliches Ich dort ist? Dann wäre ich selbst, ich, die das denkt, ich, die das schreibt, ein Schatten, eine Erscheinung, ein Spiegelbild. In mich wären nur die Erinnerungen, Gedanken und Gefühle jener anderen, meines wirklichen Ichs, übergegangen. In Wirklichkeit aber befände ich mich in der Spiegeltiefe, im Nichtsein, würde mich verzehren, dahinsiechen, vergehen. Ich weiß es, weiß es fast bestimmt, daß das nicht wahr ist. Aber um auch das letzte Wölkchen des Zweifels zu zerstreuen, muß ich erneut, noch einmal, ein letztes Mal den Spiegel sehen. Ich muß noch einmal hineinschauen, um mich zu überzeugen, daß jene dort eine Usurpatorin ist, meine Feindin, die einige Monate lang meine Rolle gespielt hat. Sowie ich das gesehen habe, wird meine Sinnenverwirrung weichen, und ich werde wieder sorglos, heiter und glücklich sein. Wo ist der Spiegel, wo finde ich ihn? Ich muß, ich muß noch einmal in seine Tiefe blicken!

1903

Fjodor Sologub

Der kleine Mensch

I

Jakow Alexejewitsch Saranin war knapp mittelgroß, seine Frau
Aglaja Nikiforowna, eine Kaufmannstochter, hingegen groß und
dick. Schon jetzt, im ersten Jahr der Ehe, hatte die zwanzigjährige
Frau so zugenommen, daß ihr kleiner, hagerer Mann neben ihr
wie ein Zwerg wirkte.

Und wenn sie noch korpulenter wird? dachte Jakow Alexejewitsch.

Das dachte er, obwohl er aus Liebe geheiratet hatte, aus Liebe
zu ihr und der Mitgift.

Der Größenunterschied zwischen den Eheleuten veranlaßte
ihre Bekannten nicht selten zu spöttischen Bemerkungen. Solche
leichtsinnigen Scherze vergällten Saranins Ruhe, Aglaja brachten
sie zum Lachen.

Einmal, nach einem Abendessen bei Arbeitskollegen, wo er
sich nicht wenige Sticheleien hatte anhören müssen, kam Saranin
ganz verstimmt nach Hause.

Als er neben Aglaja im Bett lag, murrte er und nörgelte an ihr
herum. Aglaja entgegnete träge, unwillig und schläfrig: »Was soll
ich machen? Ich kann nichts dafür.«

Sie war ein sehr ruhiger, friedfertiger Mensch.

Saranin knurrte: »Iß nicht so viel Fleisch, nasch nicht so viele
Mehlspeisen. Den ganzen Tag stopfst du Bonbons in dich hinein.«

»Ich kann doch nicht gar nichts essen, wenn ich solchen Appetit habe«, erwiderte Aglaja. »Vor der Ehe war mein Appetit noch
besser.«

»Das kann ich mir vorstellen! Du hast wohl einen ganzen Ochsen auf einmal verspeist?«

»Einen Ochsen kann man nicht auf einmal aufessen«, widersprach Aglaja gelassen.

Sie schlief bald ein, Saranin aber fand in dieser seltsamen
Herbstnacht keinen Schlaf.

Lange drehte er sich im Bett hin und her.

Findet ein Russe keinen Schlaf, so grübelt er. Auch Saranin widmete sich dieser Beschäftigung, die sonst so gar nicht seine Sache war. Er war Beamter – da hatte er nicht viel zu denken, und viel Sinn hätte das Denken auch nicht gehabt.

Es muß doch irgendein Mittel dagegen geben, überlegte Saranin. Die Wissenschaft bringt tagaus, tagein wunderbare Entdeckungen; in Amerika fabriziert man den Leuten Nasen von beliebiger Form, läßt ihnen eine neue Gesichtshaut wachsen. Und all die Operationen – Schädeldächer werden durchbohrt, Därme und Herzen aufgeschnitten und wieder zugenäht. Sollte es kein Mittel dafür geben, daß Aglaja abnimmt? Irgendein geheimes Mittel? Doch wie kann ich es finden? Wie? Ja, wenn ich im Bett liege, werde ich es nicht entdecken. Unter einen liegenden Stein rinnt kein Wasser. Ich muß mich auf die Suche machen... Ein geheimes Mittel! Womöglich läuft der Erfinder auf der Straße herum und sucht einen Käufer. Was denn sonst? Er kann so etwas doch nicht in der Zeitung annoncieren... Auf der Straße aber kann man sonstwas unter der Hand verkaufen, das ist sehr gut möglich. Er geht und preist es heimlich an. Wer ein geheimes Mittel braucht, wird sich nicht im Bett herumwälzen.

Nach diesen Überlegungen zog sich Saranin geschwind an, wobei er vor sich hin murmelte: »Um zwölf Uhr nachts...«

Daß seine Frau wach werden könnte, befürchtete er nicht. Er wußte, Aglaja hatte einen tiefen Schlaf. »Wie die Kaufleute«, sagte er laut; bei sich dachte er: Wie die Bauern.

Saranin kleidete sich an und trat auf die Straße. Der Schlaf war ihm völlig vergangen. Er fühlte sich beschwingt wie ein Abenteuersucher, dem ein neues, aufregendes Ereignis bevorsteht.

Ein friedlicher Beamter, der still und farblos drei Jahrzehnte hinter sich gebracht hatte, fühlte er plötzlich die Seele eines unternehmungslustigen, freien Jägers der wilden Wüsten in sich, eines Helden von Cooper oder Reid.

Doch nach einigen Schritten, auf dem gewohnten Weg zum Departement, blieb er stehen und überlegte. Wohin sollte er gehen? Alles war still und ruhig, so ruhig, daß die Straße wie der Korridor eines riesigen Gebäudes erschien – gewöhnlich, sicher, von allem Äußeren und Unverhofften abgeschirmt. An den Toren dösten Hausknechte. Auf der Kreuzung war ein Polizist zu sehen. Die Straßenlaternen brannten. Die Bürgersteigplatten und die Pflastersteine schimmerten feucht, weil es vor kurzem geregnet hatte.

Saranin dachte eine Weile nach. In stiller Unschlüssigkeit ging er geradeaus und bog nach rechts ab.

2

An einer Kreuzung sah er im Laternenlicht einen Menschen näherkommen, und in freudiger Vorahnung krampfte sich sein Herz zusammen.

Es war eine seltsame Gestalt.

Bunter orientalischer Mantel mit breitem Gürtel. Hohe, spitze, schwarzgemusterte Mütze. Langer, schmaler, mit Safran gefärbter Kinnbart. Blitzende weiße Zähne. Glühende schwarze Augen. An den Füßen Pantoffeln.

Ein Armenier! dachte Saranin aus unerfindlichem Grund.

Der Armenier trat auf ihn zu und sagte: »Was suchst du denn mitten in der Nacht, mein Bester? Geh lieber schlafen, oder besuche Damen. Soll ich dich zu schönen Frauen führen?«

»Nein, ich habe an meiner genug«, sagte Saranin. Und vertrauensvoll klagte er dem Armenier sein Leid.

Der Armenier bleckte die Zähne und lachte wiehernd.

»Eine große Frau, ein kleiner Mann – zum Küssen muß er eine Leiter anstellen. Gut ist das nicht!«

»Was ist schon gut auf der Welt!«

»Folge mir! Einem guten Menschen helfe ich.«

Lange gingen sie durch die stillen, korridorähnlichen Straßen, der Armenier voran, Saranin hinterdrein.

Von Laterne zu Laterne vollzog der Armenier eine seltsame Verwandlung. Er wuchs in der Dunkelheit, und je weiter er sich von der Laterne entfernte, desto größer wurde er. Manchmal schien die Spitze seiner Mütze höher als die Häuser in den wolkigen Himmel zu ragen. Näherte er sich dem Licht, so wurde er kleiner, an der Laterne nahm er wieder die vormalige Größe an und sah aus wie ein einfacher, gewöhnlicher Straßenhändler. Merkwürdigerweise war Saranin über diese Erscheinung nicht verwundert. Er war so vertrauensselig, daß ihm die tollsten Wunder aus den arabischen Märchen als normal erschienen wären, wie langweilige Erlebnisse von grauer Alltäglichkeit.

Am Torweg eines ganz gewöhnlichen vierstöckigen gelben Gebäudes blieben sie stehen. Die Laterne am Tor ließ die stummen Zeichen erkennen. Saranin las: Nr. 41.

Sie gingen auf den Hof, betraten die Treppe des Hintergebäudes. Das Treppenhaus war halb dunkel. Doch die Tür, vor der der Armenier haltmachte, wurde von einem matten Lämpchen beleuchtet, und Saranin erkannte die Nummer: 43.

Der Armenier griff in die Tasche, zog ein Glöckchen hervor, solch eines, mit dem man in der Sommerfrische den Diener zu rufen pflegt, und läutete. Das klang silberhell.

Sofort öffnete sich die Tür. Hinter der Tür stand ein barfüßiger kleiner Junge, hübsch, brünett, mit leuchtendroten Lippen. Seine weißen Zähne blitzten – er lächelte halb freudig, halb spöttisch. Ja, es war, als lächelte er immer. Die Augen des niedlichen kleinen Burschen schimmerten grünlich. Er war geschmeidig wie eine Katze und schemenhaft wie ein Gespenst aus einem stummen Alptraum. Er blickte Saranin an und lächelte. Dem wurde es unheimlich.

Sie traten ein. Der Junge schloß die Tür, wobei er sich gelenkig und geschickt vorbeugte, dann schritt er ihnen voran durch den Korridor, in der Hand eine Laterne. Er öffnete eine Tür, wieder mit einer schemenhaften Bewegung und lachend.

Ein schreckliches finsteres, schmales Zimmer, an den Wänden Schränke voller Flaschen und kleiner Glasbehälter. Es roch sonderbar ätzend und fremdartig.

Der Armenier zündete eine Lampe an, öffnete einen Schrank und kramte eine Glasblase mit grünlicher Flüssigkeit hervor.

»Das sind gute Tropfen«, sagte er. »Einen Tropfen auf ein Glas Wasser, und sie schläft ruhig ein, wacht nie mehr auf.«

»Nein, so etwas will ich nicht«, versetzte Saranin ärgerlich. »Deswegen bin ich doch nicht hier!«

»Mein Lieber«, begütigte der Armenier, »du nimmst dir eine andere Frau, die zu deiner Größe paßt. Ganz einfach.«

»Nein!« schrie Saranin.

»Schrei doch nicht!« gebot der Armenier. »Warum wirst du gleich wütend, mein Bester, du regst dich unnötig auf. Wenn du die Tropfen nicht willst, brauchst du sie ja nicht zu nehmen. Ich gebe dir andere. Aber die sind teuer, oh, sehr teuer.«

Der Armenier hockte sich hin, so daß seine hochgewachsene Gestalt komisch aussah, und holte eine viereckige Flasche hervor. Darin schimmerte eine durchsichtige Flüssigkeit. Leise, geheimnistuerisch erklärte er: »Trinkt man einen Tropfen, so nimmt man ein Pfund ab. Jeder Tropfen – ein Pfund. Für jeden Tropfen zahlst du mir einen Rubel.«

Saranin war Feuer und Flamme.

Wieviel brauche ich? überlegte er. Zweihundert Pfund wiegt Aglaja bestimmt. Wenn sie hundertzwanzig abnimmt, ist sie eine zierliche kleine Frau. Das wäre fein.

»Gib mir hundertzwanzig Tropfen.«

Der Armenier schüttelte den Kopf. »Du willst zuviel, das geht nicht gut.«

Saranin brauste auf. »Ach was, das ist meine Sache!«

Der Armenier blickte ihn prüfend an. »Gib mir das Geld.«

Saranin zog seine Brieftasche. Ich nehme alles, was ich heute beim Kartenspielen gewonnen habe, und noch etwas dazu, dachte er.

Der Armenier holte unterdessen ein Kristallfläschchen hervor und füllte die Tropfen ein.

Plötzlich kamen Saranin Zweifel.

Hundertzwanzig Rubel sind keine Kleinigkeit. Und wenn der Armenier mich betrügt?

»Ist die Wirkung auch sicher?« fragte er unschlüssig.

»Ich kann die Tropfen bestens empfehlen«, sagte der Armenier. »Ich werde die Wirkung gleich vorführen. Gaspar!« rief er.

Der barfüßige kleine Junge trat ein. Er trug eine rote Jacke und eine kurze blaue Hose, die seine braunen Beinen oberhalb der Knie unbedeckt ließ. Sie sahen hübsch und schlank aus, bewegten sich rasch und gewandt.

Auf ein Zeichen des Armeniers legte Gaspar geschwind seine Kleidung ab und trat zum Tisch.

Trübes Kerzenlicht fiel auf seinen gelben, wohlgebauten, starken und schönen Körper. Auf das gehorsame, lasterhafte Lächeln. Auf die schwarzen Augen und die blauen Ringe darunter.

»Nimmt man die Tropfen pur, so wirken sie schlagartig. Mischt man sie in Wasser oder Wein, ist die Wirkung langsam, unmerklich. Wenn man sie jedoch nicht gut mischt, ist sie sprunghaft und unschön.«

Er nahm einen schmalen Becher mit Teilstrichen, goß etwas von der Flüssigkeit ein und reichte ihn Gaspar. Mit der Gebärde eines verwöhnten Kindes, dem man Süßigkeiten gibt, trank Gaspar den Becher aus, warf den Kopf in den Nacken und leckte die letzten süßen Tropfen mit seiner langen, spitzen Zunge auf, die wie ein Schlangenzünglein war, und sofort begann er, vor Saranins Augen kleiner zu werden. Er stand gerade, schaute Saranin lachend an und verwandelte sich, wie eine aufgeblasene Puppe, die zusammenfällt, wenn man die Luft herausläßt.

Der Armenier packte ihn am Arm und stellte ihn auf den Tisch. Der Junge war so groß wie eine Kerze. Er tanzte und schnitt Grimassen.

»Und was wird jetzt aus ihm?« fragte Saranin

»Mein Lieber, wir lassen ihn wieder wachsen«, antwortete der Armenier.

Er öffnete einen Schrank, nahm vom oberen Fach ein Gefäß von ebenfalls seltsamer Form. Es enthielt eine grüne Flüssigkeit. In ein Gläschen, so groß wie ein Fingerhut, goß er ein wenig Flüssigkeit und reichte es Gaspar.

Wieder trank Gaspar.

Langsam und stetig, wie das Wasser in der Badewanne steigt, wuchs und wuchs der nackte Knabe. Schließlich erreichte er seine vormalige Größe.

Der Armenier erklärte: »Man kann die Tropfen in Wein, Wasser, Milch oder einer anderen Flüssigkeit einnehmen, nur nicht in russischem Kwas – sonst sieht man sehr verschossen aus.«

3

Es vergingen einige Tage.

Saranin strahlte vor Freude. Und lächelte geheimnisvoll.

Er wartete auf eine Gelegenheit.

Sie stellte sich ein.

Aglaja klagte über Kopfschmerzen.

»Dagegen habe ich ein Mittel«, sagte Saranin. »Das hilft vorzüglich.«

»Dagegen hilft kein Mittel«, erwiderte Aglaja mit saurer Miene.

»Nein, dieses hilft. Ich habe es von einem Armenier gekauft.«

Er sagte es so überzeugt, daß Aglaja an die Wirksamkeit des von dem Armenier gekauften Mittels glaubte.

»Na gut, gib es mir.«

Er holte das Fläschchen.

»Schmeckt es scheußlich?« fragte Aglaja.

»Es schmeckt herrlich und hilft vortrefflich. Nur wirkt es ein wenig abführend.«

Aglaja verzog das Gesicht.

»Trink nur, trink.«

»Kann ich die Tropfen in Madeira einnehmen?«

»Natürlich.«

»Trink ein Gläschen mit mir«, sagte Aglaja launisch.

Saranin schenkte zwei Gläser Madeira ein, und in das Glas seiner Frau groß er die Mixtur.

»Mir ist ein bißchen kalt«, sagte Aglaja leise und träge. »Ich hätte gern mein Tuch.«

Saranin holte rasch ihr Umschlagtuch. Als er zurückkehrte, standen die Gläser wie zuvor da. Aglaja saß und lächelte.

Sie hüllte sich in ihr Tuch.

»Ich glaube, mir wird schon besser«, sagte sie. »Soll ich das trinken?«

»Trink nur, trink!« rief Saranin. »Auf dein Wohl.«

Er nahm sein Glas. Sie tranken.

Aglaja lachte.

»Was ist?« fragte Saranin.

»Ich habe die Gläser vertauscht. Soll es bei dir abführend wirken, aber nicht bei mir.«

Saranin schrak zusammen und erbleichte.

»Was hast du getan?!« rief er verzweifelt.

Aglaja lachte schallend. Ihr Lachen erschien Saranin widerwärtig und grausam.

Plötzlich fiel ihm ein, daß der Armenier ein Gegenmittel besaß. Saranin machte sich auf den Weg zu dem Armenier.

Das wird mich teuer zu stehen kommen! dachte er besorgt. Ach was, soll er all mein Geld nehmen, Hauptsache, er rettet mich vor der entsetzlichen Wirkung dieser Mixtur.

4

Doch anscheinend sollte das Verhängnis über Saranin hereinbrechen.

Die Wohnungstür des Armeniers war verschlossen. Verzweifelt griff Saranin zur Klingel. Wilde Hoffnung beseelte ihn. Er läutete Sturm.

Die Klingel hinter der Tür tönte laut und vernehmlich, schallte mit jener unerbittlichen Klarheit, wie sie nur in einer leeren Wohnung möglich ist.

Saranin lief zum Hausmeister. Er war bleich. Kleine Schweißperlen, winzig wie Tautropfen auf einem kalten Stein, traten auf sein Gesicht, vor allem auf die Nase.

Er stürzte in die Hausknechtstube und rief: »Wo ist der Armenier?«

Ein apathischer schwarzbärtiger Mann, der Hausmeister, schlürfte Tee von einer Untertasse. Er blickte Saranin von der Seite an, fragte unerschütterlich: »Was wollen Sie von ihm?«

Fassungslos starrte Saranin ihn an, wußte nicht, was er sagen sollte.

»Wenn Sie mit dem zu schaffen haben«, sagte der Hausmeister und musterte Saranin argwöhnisch, »dann gehen Sie lieber fort, mein Herr. Er ist Armenier – bestimmt kriegen Sie es mit der Polizei zu tun.«

»Wo steckt denn der verfluchte Armenier«, rief Saranin verzweifelt. »Der aus der Nummer dreiundvierzig.«

»Der Armenier ist nicht hier«, antwortete der Hausmeister. »Er war hier, das stimmt, ich will es nicht verheimlichen. Aber jetzt ist er nicht mehr hier.«

»Wo steckt er denn?«

»Er ist weggefahren.«

»Wohin?« schrie Saranin.

»Wer weiß«, erwiderte der Hausmeister gleichgültig. »Er hat sich einen Reisepaß ausstellen lassen und ist ins Ausland gefahren.«

Saranin erbleichte.

»Versteh doch«, sagte er mit zitternder Stimme, »es ist bitter nötig.«

Er brach in Tränen aus.

Teilnahmsvoll sah der Hausmeister ihn an, sagte: »Machen Sie sich nichts daraus, gnädiger Herr. Wenn Sie den verfluchten Armenier unbedingt brauchen, fahren Sie doch auch ins Ausland. Dort gehen Sie in ein Adreßbüro, und dann finden Sie ihn.«

Saranin wurde gar nicht bewußt, wie absurd dieser Vorschlag war. Er freute sich.

Sogleich lief er nach Hause, stürmte wie ein Wirbelwind zum Hausmeister, wollte sich einen Reisepaß ausstellen lassen. Doch plötzlich fiel ihm ein: Wohin soll ich denn fahren?

Die verfluchte Mixtur übte ihre böse Wirkung mit schicksalhafter Langsamkeit, aber unaufhaltsam aus. Saranin wurde von Tag zu Tag kleiner. Die Kleidung hing wie ein Sack an ihm.

Seine Bekannten wunderten sich, fragten: »Sind Sie etwas kleiner geworden? Tragen Sie keine Schuhe mit Absätzen mehr?« – »Mager sind Sie auch geworden.« – »Sie arbeiten zuviel.« – »Sie wollen wohl ganz von Kräften kommen?«

Schließlich jammerten die Bekannten, wenn sie ihn trafen: »Was haben Sie denn bloß?«

Hinter seinem Rücken spotteten sie über ihn. »Er wächst in den Boden.« – »Er strebt dem Minimum zu.«

Seiner Frau fiel es erst ein wenig später auf. Sie sah ihn ständig, und daß er allmählich kleiner wurde, merkte sie nur an der Kleidung, die wie ein Sack an ihm hing. Anfangs lachte sie über die sonderbare Verkleinerung ihres Mannes. Dann ärgerte sie sich.

»Komisch! Und richtig ungehörig!« meinte sie. »Als ob ich einen Liliputaner geheiratet hätte.«

Bald mußte sie seine gesamte Kleidung umändern – die Sachen fielen ihm vom Leib, die Hosen reichten bis zu den Ohren, der Zylinder rutschte auf die Schultern.

Eines Tages kam der Hausmeister in ihre Küche.

»Was ist denn bei Ihnen los?« fragte er die Köchin streng.

»Mich geht das nichts an!« wollte die dicke, rotgesichtige Matrjona aufbrausen, doch sie besann sich sofort und sagte: »Gar nichts ist bei uns los. Alles ist wie gewöhnlich.«

»Aber was sich Ihr gnädiger Herr für Sachen leistet, das geht doch nicht. Eigentlich müßte man ihn zur Polizei bringen«, sagte er sehr streng.

Die Uhrkette auf seinem Bauch schaukelte zornig.

Matrjona ließ sich plötzlich auf die Truhe sinken und begann zu weinen.

»Sagen Sie bloß nichts, Sidor Pawlowitsch«, versetzte sie, »die gnädige Frau und ich, wir wundern uns auch und können nicht fassen, was mit ihm los ist.«

»Wie kommt das? Aus welchem Grund?« rief der Hausmeister zornig. »Wie ist so etwas möglich?«

»Das einzig Erfreuliche ist«, sagte die Köchin schluchzend, »er verlangt weniger Essen.«

Saranin aß immer weniger.

Das Dienstmädchen, die Schneider, alle, mit denen Saranin zu tun hatte, begegneten ihm mit unverhohlener Verachtung. Wenn er zum Dienst eilte und, so klein er war, die riesige Aktentasche mühsam mit beiden Händen schleppte, hörte er hinter sich das hämische Gelächter des Pförtners, des Hausmeisters, der Kutscher und der Straßenjungen.

»Ein Herrchen«, sagte der Hausmeister.

Saranin empfand viel Bitterkeit. Er verlor seinen Trauring. Seine Frau machte ihm eine Szene. Sie schrieb den Eltern nach Moskau.

Der verfluchte Armenier! dachte Saranin.

Ihm fiel häufig ein, wie der Armenier die Tropfen abgefüllt hatte.

»Ach!« schrie Saranin.

»Macht nichts, mein Bester, das war mein Fehler, dafür nehme ich nichts.«

Saranin ging sogar zum Arzt. Der untersuchte ihn, wobei er ironische Bemerkungen machte. Er fand, es sei alles in Ordnung.

Wenn Saranin jemanden besuchen ging, wollte ihn der Portier nicht einlassen.

»Wer sind Sie denn?!«

Saranin stellte sich vor.

»Ich weiß nicht«, meinte der Pförtner. »So welche werden von unseren Herrschaften nicht empfangen.«

6

Im Dienst im Departement gab es zunächst scheele Blicke und Gelächter. Vor allem bei den jungen Leuten. Die Tradition des Gogolschen Akaki Akakijewitsch Baschmatschkin war zählebig.

Dann folgten Mißmut und Tadel.

Der Pförtner nahm ihm schon sichtlich unwillig den Mantel ab.

»So ein Knirps will Beamter sein«, murrte er. »Was wird der einem zum Feiertag für ein Trinkgeld geben?«

Um sein Prestige zu retten, mußte Saranin häufiger und reichlicher Trinkgeld zahlen als früher. Doch das half nicht viel. Die Pförtner steckten das Geld ein, blickten aber Saranin mißtrauisch an.

Saranin verriet manchen seiner Kollegen, daß ihm ein Armenier einen bösen Streich gespielt habe. Im Departement verbreitete sich das Gerücht von einer armenischen Intrige. Es gelangte auch in andere Departements...

Eines Tages begegnete der Direktor des Departements auf dem Korridor dem kleinen Beamten. Er betrachtete ihn verwundert, sagte jedoch nichts und ging in sein Arbeitszimmer.

Nun hielt man es für nötig, ihm Bericht zu erstatten. Der Direktor erkundigte sich: »Ist das schon lange so?«

Der Stellvertreter war verlegen.

»Ich bedaure, daß Sie mich nicht rechtzeitig informiert haben«, sagte der Direktor mit saurer Miene, ohne die Antwort abzuwarten. »Merkwürdig, daß ich nichts davon erfahren habe. Sehr bedauerlich.«

Er ließ Saranin rufen.

Als Saranin zum Arbeitszimmer des Direktors ging, blickten ihm alle Beamten streng mißbilligend nach.

Bangen Herzens betrat Saranin das Arbeitszimmer des Chefs. Noch hegte er eine schwache Hoffnung, nämlich, daß Seine Exzellenz ihm eine höchst schmeichelhafte Aufgabe zu stellen beabsichtige, bei der seine Kleinwüchsigkeit zustatten käme: daß er ihn zur Weltausstellung schicke oder ihm einen Geheimauftrag gebe. Doch bei den ersten Worten der mißlaunigen Stimme zerstreute sich diese Hoffnung wie Rauch.

»Setzen Sie sich«, sagte Seine Exzellenz und deutete auf einen Stuhl.

Mühsam erklomm Saranin den Stuhl. Der Direktor warf einen zornigen Blick auf die in der Luft baumelnden Beine des Beamten.

»Herr Saranin«, fragte er, »sind Ihnen die Gesetze für die Einstellung von Beamten bekannt, die die Regierung erlassen hat?«

»Euer Exzellenz«, stammelte Saranin und faltete flehentlich seine Händchen auf der Brust.

»Wie können Sie es wagen, sich dermaßen dreist über die Absichten der Regierung hinwegzusetzen?«

»Glauben Sie mir, Euer Exzellenz...«

»Weshalb haben Sie das getan?« fragte der Direktor.

Saranin brachte kein Wort mehr hervor. Ihm kamen die Tränen. In letzter Zeit war er sehr weinerlich geworden.

Der Direktor musterte ihn kopfschüttelnd und sagte sehr

streng: »Herr Saranin, ich habe Sie rufen lassen, um Ihnen mitzu-
teilen, daß Ihr unerklärliches Verhalten untragbar ist.«

»Aber, Euer Exzellenz, ich war doch ganz korrekt«, stammelte
Saranin. »Nur mein Wuchs...«

»Eben, eben!«

»Aber für dieses Unglück kann ich nichts.«

»Ich vermag nicht zu beurteilen, inwiefern dieser seltsame und
unschickliche Vorgang für Sie ein Unglück ist und inwiefern Sie
dafür können, doch ich muß Ihnen sagen, für das mir anvertraute
Departement bedeutet Ihre merkwürdige Verkleinerung einen
Skandal – in der Stadt gehen bereits ärgerliche Gerüchte um. Ob
sie zutreffen, vermag ich nicht zu beurteilen, jedenfalls weiß ich,
diese Gerüchte bringen Ihr Verhalten in Zusammenhang mit der
Agitation des armenischen Separatismus. Nun, Sie müssen zugeben, das Departement kann kein Ort für armenische Intrigen
sein, die sich auf die Verkleinerung des russischen Staatswesens
richten. Wir können uns keine Beamten leisten, die sich derart
seltsam verhalten.«

Saranin sprang vom Stuhl, piepste bebend: »Es ist ein Spiel der
Natur, Euer Exzellenz.«

»Merkwürdig, doch der Dienst...« Der Direktor wiederholte
seine Frage: »Weshalb haben Sie das getan?«

»Euer Exzellenz, ich weiß selbst nicht, wie das passiert ist.«

»Was sind das für Instinkte! Sie können Ihre Kleinwüchsigkeit
ausnutzen und ohne weiteres jeder Dame, mit Verlaub unter den
Rock kriechen. Derlei kann nicht geduldet werden.«

»So etwas habe ich nie getan!« rief Saranin.

Doch der Direktor beachtete dies nicht und fuhr fort: »Mir ist
sogar zu Ohren gekommen, Sie hätten es aus Sympathie für die
Japaner getan. Das geht zu weit.«

»Wie hätte ich so etwas tun können, Euer Exzellenz?«

»Ich weiß nicht. Aber hören Sie bitte auf. Im Dienst können Sie
bleiben, allerdings nur in der Provinz. Und daß mir dies sofort
aufhört und Sie zu Ihrer alten Körpergröße zurückkehren! Zur
Wiederherstellung Ihrer Gesundheit bekommen Sie vier Monate
Urlaub. Bitte, kommen Sie nicht mehr ins Departement. Die
Papiere, die Sie brauchen, werden Ihnen zugeschickt. Habe die
Ehre!«

»Euer Exzellenz, ich kann doch arbeiten. Wozu den Urlaub?«

»Wegen Krankheit.«

»Aber ich bin gesund, Euer Exzellenz.«

»Genug!«

Saranin bekam vier Monate Urlaub.

7

Kurze Zeit später reisten Aglajas Eltern an. Es war nachmittags. Aglaja hatte ihren Mann beim Mittagessen ausgiebig verhöhnt und sich nun zurückgezogen.

Saranin begab sich schüchtern in sein Arbeitszimmer, das jetzt viel zu groß für ihn war, kletterte auf den Diwan, verkroch sich in eine Ecke und weinte. Schwere Zweifel quälten ihn.

Warum hatte dieses Unglück gerade ihn getroffen? Dieses gräßliche, unerhörte Unglück.

So ein Leichtsinn!

Er schluchzte auf und flüsterte verzweifelt: »Warum, warum habe ich das getan?«

Plötzlich hörte er aus dem Vorsaal bekannte Stimmen. Vor Angst begann er zu zittern. Auf Zehenspitzen schlich er zum Waschbecken – niemand sollte seine verweinten Augen sehen. Doch das Waschen war schwierig, er mußte einen Stuhl anstellen.

Die Gäste betraten schon die Halle. Saranin begrüßte sie. Er verbeugte sich, piepste etwas Undeutliches. Aglajas Vater starrte ihn mit weit aufgerissenen Augen verständnislos an. Er war groß, dick, hatte einen Stiernacken und ein rotes Gesicht. Aglaja kam ganz nach ihm.

Nachdem er eine Weile breitbeinig vor dem Schwiegersohn gestanden hatte, sah er sich vorsichtig um, nahm behutsam Saranins Hand, beugte sich zu ihm und sagte mit gesenkter Stimme: »Wir wollten Sie besuchen, Schwiegersöhnchen.«

Offenbar gedachte er sich politisch zu verhalten. Er sondierte das Terrain.

Hinter seinem Rücken tauchte Aglajas Mutter auf, eine dürre, gehässige Person, und kreischte: »Wo steckt er? Wo? Zeig ihn mir, Aglaja! Zeig mir diesen Pygmalion.«

Sie übersah Saranin. Sie blickte absichtlich über ihn hinweg. Die Blumen an ihrem Hut schaukelten komisch. Sie schritt direkt auf Saranin zu. Quiekend sprang er zur Seite.

Aglaja fing an zu weinen und sagte: »Da ist er doch, Mutter.«

»Hier bin ich, Mutter«, piepste Saranin und machte einen Kratzfuß.

»Du Bösewicht, was hast du mit dir angestellt? Wieso bist du so zusammengeschrumpft?«

Das Dienstmädchen prustete vor Lachen.

»Über deine Herrschaft hast du nicht zu lachen!«

Aglaja errötete, sagte: »Mutter, gehen wir in den Salon.«

»Nein, du Bösewicht, sag, weshalb du so ein Zwerg geworden bist.«

»Nun warte doch ab!« gebot ihr der Mann.

Darauf herrschte die Mutter auch ihn an. »Ich habe dir ja gesagt, gib unsere Tochter nicht einem Bartlosen zur Frau. Siehst du, das haben wir davon!«

Der Vater warf einen vorsichtigen Blick auf Saranin und versuchte, die Unterhaltung auf die Politik hinzulenken.

»Die Japaner«, sagte er, »sind nicht sonderlich groß, aber anscheinend sind sie ein gescheites und, nebenbei bemerkt, sogar ein pfiffiges Volk.«

8

Saranin wurde immer kleiner. Er lief schon, ohne anzustoßen, unterm Tisch herum. Und er wurde von Tag zu Tag winziger. Den Urlaub hatte er noch nicht ganz hinter sich. In den Dienst ging er jedoch nicht. Und irgendwohin zu reisen hatten sie sich noch nicht entschlossen.

Aglaja, die ihn bald verhöhnte, bald weinte, sagte: »Wohin soll ich mit dir fahren? Diese Schande, diese Schmach!«

Vom Arbeitszimmer ins Eßzimmer zu gehen war für Saranin ein beträchtlicher Weg. Und dann den Stuhl erklimmen...

Im übrigen war die Müdigkeit angenehm. Der Appetit wuchs und damit auch die Hoffnung, größer zu werden. Saranin stürzte sich aufs Essen. Angesichts seiner Miniaturgestalt verschlang er Unmengen. Doch er wuchs nicht. Im Gegenteil, er wurde kleiner und kleiner. Das schlimmste war, daß sich diese Verkleinerung mitunter sprungweise und im unpassendsten Moment vollzog. Als wollte er ein Zauberkunststück vorführen.

Aglaja kam auf die Idee, ihn als Knaben auszugeben und aufs Gymnasium zu schicken. Sie begab sich in das nächstgelegene Gymnasium, aber das Gespräch mit dem Direktor entmutigte sie.

Es wurden persönliche Unterlagen verlangt. Wie sich herausstellte, war der Plan undurchführbar.

Höchst befremdet sagte der Direktor zu Aglaja: »Wir können den Herrn Hofrat nicht als Schüler aufnehmen. Was sollten wir mit ihm anfangen? Wenn der Lehrer ihm befiehlt, in der Ecke zu stehen, und er sagt: ›Ich bin Träger des Sankt-Annen-Ordens!‹ – das wäre sehr unschicklich.«

Aglaja machte eine flehentliche Miene und wollte ihn überreden. »Ließe es sich nicht irgendwie einrichten? Er wird sich keine Frechheiten herausnehmen – dafür sorge ich.«

Der Direktor blieb unbeugsam.

»Nein«, sagte er hartnäckig, »einen Beamten kann man nicht aufs Gymnasium schicken. So etwas ist nirgendwo, in keiner Vorschrift vorgesehen. Und der Obrigkeit solch einen Vorschlag zu unterbreiten, das wäre höchst peinlich. Was würde das für einen Eindruck machen? Womöglich gäbe es große Unannehmlichkeiten. Nein, dies geht auf gar keinen Fall. Wenn Sie wollen, wenden Sie sich an den Kurator des Gymnasiums.«

Doch Aglaja brachte es nicht fertig, sich an die Obrigkeit zu wenden.

9

Eines Tages erschien ein sehr elegant gekleideter und frisierter junger Mann bei Aglaja. Er machte einen ungemein galanten Kratzfuß und stellte sich vor: »Ich bin Vertreter der Firma Strigal und Co. Ein erstklassiger Modesalon, der von der Petersburger Aristokratie rege besucht wird. Wir haben eine Menge Kunden in den besten und höchsten Kreisen der Gesellschaft.«

Für alle Fälle machte Aglaja dem Vertreter der berühmten Firma schöne Augen. Ihre mollige Hand wies einladend auf einen Stuhl. Sie selbst setzte sich mit dem Rücken zum Fenster, hielt den Kopf schief, bereit zum Zuhören.

Der ausgezeichnet frisierte junge Mann fuhr fort: »Wir haben erfahren, daß Ihr Ehegatte eine originelle miniaturisierte Körpergröße angenommen hat. Um den allerneuesten Tendenzen in der Damen- und Herrenmode entgegenzukommen, erlauben wir uns, Ihnen, gnädige Frau, folgendes vorzuschlagen: Zur Reklame und mithin kostenlos würden wir für den Herrn Anzüge nach bestem Pariser Chic nähen.«

»Umsonst?« fragte Aglaja träge.

»Nicht nur das, gnädige Frau, wir würden Ihnen sogar einen Zuschlag zahlen. Jedoch unter einer kleinen, leicht erfüllbaren Bedingung.«

Saranin, der hörte, daß von ihm die Rede war, schlich in den Salon. Er ging um den jungen Mann mit der prachtvollen Frisur herum, stampfte mit den Absätzen auf, hüstelte – und ärgerte sich sehr, daß ihm der Vertreter der Firma Strigal & Co. nicht die geringste Beachtung schenkte.

Schließlich trat er auf den jungen Mann zu und quäkte laut: »Hat man Ihnen denn nicht gesagt, daß ich zu Hause bin?«

Der Vertreter der berühmten Firma erhob sich, machte einen galanten Kratzfuß und setzte sich wieder. Er wandte sich an Aglaja: »Nur unter einer kleinen Bedingung.«

Saranin schnaufte verächtlich. Aglaja lachte und erwiderte, wobei ihre Augen neugierig blitzten: »Nun, sagen Sie, unter welcher Bedingung.«

»Unter der Bedingung, daß der Herr bereit ist, als lebende Reklame in unserem Schaufenster zu sitzen.«

Aglaja lachte schadenfroh.

»Ausgezeichnet. So kommt er mir wenigstens aus den Augen.«

»Damit bin ich nicht einverstanden«, quäkte Saranin gellend. »So etwas geht nicht. Ich bin Hofrat und Träger des Sankt-Annen-Ordens. Als Schaufensterpuppe dasitzen – das wäre doch lächerlich.«

»Halt den Mund!« rief Aglaja. »Du bist nicht gefragt.«

»Wieso bin ich nicht gefragt?« kreischte Saranin. »Das lasse ich mir nicht bieten von Fremdstämmigen!«

»Oh, der Herr irrt sich!« widersprach der junge Mann liebenswürdig. »Unsere Firma hat nichts gemein mit fremdstämmigen Elementen. Bei uns arbeiten ausschließlich Russisch-Orthodoxe und Lutheraner aus Riga. Juden gibt es bei uns nicht.«

»Ich will nicht im Schaufenster sitzen!« schrie Saranin.

Er stampfte mit den Füßen auf. Aglaja packte ihn an der Hand und zerrte ihn ins Schlafzimmer.

»Wo schleppst du mich hin?« brüllte Saranin. »Ich will nicht, laß mich los!«

»Dich werde ich zur Räson bringen!« keifte Aglaja.

Sie schloß die Tür.

»Jetzt gibt's Prügel!« stieß sie durch die Zähne.

Sie verprügelte ihn. Ohnmächtig zappelte er in ihren mächtigen Händen.

»Du Pygmäe bist in meiner Gewalt. Mit dir mache ich, was ich will. Ich kann dich in die Tasche stecken. Wehe, du widersetzt dich! Dein Dienstrang kümmert mich nicht, du kriegst solch eine Tracht Prügel, daß du die Engel singen hörst.«

»Ich werde dich verklagen!« quäkte Saranin.

Doch bald sah er die Sinnlosigkeit seines Widerstandes ein. Er war zu klein, und Aglaja gedachte offensichtlich ihre ganze Kraft einzusetzen.

»Genug, genug!« jammerte er. »Ich gehe in Strigals Schaufenster. Dir zur Schande setze ich mich dorthin, mit Dienstuniform und Rangabzeichen.«

Aglaja lachte schallend.

»Du ziehst an, was dir Strigal gibt«, rief sie.

Sie zerrte ihren Mann wieder in den Salon, schubste ihn zu dem Vertreter hin und rief: »Da! Nehmen Sie ihn gleich mit! Und das Geld zahlen Sie mir im voraus. Jeden Monat.«

Wie hysterisch schrie sie das.

Der junge Mann zog die Brieftasche und zählte zweihundert Rubel ab.

»Das ist zuwenig!« rief Aglaja.

Lächelnd legte der junge Mann noch einen Hunderter dazu.

»Mehr zu zahlen bin ich nicht befugt«, versetzte er höflich. »In einem Monat bekommen Sie die nächste Zahlung.«

Saranin lief im Zimmer umher.

»Ins Schaufenster! Ins Schaufenster!« schrie er. »Du verfluchter Armenier, was hast du mit mir gemacht?«

Dabei wurde er plötzlich noch etwa zehn Zentimeter kleiner.

10

Saranins Verzagtheit und seine ohnmächtigen Tränen, was kümmerten sie Strigal & Co.?

Sie zahlten. Sie nahmen ihr Recht wahr. Das grausame Recht des Kapitals.

Unter der Macht des Kapitals fügt sich sogar ein Hofrat und Ordensträger in eine Stellung, die genau seinen Körpermaßen entspricht, aber nicht seinem Stolz. Der nach der letzten Mode gekleidete Liliputaner läuft im Schaufenster des Modesalons herum – bald gafft er nach schönen Frauen (wie riesig die sind!), bald droht er den kichernden Kindern wütend mit den Fäusten.

Vor dem Schaufenster von Strigal & Co. steht eine Menschenmenge.

Im Modesalon Strigal & Co. müssen die Angestellten bis zum Umfallen arbeiten.

Die Werkstatt von Strigal & Co. ist mit Aufträgen überhäuft.

Strigal & Co. sind berühmt.

Strigal & Co. erweitern ihre Werkstatt.

Strigal & Co. sind reich.

Strigal & Co. kaufen Häuser.

Strigal & Co. sind großzügig: Sie geben Saranin fürstliches Essen und scheuen nicht die Ausgaben für seine Frau.

Aglaja bekommt schon tausend Rubel im Monat.

Aglaja hat noch weitere Einkünfte.

Und Bekanntschaften.

Und Liebhaber.

Und Brillanten.

Und Kutschen.

Und ein Haus.

Aglaja ist fröhlich und zufrieden. Sie ist noch korpulenter geworden. Sie trägt Stöckelschuhe und wählt Hüte von gigantischer Größe.

Wenn sie ihren Mann besucht, streichelt sie ihn, gibt ihm wie einem Vogel mit dem Finger Futter. Saranin, im Frack mit kurzen Schößen, trippelt vor ihr auf dem Tisch herum und piepst. Seine Stimme ist hoch und durchdringend, wie das Sirren einer Mücke. Doch seine Worte versteht man nicht.

Die kleinen Leute können sprechen, doch ihr Piepsen ist den Menschen von großem Wuchs unverständlich – sowohl Aglaja als auch Strigal und allen seinen Kompagnons. Umgeben von den Angestellten, hört Aglaja das Piepsen und Wispern eines Menschen. Sie lacht. Und geht weg.

Saranin wird ins Schaufenster getragen, wo, auf einer Unterlage aus weißem Stoff, eine komplette Wohnung für ihn eingerichtet ist – zum Publikum hin offen.

Die Straßenjungen sehen, wie sich das Menschlein an den Tisch setzt und Bittgesuche schreibt. Winzige Bittgesuche bezüglich der Wiederherstellung seiner von Aglaja, Strigal & Co. verletzten Rechte.

Er schreibt, steckt den Brief in einen winzigen Umschlag. Die Jungen lachen.

Unterdessen steigt Aglaja in ihre prächtige Kutsche. Sie unternimmt vor dem Mittagessen eine Spazierfahrt.

11

Weder Aglaja noch Strigal & Co. bedachten, wie das alles enden würde. Sie waren mit dem Gegenwärtigen zufrieden. Der Goldregen, der auf sie niederging, schien kein Ende zu haben. Doch ein Ende kam. Ein ganz banales. Wie zu erwarten.

Saranin wurde unentwegt kleiner. Jeden Tag wurden für ihn mehrere neue Anzüge genäht, immer kleinere.

Und plötzlich, er hatte soeben eine neue Hose angezogen, wurde er vor den Augen der erstaunten Angestellten des Modesalons klitzeklein und rutschte aus der Hose heraus. Er war nur noch so groß wie ein Stecknadelkopf.

Es gab leichten Durchzug. Saranin, winzig wie ein Staubkorn, flog in die Luft, wirbelte umher, mischte sich in eine Wolke von Staubkörnchen, die in den Sonnenstrahlen tanzten.

Und verschwand.

Alles Suchen blieb vergeblich. Nirgendwo wurde er wiedergefunden.

Aglaja, Strigal & Co., die Polizei, die Geistlichkeit, die Obrigkeit, alle waren in größter Verlegenheit.

Wie sollte man Saranins Verschwinden amtlich regeln?

Zu guter Letzt wurde im Einvernehmen mit der Akademie der Wissenschaften beschlossen, davon auszugehen, daß er eine Dienstreise zu wissenschaftlichen Zwecken angetreten habe.

Dann wurde er vergessen.

Mit Saranin war es zu Ende.

1905

Leonid Andrejew

Gullivers Tod

Nach kurzen, aber qualvollen Leiden stieß der Menschenberg (so gab Gulliver selbst das liliputanische Wort »Quinbus Flestrin« wieder) schließlich mit großem Lärm seinen letzten Atemzug aus, doch die Freunde des Verschiedenen, Gelehrte, Höflinge, Ärzte und das einfache Volk wagten es lange nicht, der Leiche näherzutreten, weil sie nicht vom Tode überzeugt waren. Sie fürchteten, eine plötzliche Bewegung der Hand oder des Fußes, von welcher die Agonie begleitet wird, könnte ihnen eine Verletzung zufügen oder einem unvorsichtigen Wagehals sogar den Tod bringen. Nur der unbesonnene Pöbel drängte sich beharrlich, von Neugier getrieben, zu dem Verstorbenen, und der starken Wache machte es große Mühe, die Ordnung aufrechtzuerhalten. Doch nachdem zwei Stunden vergangen waren, überzeugte die völlige Unbeweglichkeit der riesigen Leiche die Anwesenden davon, daß keine Gefahr mehr bestand, und die gelehrten Ärzte begaben sich über eine unverzüglich angestellte Leiter auf die Brust Gullivers, um den amtlichen Totenschein auszustellen. Später wurde dieses Papier veröffentlicht, und folgende unzweifelhafte Anzeichen des Todes hatten die Gelehrten festgestellt: Die Brust Gullivers, die sich früher beim Atmen so stark bewegt hatte, daß viele Liliputaner einen Anfall von Seekrankheit erlitten, war jetzt unbeweglich und kalt wie der Marmorboden im größten Tempel der Hauptstadt; aufgehört hatte auch jener schreckliche Lärm, das Klopfen und Röcheln, von dem das Schlagen des gewaltigen Herzens des Menschenberges begleitet wurde. An der Stelle der Brust, unter der sich das Herz Gullivers befinden mußte, wenn man annahm, daß er nach demselben Muster und derselben Art wie die Liliputaner gebaut war, hörte die gelehrte Versammlung nicht den geringsten Laut und fühlte kein Schwanken des Bodens.

Die Nachricht vom Tode des Menschenberges versetzte das ganze Land Liliput in tiefe Trauer. Seine zahlreichen Feinde und Neider, die ihn wegen seines allzu großen und für den Staat schädlichen Wuchses verurteilt hatten, verstummten, befriedigt durch seinen Tod; ja noch mehr, alle erinnerten sich mit Vergnügen an seine Kraft und Sanftmut und schrieben den Sieg über die

Flotte der feindlichen Insel Blefuscu ausschließlich seiner Tapferkeit zu. Und die Gruppe von Freunden, zunächst noch klein, wuchs merklich mit jedem Tag – bis sich dann schließlich das ganze Volk der Liliputaner in einen aufrichtigen, laut weinenden Freund Gullivers verwandelte. Eine Ausnahme bildete nur der Großadmiral Skyresh Bolgolam, der weiterhin – auch nach dem Tod seines Feindes – Zorn hegte und vorschlug, zur Schändung Gullivers dessen Leiche nicht zu begraben, sondern sie den Raubvögeln zu überlassen. Dieser Vorschlag wurde jedoch im Staatsrat empört abgelehnt, wodurch allerdings noch lange nicht die Schwierigkeit behoben war, die sich aus der Frage ergab, wie man den Menschenberg beerdigen sollte.

Die Gegner des Großadmirals erwiderten heftig, daß, wenn man den Menschenberg nicht beerdigt, die Verwesung so einer riesigen Leiche die Pest in der Hauptstadt und im ganzen Königreich hervorrufen kann. Gleichzeitig hielten es die Streitenden alle zusammen für unmöglich, Gulliver auf einen Friedhof zu transportieren; denn jeder beliebige Friedhof wäre für ihn zu klein gewesen, außerdem müßte man zum Transport der Leiche ganze Straßen und Häuserviertel der großartigen Hauptstadt Liliputs abreißen. Dabei erinnerten sich alle daran, wie Gulliver während der ihm erlaubten Spaziergänge in der Stadt ungehindert das Stadttor überschritten hatte, durch dessen Öffnung kaum seine Hand hindurchging. Die Lage schien schon aussichtslos, als der Gönner Gullivers, Redresal, Erster Sekretär für Privatangelegenheiten des Kaisers, vorschlug, gleich neben der Leiche eine Grube auszuheben und den Toten mit Hilfe von Hebeln dort hineinzuwälzen. Dieser Vorschlag wurde gebilligt, und dreitausend Liliputaner, mit Spaten und Hacken ausgerüstet, begannen noch in der Nacht, bei Fackelschein, diese schwere Arbeit. Mathematiker hatten errechnet, daß bei einer solchen Anzahl von Menschen die Grube für die Leiche, die ihren Ausmaßen nach 1724 Liliputanern entsprach, in 24 Stunden ausgehoben sein wird.

An dem freien Tag, der für die Beerdigung vorgesehen war, sollte – auf Vorschlag desselben Redresal – das Andenken des Menschenberges geehrt werden. Dieser Vorschlag hatte zur Folge, daß man den verehrten Redresal, den Ersten Sekretär für Privatangelegenheiten des Kaisers, verleumdete und ihn der heimlichen Verbindung mit der regierungsfeindlichen Partei der Tramecksan (der hohen Absätze) bezichtigte. Mit großem Vergnügen können wir diese Verleumdung zurückweisen, da wir selbst zur Partei der niedrigen Absätze gehören und aus höchst zuverlässigen und unzweifelhaften Quellen wissen, daß Herr Redresal ein dermaßen überzeugter Mensch war, daß er sogar seine Kutschpferde mit niedrigen Hufeisen ohne Stollen beschlagen ließ, obwohl er dadurch mehrere Male an steilen Kurven sein wertvolles Leben der Gefahr aussetzte. Der unterbreitete Vorschlag hatte das Ziel, den Glanz und Ruhm des Königreichs, zu dessen Untertanen der Menschenberg ja gehört hatte, zu mehren und das Land außerdem vor Unordnung und Wirren zu verschonen; denn der unruhige Pöbel, der Gulliver wegen seiner ihm unerklärlichen Größe vergötterte, drückte schon durch Schreien, Pfeifen und sogar Absingen unschicklicher Lieder seine Ungeduld aus.

Am Morgen begann man, die Hauptstadt mit schwarzen Fahnen zu schmücken, und zur Mittagszeit, zu der man die Feierlichkeiten anberaumt hatte, strömten gewaltige Mengen Liliputaner zu den Stadttoren und auf den Weg, der zur Behausung Gullivers führte (wie bekannt, hatte Gulliver eine halbe Meile von der Stadt entfernt in einem verlassenen Tempel gelebt). Den Berechnungen der Mathematiker zufolge versammelten sich an der Leiche 121223 Menschen, nicht einbezogen die Kinder, die von ihren plebejischen Müttern auf den Armen herbeigetragen wurden. An Rednern, die den Wunsch hatten, mit ihren Worten die Verdienste des Verstorbenen zu preisen, hatten sich 15381 – laut Berechnungen derselben Mathematiker – eingetragen, was wiederum beträchtliche Schwierigkeiten mit sich brachte. Um keinen Redner zu kränken, wurde vorgeschlagen, durch Losentscheid dem Schicksal die Auswahl zu überlassen. Es fanden sich jedoch Skeptiker, die nicht an das Schicksal glaubten und befürchteten, daß das Auslosen schlechte Resultate bringt und sogar dazu führen kann, daß taubstumme Redner ausgewählt werden (denn unter den Eingetragenen gab es auch solche). Weitaus gerechter schien es ihnen, die Redner nach Wuchs und Stimmkraft auszuwählen und nur für die Gelehrten eine Ausnahme zu machen, denn deren Größe konnte infolge ihrer Angewohnheit, ständig einen krummen Rücken zu machen, schwer bestimmt werden. Was ihre Stimme anbetraf, so hatten sie gar keine, weil sie immer nur flüsterten. So wurde dann beschlossen: Aus der Menge der Redner wählte man die fünfhundert Lautstärksten aus, diese wiederum wurden ihrer Größe nach in Gruppen eingeteilt, und die Allergrößten – sechzig an der Zahl – bat man auf die Tribüne. Leider mußte man zwei von ihnen wieder entfernen, weil der eine gar nicht wußte, worum es sich handelte, und der andere sein Kumpan war. Bedauernswert ist auch die Tatsache, daß die weise Ordnung gegen Ende des Tages gestört wurde und neue, völlig unbekannte Redner erschienen, die den Verstorbenen allzu begeistert lobten und den sorglosen und leicht zu entflammenden Pöbel zu Unruhen anstifteten. Es lohnt sich jedoch nicht, über sie zu sprechen.

Die Großartigkeit und Pracht der Festlichkeit kann man gar nicht genug loben. Der Pöbel in seiner groben, doch farbenfrohen Kleidung wurde ziemlich weit zurückgedrängt; unmittelbar neben der Leiche aber, die sich als unbeweglicher kalter Berg über die Köpfe erhob, hatten die Liliputaner in teuren und strengen Gewändern Platz genommen, saßen die Reiter auf stolzen Pferden, und die prächtig gekleideten liliputanischen Soldaten, die Garde und die Husaren, bewegten sich in feierlichem Marsch auf und ab und hielten so den Platz frei. Hier befand sich ebenfalls, inmitten der Freunde Gullivers, jener berühmte Liliputaner, den die Menge wegen seines großen Wuchses (er überragte alle anderen Liliputaner um die Länge eines Fingernagels) als Nachfolger des Menschenberges bestimmt hatte. Von neugierigen und neidischen Blicken begleitet, stolzierte er neben der Leiche hin und her. Seine hohen Absätze unterstrichen seine Größe noch, und wie selbstverständlich setzte er sich auf Gullivers bleichen und kalten kleinen Finger, um zu verschnaufen. Weil er aber von der anderen Seite der Leiche aus nicht zu sehen war, kletterte er – die ihm durch Kraft und Wuchs verliehenen Rechte ausnutzend – auf Gulliver hinauf und ließ sich in ungezwungener Pose auf dem Knie nieder. Von dort aus war er für alle sichtbar und wurde auch von den Liliputanern bemerkt, die in den hintersten Reihen standen und scharfe Augen hatten. Die Rednertribüne war auf der Brust des Menschenberges errichtet, mit Flaggen und Grün, ja sogar mit einer schnell angefertigten Büste des Verstorbenen geschmückt worden. Dem talentierten Bildhauer war es gelungen, den Gesichtszügen Gullivers so viel Macht und Hochherzigkeit zu verleihen, daß diejenigen, die die Büste aus der Nähe sahen, von einer unzweifelhaften Überlegenheit gegenüber dem Original sprachen und Schmeicheleien flüsterten. Links von der Tribüne, auf dem Bauch Gullivers, waren die Plätze für die Ehrengäste, die mit der Verachtung der Auserwählten auf den geschwätzigen Pöbel herabblickten, der seinerseits mit Gier und Begeisterung die teuren, allen bekannten Gesichter anstarrte. Die Liliputaner, die das Grab für Gulliver schaufelten, waren von den Blicken des Pöbels durch einen hohen, eilig aufgebauten Zaun geschützt, und nur in den seltenen Minuten der Ruhe zeugten das Klirren von Eisen auf Stein und das Geräusch herabfallender Erde von ihrer geheimnisvollen und traurigen Arbeit. Von der Höhe der Tribüne jedoch war die tiefe Grube gut sichtbar, und den Beginn der Feierlichkeiten erwartend, folgten die Ehrengäste interessiert der Arbeit und tauschten tiefsinnige Bemerkungen aus, wobei sie die Genialität Lord Redresals priesen.

Auf ein Zeichen des Zeremonienmeisters hin begannen schließlich die Reden. Als erste ließ man die Gelehrten auf die Tribüne. Sie stiegen alle gemeinsam hinauf und redeten auch alle zugleich; sie redeten alle dasselbe und dazu auch noch im Flüsterton, so daß sie sowieso nicht zu hören waren. Doch das hatte keine Bedeutung, weil ihre Reden, nachdem sie zu Hause korrigiert und überarbeitet worden waren, ja im Jahrbuch der liliputanischen Akademie der Wissenschaften erscheinen sollten, wo sie dann von allen übrigen Mitgliedern der erwähnten gelehrten Korporation gelesen werden würden. Die Zeit, in der sie redeten, nutzen die Herrschaften und der Pöbel aus, um zu frühstücken; denn es war schon ziemlich spät, und viele waren vom langen Warten müde geworden. Mit Erlaubis des Zeremonienmeisters spielte für die Herrschaften während des Frühstücks ein Orchester, dessen Musikstücke sich angesichts des traurigen Augenblicks durch äußerste Melancholie auszeichneten.

Die Reden der Gelehrten beinhalteten, wie aus dem Jahrbuch hervorgeht, in ihren Hauptzügen folgendes: Der Menschenberg war bedeutsam dadurch, daß er über einen großen Wuchs und über entsprechende Kraft verfügte – hier führten die Gelehrten die allergenauesten Tabellen und Berechnungen der Größe Gullivers, seines Körperumfangs und seines vermutlichen Gewichtes an. Doch die Ursache eines solchen Wuchses war nach Meinung der Gelehrten unbekannt und wird es auch immer bleiben. Ebenfalls bleibt unbekannt, mit welchem Ziel die Natur solch ein ungeheuerliches Phänomen geschaffen hat. Was allerdings die Kraft betrifft, so gingen hier die Meinungen der Gelehrten um einiges auseinander: die einen behaupteten, Kraft sei einfach Kraft, die anderen wiederum suchten ihre Rechtfertigung in jenen Bauten und Steintransporten, die man Gulliver aufgetragen hatte. Im Endresultat stimmten sie aber wieder darin überein, daß auch die Kraft nicht erklärbar und daher der Menschheit als solcher feindlich und für sie schädlich sei. Die Wissenschaft – im Namen ihrer besten Vertreter – erkennt Gulliver einfach nicht als Fakt an und bringt starke Zweifel an seiner eigentlichen Existenz zum Ausdruck. Laut einstimmiger Meinung der Gelehrten ist Gulliver nichts anderes als ein Mythos, eine Legende, die das einfache Volk aufgrund seiner Neigung zu Wunderbarem und Ungewöhnlichem geschaffen hat. Gulliver hat niemals existiert, und derjenige, der das Gegenteil behauptet, geht seines Gelehrtentitels verlustig, wird für immer aus der Akademie gejagt und der Verfluchung im Jahrbuch anheimgegeben.

Nach der Beendigung ihrer Reden stiegen die Gelehrten im Lärm des Beifalls alle zusammen von Gullivers Leiche herunter, wobei es unten auf der Erde zwischen zwei ehrbaren Vertretern der Korporation zu einer Prügelei kam, die hervorgerufen wurde, wie sich später herausstellte, durch grundlegende Unterschiede in ihren Ansichten über Gulliver: Was ist Gulliver – Mythos oder Legende? Die anderen Gelehrten beklagten sich währenddessen darüber, daß sie – ungeachtet der unternommenen Maßnahmen, der warmen Kleidung und der Schuhe – eine Erkältung zu befürchten hätten, da die gewaltige Leiche eine unerträgliche Kälte ausströmt, die in der Lage ist, den feurigsten Redner nicht nur abzukühlen, sondern sogar zu vereisen. Den Einfall, die Tribüne auf der Leiche zu errichten, sehen sie als Verspottung der Wissenschaft an: der unvernünftige und ungebildete Pöbel wird wohl kaum die ganze Kraft ihrer Beweisführung von der Mythenhaftigkeit Gullivers schätzen können, wenn sein Auge leichtsinnigerweise gleichzeitig die Leiche sehen kann. Übrigens legte sich die Aufregung unter den Gelehrten auf ein Zeichen des Zeremonienmeisters hin augenblicklich, und jene zwei, die sich immer noch prügelten, wurden zusammen in eine finstere, fensterlose Kutsche gesetzt und zurück in die Akademie gebracht.

Als nächstes waren die zahlreichen Freunde Gullivers dran, die unter Tränen und Seufzern des Entschlafenen gedachten. Der erste Redner, dessen Namen wir leider nicht in Erfahrung bringen konnten, war der nächste Freund des Menschenberges und verfügte über ein klangvolles, mannhaftes Organ und ein würdevolles Äußeres. Mit vor Liebe zitternder Stimme erzählte er ausführlich, wie Gulliver ihn einmal ganze zwei Tage in seiner Tasche vergessen hatte. Mit erstaunlicher Beredsamkeit schilderte der Redner den erregten Zuhörern seine durch Hunger, Durst und Dunkelheit hervorgerufenen Qualen und schließlich die Freude Gullivers, als er am dritten Tag nach seiner Tabakdose in die Tasche langte und dort seinen besten Freund fand. Wie der Redner in aller Bescheidenheit bekannte, verdankte Gulliver die Entwicklung seiner Kraft und seines Edelmutes allein seinen Ratschlägen und seiner wachsamen Aufsicht.

Der zweite Redner, der eine ungewöhnlich süße Stimme besaß, war ebenfalls der beste Freund Gullivers gewesen. Aber als Freund war er aus Achtung und Liebe zu dem Verstorbenen verpflichtet, gerecht zu sein, und mußte einige schlechte Seiten seines Charakters erwähnen. So, bekannte er, war Gulliver geizig, habgierig und bösartig, neigte zur Eitelkeit und wählte deshalb seine Freunde unter berühmten Leuten aus, die in der Lage waren, einen Abglanz ihrer Größe auch auf sein Haupt zu werfen. Gulliver selbst war ein Nichts, und er vergrößerte künstlich seine Ausmaße, indem er sich dicke Sohlen für seine Stiefel anfertigte. Kurz vor dem Tode hatte Gulliver einen grandiosen Verrat an dem Staat Liliput, der ihm doch Obdach gewährt hatte, vor, worüber er unter Tränen dem Redner berichtet hatte. Wie der Redner betrübt eingestand, hatte das Volk es nur seinem günstigen Einfluß zu verdanken, daß es von Gulliver nicht mit seinen Riesenstiefeln zerstampft worden ist. Die Kraft langt nicht aus, um zu schildern, welche klägliche Abhängigkeit, welche finstere Gehässigkeit Gulliver allen seinen wahren Freunden gegenüber empfand; nur Lobhudelei... Hier bekam der Redner leider einen Anfall einer seltsamen Krankheit, die durch Aufregung hervorgerufen wurde. Schaum trat auf seine Lippen, und seine fließende Rede ging in wilde und unverständliche Schreie über. Übrigens legte sich der Anfall auf ein Zeichen des Zeremonienmeisters hin ziemlich schnell, und im Beifallslärm stieg der Redner feierlich auf die Erde herab. Die größten Ovationen wurden jedoch dem dritten Redner zuteil, der ebenfalls der beste Freund Gullivers war und der es mit seiner kunstvollen Rede verstand, in den Liliputanern eine Flamme heißen Patriotismus zu entfachen. Er bewies, daß Gulliver an und für sich nichts hätte bedeuten können, wenn nicht jene Tausende von liliputanischen Hammeln gewesen wäre, die er jedes Jahr verschluckt hat. »Die Hammel, gerade unsere liliputanischen Hammel«, rief der Redner aus, »machten die Kraft und den Ruhm des Menschenberges aus, indem sie sich in Fleisch, Blut und Gehirn verwandelten. Wer hat die feindliche Insel Blefuscu besiegt? Der Menschenberg? Nein! Die Insel Blefuscu haben unsere liliputanischen Hammel besiegt, denn der Menschenberg ist nichts anderes als die Summe der Hammel!«

Hier zeichnete der Redner in lebendigen und rührenden Farben ein unvergeßliches Bild des liliputanischen Hammels, eines sanftmütigen, gehorsamen, das ganze Leben stets zur Selbstaufopferung für die hohen Interessen des Königreiches bereiten, unauffälligen Helden, dessen Wolle Glanz und dessen Fleisch dem Königreich Liliput Macht verleiht. Das Zerreißen der Stimmbänder riskierend, sang der Redner eine ex tempore gedichtete Ode zu Ehren des liliputanischen Hammels.

Die Begeisterung der Zuhörer hatte den höchsten Grad erreicht, als auf ein Zeichen des Zeremonienmeisters hin das Singen plötzlich unterbrochen wurde. Die Sache war die, daß jedes Singen, sogar das allerpatriotischste, in einigen Fällen für gefährlich galt, weil der Pöbel, der die Sprache der höheren Klassen schlecht verstand, mit großer Bereitschaft in die Lieder einstimmte, allerdings einen völlig anderen, unerwünschten Text sang. Übrigens verwies der Zeremonienmeister zur Belehrung der folgenden Redner auf die Punkte, die in den Reden nicht berührt werden durften: Es durfte nicht gesprochen werden über das neue Geldsystem, über den Kanal im Südosten Liliputs, über die pickelige Nase des Großadmirals (die gewöhnlich ein Scherzobjekt der Straßendemagogen war), es durfte nicht an die unschickliche Art und Weise erinnert werden, mit der Gulliver das Feuer löschte und vieles andere mehr. Das Vorlesen der verbotenen Punkte dauerte ungefähr eine Stunde, und diese Zeit wurde von der Garde und den Husaren ausgenutzt, um dreimal in feierlichem Marsch vor der Leiche vorbeizudefilieren.

Der neue Redner erwies sich zum Unglück als ein gehässiger und sogar unanständiger Mensch, was unter den Liliputanern selten vorkommt. Zum Gaudium der belustigten Menge wies er nach, daß die ersten drei besten Freunde des Menschenberges nicht nur niemals dessen Freunde gewesen waren, ja daß sie nicht einmal die Ehre hatten, mit ihm bekannt zu sein; und derjenige von ihnen, der zwei Tage in der dunklen Tasche verbracht hatte, war dorthin vollkommen zufällig während einer Durchsuchung Gullivers gelangt; und daß Gulliver sich durchaus nicht freute, als er ihn aus der Tasche herauszog, sondern ihn im Gegenteil außerordentlich streng und hart bestrafte. Er selbst, der Redner, habe nicht die Absicht, sich als Freund des Menschenberges zu bezeichnen, und zieht es vor, lieber falsches Geld zu machen, als . . .

Sicherlich hätten die Anwesenden den Redner in gerechter Empörung verprügelt, wenn nicht ein komischer und ärgerlicher Zwischenfall seiner Rede ein noch trüberes Ende gesetzt hätte. Es geschah nämlich, daß der große Liliputaner, der sich für den Nachfolger des Menschenberges hielt und weiterhin auf dem Knie saß, wo er eine ungezwungene Pose nach der anderen einnahm, mit seinem hohen Absatz an irgend etwas hängenblieb und mit dem Kopf zuerst nach unten flog. Nur die Tatsache, daß er auf eine ungewöhnlich dicke liliputanische Dame fiel, rettete ihn vor einem schrecklichen Tod. Das Kreischen der erschrockenen Dame, das wüste Gelächter des Pöbels, Geheul und Pfeifen störten für einen Moment den manierlichen Verlauf der Feier, doch auf ein Zeichen des Zeremonienmeisters hin hörte der Lärm augenblicklich auf, und neue Redner kletterten auf die frei gewordene Tribüne. Es fällt schwer, den Inhalt aller Reden wiederzugeben, um so mehr, als die Mehrzahl von ihnen wegen der Höhe der Leiche nicht zu verstehen war. Doch alle, die auf dem Fest waren, behaupteten nicht ohne Grund, daß sie so einen großen Aufschwung der Gefühle, solchen Glanz und solche Schönheit der Worte, solche Kraft in den Ausdrücken noch nicht erlebt haben. Viele der Zuhörer waren zu Tränen gerührt; die Taschendiebe, die den Leuten die Schnupftücher aus den Taschen zogen, beklagten sich gegenseitig über die schreckliche Nässe und Unsauberkeit der Tücher, denn diese wurden dadurch nicht nur untauglich, sondern auch gesundheitsgefährdend.

Der feierlichste und rührendste Augenblick war jedoch der, als ein Orchester und ein vierköpfiger Chor die Leiche bestiegen und halblaut, um den Pöbel nicht zu ermuntern, eine majestätische Kantate zur Aufführung brachten, die extra von einem berühmten Komponisten und Preisträger geschrieben worden war. Die gewaltigen Klänge, die gedämpft wurden durch das Bestreben der Ausführenden, nicht gehört zu werden, riefen im Gedächtnis das imposante Bild des Menschenberges wach und hoben die Stimmung immer mehr, als ein neuer trauriger Zwischenfall plötzlich Musik und Gesang unterbrach und alle Blicke auf die hinteren Reihen des Pöbels lenkte. Offenbar wußte man dort nicht, daß gerade Musik ertönt, jedenfalls erklang aus der Menge ein neuer, sehr lauter und seltsamer, allem bisher Gehörten nicht ähnlicher Ton. Man schickte Kundschafter aus, um zu erfahren, was los war. Diese teilten dem Zeremonienmeister mit, daß irgendein Plebejerkind, dem der Menschenberg angeblich sehr leid tue, in Tränen ausgebrochen sei. Und während der Zeremonienmeister sich noch Mühe gab, dies zu begreifen, hatte sich dem Weinen des einen Kindes, wie das häufig so bei Kindern ist, schon das seltsame und bittere Weinen aller anderen Plebejerkinder zugesellt. So sehr sich die Festordner auch anstrengten, so sehr sich selbst die Väter und Mütter der weinenden Kinder abmühten, indem sie ihnen Kopfnüsse und Klapse verabreichten – das Weinen wurde immer lauter und artete zu einer offensichtlichen Ungehörigkeit gegenüber der hohen, strengen und kalten Leiche aus. Nur durch das Entfernen aller Kinder, ihrer Väter, Mütter und weitläufigen Verwandten gelang es, eine relative Ruhe zu erzielen, jedoch konnte die einmal gestörte Festordnung nicht wiederhergestellt werden. Mit frecher Ungeniertheit stiegen irgendwelche, niemandem bekannte, schmutzige Redner auf die Tribüne, die den Menschenberg völlig vergaßen und schreiend ihre Wünsche und sogar Forderungen vorzutragen begannen. Eine Schlägerei entstand, die einen Augenzeugen behaupten, daß man dort die zu spät gekommenen Gelehrten prügelte, die anderen Augenzeugen sagen, daß man so mit Gullivers Freunden abrechnete, die dritten schließlich beweisen, daß man die Redner selbst verdrosch.

Wie die Feier endete, ist unbekannt, weil an dieser Stelle sowohl in der Natur als auch in den damaligen Chroniken Finsternis eintrat. Man muß jedoch annehmen, daß auf ein Zeichen des Zeremonienmeisters die Ordnung wiederhergestellt wurde, denn in keinem historischen Aufsatz, der diese Zeit betrifft, gibt es auch nur eine Andeutung von irgend etwas Ungewöhnlichem oder Beunruhigendem. Im Gegenteil, die Bronzemedaillen, die zur Erinnerung an die Feier gegossen wurden und die Liliputaner darstellen, wie sie den sanft lächelnden Kopf des Menschenberges mit einem Lorbeerkranz schmücken, zeugen ganz klar von vollkommenem Wohlergehen und bester Stimmung der handelnden Personen.

Doch es kam die Nacht. Und zusammen mit der Nacht legte sich auf das menschenleere Feld, wo die gewaltige, strenge und wichtige Leiche in Erwartung des Grabes ruhte, eine hellhörige und ängstliche Stille. Über der Stadt leuchtete noch der Widerschein der Lichter; dort war der Menschenauflauf zu Ehren des Menschenberges noch nicht zu Ende. Und mit dem Wind drang der undeutliche und gleichmäßige Stimmenlärm bis hierher. Hier aber war es dunkel und still; und als der kleine Mond hinter den Wolken hervorgeschwommen kam, nahm die riesige Leiche eine blasse Farbe an – wie eine Kette schneebedeckter Berggipfel. In dem großen schwarzen Schatten, der an einer Seite der Leiche lag, flimmerten jedoch schwache Flämmchen, dort beendeten dreitausend Liliputaner eilig das Grab für den Riesen. Leise knirschte das Eisen an Sand und Erde, flammten blaue Fünkchen auf, wenn die Hacke auf einen Stein schlug, und eine dunkle Masse kleiner Geschöpfe, kaum beleuchtet von dem spärlichen Licht der seltenen Fackeln, kribbelten auf dem Boden des schwarzen Abgrundes. Jemand trieb zur Eile an. Die zischenden Laute kurzer Befehle klangen schwach vom Grund heraus, und Furcht umschwebte unsichtbar die eilig am Grabe Arbeitenden.

Auf der anderen Seite der Leiche, auf einer vom Mond beleuchteten Fläche, hoben sich unklar dunkle und wie die Leiche selbst unbewegliche, aber lebendige Flecken ab. Dort beteten in tiefem Schweigen und auf Knien die Liliputaner, die, von Trauer und Abscheu gequält, aus der lärmenden und lauten Stadt in diese Nacht geflüchtet waren. Die Flecken verschwammen, mal schmaler und mal breiter werdend, doch nicht durch einen einzigen groben Laut störten sie das hellhörige Schweigen dieser großen Nacht, der letzten, die Gulliver auf der Erde zubrachte. Immer heller schien der höher steigende Mond, und am klaren Himmel senkten sich die düsteren Wolken zum Horizont. Vom Toten her wehte die schreckliche Ruhe eines ungelösten göttlichen Geheimnisses. Die Nacht verging.

Doch auch in der Stadt fanden sich schüchterne und gute Liliputaner, die weder auf die Straße noch auf die lärmenden Plätze oder in die lichtüberfluteten Säle gingen, sondern in ihren kleinen Spielzeughäusern saßen und schreckerfüllt der in der Welt eingetretenen Ruhe lauschten. Für alle Ewigkeiten war jenes gewaltige menschliche Herz verstummt, das hoch über dem Lande stand und mit seinem dröhnenden Schlag die Tage und die finsteren liliputanischen Nächte ausfüllte. Früher kam es vor, daß mitten in der Nacht ein Liliputaner, von schrecklichen Träumen gequält, aufwachte, die vertraut harten und gleichmäßigen Schläge des riesigen Herzens hörte und wieder beruhigt einschlief. Wie ein treuer Wächter behütete ihn das edle Herz und schickte mit seinen tönenden Schlägen Wohlwollen und Frieden auf die Erde und verjagte die schlimmen Träume, von denen es so viele gibt in den dunklen liliputanischen Nächten.

Das große menschliche Herz hatte die Welt verlassen. Und Ruhe trat ein. Und mit Schrecken lauschte ihr das verwaiste, schutzlose Liliput und weinte bitterlich.

1911

Alexander Grin

Die vergiftete Insel

I

Laut Bericht des aus Neuseeland in Achuan-Skap eingetroffenen
Kapitäns Tart und seiner von der Schiffsbesatzung bestätigten
Erklärung gegenüber den örtlichen Behörden hat sich im Süden
des Stillen Ozeans, auf der winzigen Insel Farfont, ein Fall von
abgesprochenem gleichzeitigem Selbstmord der gesamten Bevölkerung zugetragen, mit Ausnahme zweier Kinder im Alter von
drei und sechs Jahren, welche die von Tart geführte »Viola« in
Obhut nahm.

Die Insel Farfont liegt 47° 17′ südlicher Breite, abseits der
Schiffahrtswege. Sie wurde 1869 von van Lott, dem Eigner eines
Walfangschiffes, entdeckt und ist längst nicht auf sämtlichen Kar-
ten verzeichnet, nicht einmal auf sämtlichen offiziellen. Kommerziell und politisch besitzt sie keinerlei Bedeutung. John Webster
ordnet in seiner »Geschichte der Handelsschiffahrt« derartige In-
seln verächtlich der Kategorie der Belanglosigkeiten zu und vermerkt speziell über Farfont, es sei ein winziges Felseneiland.

Im Logbuch der »Viola« finden sich folgende Eintragungen:

»14. Juni 1920. Starker Südwest. Den ganzen Tag vom Kurs
abgedrängt; abends Sturm aufgekommen. Drei Segel eingebüßt.

15. Juni 1920. Groß- und Focksegel vom Wind zerfetzt, haben
Reservegroßsegel gesetzt, halten Südkurs, Matrose Nock über
Bord gegangen und ertrunken.

16. Juni. Mäßiger Wind. Mittags Land in Sicht. Die Insel Farfont. Anker geworfen. Kapitän Tart, Bootsmann Insar und fünf
Matrosen zur Insel aufgebrochen.«

Die Matrosen waren: Governey, Drokis, Becan, Gobster und
Strock.

Der Kapitän gab an, vor dem Fieren des Beiboots durchs Fern-
glas am Ufer einen Menschen ausgemacht zu haben, der rasch im
Wald verschwand. Daraus schloß er, die Insel sei bewohnt, und
obwohl er nach dem Anlegen der Schaluppe keinerlei Spuren von
menschlichen Behausungen entdeckte, mußte er sich, um die Pro-
viantvorräte aufzufrischen, auf die Suche nach Bewohnern ma-

chen. Und tatsächlich, bald entdeckte er in einem malerischen kleinen Tal inmitten üppiger Vegetation fünf schilfgedeckte Holzhäuser. Menschen waren jedoch nicht zu sehen. Auch als der Kapitän, um die Aufmerksamkeit der Inselbewohner auf sich zu lenken, aus seinem Revolver einen Schuß in die Luft abgab, erschien niemand. Aus keinem Schornstein stieg Rauch, überhaupt setzte die auffallende seltsame Stille Tart in tiefste Verwunderung. Er nahm die Gebäude in Augenschein, deren Türen er unverschlossen fand, entdeckte jedoch in den ersten drei und im fünften keine Menschenseele. Im vierten hingegen stießen die Seeleute auf einen Mann, der anscheinend im Sterben lag; zumindest war er bewußtlos; mit verdrehten Augen und bleichem, schweißnassen Gesicht lag er auf dem Fußboden. Ein schwaches krampfhaftes Stöhnen entrang sich seiner Kehle. Ihn umstanden, weinend und verschreckt, ein kleiner Junge und ein etwa sechs- bis siebenjähriges Mädchen.

Der Kapitän versuchte, den Jungen auszufragen, blieb jedoch ohne Antwort und wandte sich an das Mädchen. Ihrer zusammenhanglosen und sichtlich wirren Darstellung des Vorgefallenen entnahm er nur, daß »alle weggegangen« seien, wohin wußte sie nicht; mit ihr und dem kleinen Philipp war nur der jetzt bewußtlos daliegende »Onkel Skorräus« zurückgeblieben. Das Mädchen namens Li – eine Abkürzung von Livia – erzählte zudem, noch eine halbe Stunde zuvor habe Skorräus mit ihr gescherzt und gesagt, gleich kämen Leute, die sie und Philipp aufs Festland brächten, wo es ihnen gutgehen würde. Er selbst habe vorhin etwas aus dem Krug getrunken, der auf dem Tisch stehe, habe danach erklärt, er sterbe bald, habe sich auf den Fußboden gelegt und angefangen zu stöhnen und dann zu ihr gesagt: »Gib diesen Brief einem Mann mit goldenen Knöpfen«; mehr wüßten sie, die Kinder, nicht.

Mochte der Duft der vorm Fenster blühenden Sträucher auch so stark sein, daß den Seeleuten davon schwindelte, der Kapitän hielt es, nachdem er an dem Rest der trüben Flüssigkeit im Krug gerochen hatte, für notwendig, unverzüglich Maßnahmen zu treffen, um Skorräus zu retten. Vermutlich hatte dieser sich vergiftet. Die Flüssigkeit verströmte einen widerlich aufdringlichen herben Geruch. Tart schob dem Unglückseligen ein Taschenmesser zwischen die zusammengepreßten Zähne, drückte sie auseinander und flößte Skorräus, da nichts Besseres zur Hand war,

Brandy ein, in kleinen Mengen, damit der Bewußtlose sich nicht verschluckte. Eine halbe Stunde später waren Tarts, Governeys und Drokis' Flasche leer. Unterdes hatten die Matrosen in einem irdenen Topf Wasser zum Sieden gebracht, tauchten Grasbüschel hinein und machten dem splitternackt ausgezogenen Skorräus Packungen. Tart handelte mehr intuitiv denn nach medizinischen Regeln, doch wie auch immer, jedenfalls hörte der Kranke auf zu stöhnen. Daraufhin erneuerten sie die heißen Packungen, rubbelten ihn ab, und schließlich öffnete der Patient die Augen. Sein Blick war irr. Weder sprach noch verstand Skorräus etwas, erst später, bei der Ankunft in Achuan-Skap, begann er zu reden, allerdings wirkten seine Worte mehr als verworren für ein vernunftbegabtes Wesen.

Die Kinder, vollkommen getröstet mit der Taschenuhr, die Drokis ihnen überlassen hatte, und der auf eine Bahre gebettete, zu sich gekommene Skorräus wurden auf die »Viola« gebracht, der Kapitän indes nahm sich der Erforschung des traurigen Falles an: Skorräus' Brief, der nunmehr den Gerichtsorganen vorliegt, war auf ein altersgilbes Titelblatt der Bibel geschrieben; statt Tinte hatten die Farfonter vermutlich einen rasch nachdunkelnden Pflanzensaft verwendet. Tart las ungelenke, doch geheimnisvolle, entsetzliche Zeilen (ohne Datumsangabe):

»Wir, die Bewohner Farfonts, erklären und bezeugen vor den anderen Menschen, daß wir uns nicht imstande fühlen weiterzuleben, da wir samt und sonders irrsinnig oder von Dämonen besessen sind. Deshalb scheiden wir nach gegenseitiger Übereinkunft freiwillig aus dem Leben. Vorliegender Brief wird Joseph Skorräus zur Aufbewahrung anvertraut, bis er eine Möglichkeit hat, ihn einem Schiff mitzugeben. Da Skorräus unser aller Bitte freiwillig entsprochen hat, besitzt er kein Recht, Hand an sich zu legen, bevor sich nicht die Möglichkeit bietet, die wegen ihres zarten Alters am Leben gelassenen Kinder Philipp und Livia fortzuschicken.«

Darauf folgten vierundzwanzig Unterschriften mit der Altersangabe jedes Selbstmörders. Der älteste war hundertelf, der jüngste vierzehn Jahre alt.

Unweit der Ansiedlung entdeckte Tart einen frisch aufgeschütteten stattlichen Hügel – ein Massengrab. Die »Viola«-Besatzung entfernte die welken Blumen von dem Holzkreuz und ersetzte sie durch frische Kränze.

»Der Gesamteindruck von alledem war«, so schloß Kapitän Tart seinen Bericht, »als hätte man vor unseren Augen einen Gefesselten erstochen; wir beeilten uns, das Takelwerk zu flicken und verließen am nächsten Morgen das furchtbare Farfont.«

2

Die »Viola« war im Achuan-Skap also mit folgenden Beweisen für den Selbstmord der gesamten Farfonter Bewohner vor Anker gegangen: dem Rest der giftigen Flüssigkeit, dem von den vierundzwanzig Inselbewohnern gemeinsam verfaßten Brief und den beiden Kindern, einem Jungen und einem Mädchen, die für unsere Begriffe Wilde waren.

Befragungen der Kinder fügten den Angaben von Matrosen und Kapitän äußerst wenig hinzu. Der Junge vermochte überhaupt nichts zu berichten, da er kaum sprechen konnte, und das Mädchen vermischte Erinnerungen an das Inselleben offenkundig mit Eindrücken von der Reise und der großen Stadt und erzählte Unsinn: »Vater hat gesagt, sie werden uns alle umbringen.« – »Wer?« – »Irgendwelche Leute, von denen es sehr viele gibt.« – »Hast du sie gesehen?« – »Nein.« – »Haben Schiffe an der Insel festgemacht?« – »Einmal ist ein ganz großes gekommen, größer als ich.« – »Erinnere dich, Li, wann war das? Ist das lange her?« – »Ja.« – »Vielleicht doch nicht lange?« – »Nein.« Sie vermochte sich zeitlich nicht zu orientieren, und ihre weiteren Mitteilungen über das Schiff, die Menschen, die auf der Insel gewesen waren, und deren Anzahl glichen einem halbvergessenen, düsteren Traum. Dann erzählte sie, wie alle sich gefürchtet hatten, sie würden umgebracht, und wie nachts viele Schiffe gekommen seien, die die Häuser beschossen hätten. Einige Schiffe seien durch die Luft geflogen. Der Untersuchungsrichter schrieb das der kindlichen Phantasie, entflammt durch die Erzählungen der Seeleute, und dem bei den Kindern bemerkten Hang zur Mystifikation zu. Wohl notierte er alles, jedoch aus rein formellen Erwägungen.

Die Erklärungen des Mädchens offenbarten allerdings einen eigentümlichen Umstand, der jegliche Fremdeinwirkung in diesem Fall nahezu ausschloß. Der Erinnerung des etwa sechsjährigen Kindes zufolge hatte in Farfont ein einziges Mal ein Schiff festgemacht; angenommen, verläßliche Gedächtnisleistungen beginnen im Alter von drei Jahren, bedeutete das, daß die Insel drei Jahre lang von jeglicher Verbindung zur Außenwelt abgeschnitten war, was natürlich die Frage aufwarf, wie oft Schiffe Farfont anliefen und ob nicht jede Schiffsankunft in den nachfolgenden Jahren zur Legende wurde. Kurz, war Farfont nicht ein derart entlegener Winkel, daß dort nur einigemal in hundert Jahren ein Schiff aufkreuzte, und auch das nur zufällig, wie die »Viola«?

Da Farfont den Verwaltungsbehörden so gut wie unbekannt war und für sämtliche Haupt- und Nebenschiffahrtslinien gar nicht existierte, wurde diese Frage selbstverständlich bejaht. In dem Fall schied verbrecherische Fremdeinwirkung in die Angelegenheiten der Farfonter aus, zudem bestätigten die Angaben der »Viola«-Besatzung die Isoliertheit der Insel. Hausgerät, Werkzeug, Kleidung und sonstige Gegenstände, von den Matrosen flüchtig in Augenschein genommen, zeugten davon, daß sie selbstgefertigt waren, ausgenommen ein paar alte Flinten, Bücher und einiger Krimskrams wie eine Spiegelscherbe oder ein Stoffetzen, die irgendwann nach Farfont geraten waren. Was die Natur anbetraf, so war sich alles einig, die Insel sei »ein wunderschönes Fleckchen«. Gobster, der sensibler als die anderen war, erklärte, dort sei das reinste Paradies. Kapitän Tart verbreitete sich ausführlicher über das Eiland, sprach aber als Mann der Praxis vor allem über die Bodenfruchtbarkeit und den Überfluß an klarem Quellwasser.

Da wir im weiteren noch eine detaillierte Beschreibung der Insel zu erwarten haben, wollen wir auf die Gegenüberstellung der Fakten zurückkommen. Aufgrund des Dargelegten hielt der Untersuchungsrichter zwei Versionen für möglich: 1. Die Bewohner Farfonts schieden unter dem Druck ungewöhnlicher Umstände und Ursachen örtlichen, nicht äußeren Ursprungs, denen sie nicht entrinnen konnten, nach gegenseitiger Übereinkunft freiwillig aus dem Leben. 2. Aus Erwägungen, die den Untersuchungsorganen unbekannt sind, wurden sie von dem einzigen Überlebenden, dem nunmehr irren Skorräus, umgebracht, wobei letzterer, um jeglichen Verdacht von sich abzulenken, als Beleg für den Massenselbstmord den angeblich nachgelassenen Brief mit den gefälschten Unterschriften der Farfonter verfaßte und niederschrieb.

Die zweite Version wurde, da sie der Unkompliziertheit kriminalistischen Denkens und dem unüberwindlichen Hang der Behörden zur Entlarvung übler Absicht selbst dort, wo jemand schlicht hinstürzt und sich den Kopf aufschlägt, sehr entgegenkam, bedauerlicherweise ziemlich eifrig von einigen Zeitungen aufgegriffen, deren Verleger der Öffentlichkeit dadurch den ätzenden Zweifel nahmen; die Reporter hielten sich leichtfertig an die Position des »gesunden Menschenverstandes«, den man hinsichtlich einiger Erscheinungen meiden sollte wie die Pest.

»Der Morgenbote« schrieb:

»Haha! Man möchte uns weismachen, ein ganzes Dorf gesunder, in der freien Natur aufgewachsener, keinen Überfluß kennender, halbwilder Leute habe eine Tragödie erlitten. Mag sein, sie sind sich wegen einer Eingeborenenschönheit in die Haare geraten. Aber die Frauen? In solchem Fall bleibt nur eine allgemeine Verzweiflung am Leben, der Zusammenbruch jeglicher Ideale usw. zu vermuten! Skorräus hingegen lebt, am Leben sind die beiden Kinder, und gerade sie überzeugen uns mehr als alles andere von der hinterlistigen Umsicht des Verbrechers. Er wußte, daß ein Schiff in Farfont auftauchen konnte, und bereitete sich auf diesen wenig wahrscheinlichen Fall vor. Hier tritt er uns in der Rolle des Beschützers der Kinder, die man ihm angeblich anvertraut hat, entgegen. Die Kinder können natürlich geschlafen haben, als der blindwütige Mörder seine Landsleute vergiftete. Beachten Sie, daß er ebenfalls Gift getrunken hat, aber nicht gestorben ist. Glasklar, die Dosis war mit solcher Erfahrung bemessen...« etc.

»Der Beobachter«, der für kollektiven Selbstmord eintrat, stützte sich vor allem auf die Angaben des Kapitäns der »Viola«.

»Abgesehen von der ernsten Vergiftung«, schrieb das Blatt, »einer Vergiftung, die Skorräus fast ins Jenseits befördert hätte, wird seine Unschuld durch das Massengrab bestätigt. Der Hügel liegt, wie Kapitän Tart berichtet, sichtbar nahe der Siedlung, ist sorgfältig aufgeschüttet, mit einer Rasenplatte bedeckt und mit einem stabilen Kreuz versehen; er bildet den besten Beweis für die achtungsvolle Erfüllung der traurigen Pflicht, die das Schicksal Skorräus auferlegt hat. Skorräus standen mehrere Boote zur Verfügung; wäre er ein Mörder, so hätte er in aller Ruhe die Leichen ungehindert ins Meer werfen und lauthals verkünden können, sämtliche Bewohner wären beim Fischfang ertrunken. Das nur als Beispiel. Freilich, die Ursachen für den Selbstmord sind offen, zumal der Text des völlig vernünftig geschriebenen Briefes nicht auf Irrsinn oder ›Dämonenbesessenheit‹, sondern nur auf die

Folge bislang ungeklärter Ursachen hinweist. Die Verfasser des Briefes haben offensichtlich stark bezweifelt, daß er die Öffentlichkeit je erreichen würde, anderenfalls hätten wir es vermutlich mit einem ausführlichen, erschöpfenden Dokument zu tun. Die Kürze des Briefes verweist zudem auf die Hast, mit der diese Unglücklichen bestrebt waren, aus dem Leben zu scheiden; uns verbleibt nur, Skorräus' Gesundung abzuwarten, auf die, wie Professor Nessar erklärt hat, nunmehr Hoffnung besteht.«

Die Analyse der vom Kapitän der »Viola« mitgebrachten Flüssigkeit ergab, daß starkes Gift darin enthalten war.

Dem in der Klinik von Professor Arno Nessar untergebrachten Skorräus wurde Tobsucht in milder Form attestiert. Skorräus brachte vier Monate bei Nessar zu. In dieser Zeit wurden durch die Veröffentlichungen und eine Expedition des Psychiaters De-Maistre neue Umstände zutage gefördert.

3

De-Maistre, der einen bedeutenden Teil seines Lebens der Erforschung von Suiziden gewidmet hatte, unterwarf sich eine Weile der Belagerung durch Journalisten, Damen der Gesellschaft, Behörden und Strohmänner der Polizei, verwies jedoch jedermann darauf, wie verworren der Fall sei, obgleich er persönlich innerlich der Selbstmordhypothese zuneigte.

Am 11. August verließ er, von der Zeitschrift »Union« subventioniert, in der Hoffnung, durch den persönlichen Besuch der Insel zu neuen, maßgeblichen Hinweisen zu gelangen, mit der zu diesem Zweck gecharterten »Terentius« Achuan-Skap, kehrte am 24. September zurück und verblüffte die Öffentlichkeit mit der Enthüllung von Fakten, welche die Auffassung, der Tod der Farfonter sei keineswegs auf äußere Einwirkungen zurückzuführen, erheblich ins Wanken brachte. Denn dicht am Ufer, in einer Felsensenke, hatte De-Maistre vierundvierzig leere Weinflaschen – ein für Farfont fremdes Produkt –, eine große helle Sicherheitsnadel und eine halbvermoderte Nummer des »Stationnaire« gefunden. Die Zeitung überzeugte De-Maistre endgültig, daß nicht lange vor der »Viola« ein anderes Schiff die Insel angelaufen haben mußte.

Unterdes hatte, dank den Veröffentlichungen und der breiten

Publizität des Falles, die Redaktion des »Beobachters« aus Bombay den notariell beglaubigten Brief eines Kapitäns Brahms erhalten. Brahms war Angestellter der Sydneyer Verkehrsgesellschaft und führte den Dampfer »Rikscha«. Seine Mitteilung war strenggenommen die Vorstufe zur Wahrheit, deren trauriges Gesicht sich erst am Tag von Skorräus' Gesundung voll und ganz enthüllte. Hier der Brief:

»Am 5. April 1920 wurde die ›Rikscha‹ auf der Suche nach der verschollenen ›Vendôme‹ durch einen Zyklon vom Kurs abgedrängt, und, stark beschädigt, weit nach Süden abgetrieben. Am Morgen des 20. April entdeckten wir eine kleine Insel, die auf der Karte nicht verzeichnet war; keines meiner Besatzungsmitglieder war je dort gewesen oder hatte von ihrer Existenz gewußt. Die Bewohner – Mischlinge – stammten ihren Angaben zufolge von zwei Emigrantenfamilien ab, die der Kreuzer ›Brobdiniac‹ 1870 an diesem entlegenen Winkel abgesetzt hatte, aus politischen Gründen. Daher gab es nur zwei Zunamen auf Farfont: Skorräus und Gonzales; die Leute trieben Ackerbau, Jagd und Fischfang; Ausnahmebedingungen unterworfen, erzeugten und erbeuteten sie alles Lebensnotwendige mit eigenen Händen und Mitteln; sie besaßen nur wenige Dinge, die von den Erstbewohnern mitgebracht oder später von Schiffen gekauft worden waren.

Das letzte Schiff, das sie besucht hatte, war die meuternde ›Skarabäus‹ gewesen; sie hate Farfont sechs Jahre zuvor angelaufen. Das erklärt, mit welch ermüdender Aufmerksamkeit und Erregung wir empfangen wurden. Die Bewohner strömten ans Ufer und umringten die wundersamen Gäste. Alles, bis zum letzten Knopf unserer Kleidung, wurde Gegenstand endloser Dispute, Debatten und Fragen. Wie sich herausstellte, waren wir am Tag der Eheschließung des jungen Antonio Gonzales mit der nicht minder jugendlichen Giovanna Skorräus eingetroffen. Uns erwarteten ein Festmahl, endlose Fragen nach dem Leben in der großen Welt und das Schauspiel einer urwüchsigen, aber äußerst rührenden Hochzeit.

Der Bräutigam, er trug ziemlich gutgeschnittene Kleidung und einen riesigen Strohhut, ließ, was sein Äußeres betraf, nur eine Meinung zu: Er war ein stattlicher brünetter Jüngling mit leicht einfältigem Lächeln und ernsten großen Augen, denen abzulesen war, daß er um die Bedeutsamkeit und Feierlichkeit des Augenblicks durchaus wußte; die Braut hingegen verbarg sich im entscheidenden Moment hinter einer Hausecke – natürlich schämte sie sich vor uns –, und es bedurfte keiner geringen Geduld, bis es uns gelang, einen Blick auf ihr nettes Lärvchen zu werfen. Rot vor Verwirrung, trat sie endlich aus ihrem Versteck. Skiper Polladiu, unser Complimenteur, rühmte lautstark ihre Qualitäten, was sie merklich aufmunterte, so daß sie geruhte, ihm einen Blick zuzuwerfen, ihre Augen waren nußbraun und naiv wie bei einem einwöchigen Küken. Ein einfaches Kleid aus grobem Handgewebtem umhüllte ihre in den Bewegungen noch gehemmte, zarte, hübsche, schlanke Gestalt.

Die Hochzeitszeremonie war schlicht und erhaben. Wir standen am Ufer eines Stromes, der sich blau und weiß schäumend durch Granitwände schlängelte, welche sich vor uns zu einem schattenspendenden bizarren rötlichen Brückenbogen schlossen. Samtiges Grün rankte sich daran empor. Über dem Bogen brachen sich die Sonnenstrahlen, so daß die Luft einer Feuerlohe oder einem Goldvorhang glich, durch den blauschattig die Uferbiegungen schimmerten. Das Ufer war blumenübersät. Am Horizont glitzerte wie eine schmale Sichel der Ozean.

Großvater Skorräus verlas einige Gebete und Bibelabschnitte und vereinte mit seiner welken Hand die heißen Hände der beiden jungen Leute; danach kehrten wir in die Siedlung zurück. Dort, an der Küste des Ozeans, in einer Felsensenke, begann das Festmahl, zu dem wir zwei Kisten Rum und Wein beisteuerten. Ich begann von den bedeutenden Weltereignissen, den Entdeckungen und dem titanischen Kampf unserer Tage zu erzählen, wobei ich schon im voraus genoß, wie mein Bericht diese Leute beeindrucken mußte.

Und tatsächlich, sie waren erschüttert. Ich zeichnete ihnen ein möglichst umfassendes Bild des gigantischen Kampfes zwischen neun Staaten, schilderte seine denkwürdigsten Geschehnisse, Plan, Ablauf, Tempo und die von den Gegnern eingesetzten technischen und moralischen Mittel. Irgendwer zweifelte an der Wahrheit meiner Worte, worauf ich ihm eine mitgeführte Nummer des ›Stationnaire‹ gab. Auf die Erde verschlagene Mond- und Marsbewohner hätten kein brennenderes Interesse wecken können als wir mit unserem ›Stationnaire‹ und den Berichten über die Schlachten von Millionenarmeen. Uns wurden so viele Fragen gestellt, daß wir ein halbes Leben gebraucht hätten, um sie nur annähernd zu beantworten.

Ich bekenne es, ungeachtet der bitteren Ereignisse, die dieses Jahrzehnt verdüstert haben, empfand ich unwillkürlich ein Gefühl des Stolzes, richtiger – der Überlegenheit gegenüber diesen Halb-Robinsons, als ich von den genialen Errungenschaften der Menschheit auf dem Gebiet der Luftfahrt, des Funks, der Chemie, der Schiffs- und der Artillerietechnik erzählte. Ich beschrieb ihnen das Aussehen von Dreadnoughts, Zeppelinen, Aeroplanen, Betongräben und gepanzerten Forts, ließ meine Zuhörer vor dem Gewicht einer Sechzehnzollgranate oder den Ausmaßen des Trichters einer Bombe erbeben, die ein Dorf hinwegzufegen vermag.

Wir unterhielten uns die ganze Nacht über. Am folgenden Abend hatten wir die Schäden an der ›Rikscha‹ behoben, lichteten die Anker und erreichten am 3. Mai Melbourne.

Im vorliegenden Brief sind sämtliche Umstände unseres Farfonter Aufenthalts dargelegt, wobei ich es für notwendig erachte, hinzuzusetzen, daß die Nachricht von dem tragischen, ungewöhnlichen Tod unserer einstigen Gastgeber uns alle, die wir sie gesehen haben, zutiefst betroffen hat. Sollte meine augenscheinlich in keinerlei direktem Zusammenhang mit dem Fall stehende Mitteilung Licht in das Geheimnis des Todes dieser lebensfrohen, gastfreundlichen Menschen bringen, so empfände ich die bittere Freude eines Mannes, der dazu beigetragen hat, eine traurige Wahrheit zu enthüllen.«

4

Am 20. September machte Skorräus endlich seine Aussage. Die stenografische Mitschrift seines Berichts ist absolut verworren und strotzt vor Wiederholungen und Abschweifungen; zudem ist die Sprache des Erzählers unserer Denk- und Ausdrucksweise, die durch die ständige Kommunikation – sei sie nun direkt oder durch Briefe, Telegramme, Bücher und Zeitungen – mit einer Vielzahl von Menschen geprägt ist, derart fremd, daß wir es für notwendig hielten, dieser Aussage den üblichen literarischen Schliff zu geben, ohne dabei irgendwelche Fakten und die dadurch vermittelten Eindrücke zu unterschlagen.

»Uns fiel es schwer«, sagte Skorräus, »den Worten von Kapitän Brahms zu glauben, der erklärte, Europa habe einen furchtbaren Krieg durchlebt, derweil wir, ohne davon zu ahnen, nur Wellengeplätscher und das Rauschen von Blütenzweigen vernahmen. Brahms zeigte uns jedoch eine Zeitung, die, obschon alt, anschaulich dasselbe bezeugte.

Die ganze Nacht unterhielten sich der Kapitän und seine Gefährten mit uns, weihten uns, die wir erregt, erschüttert und gebannt waren, in die Ereignisse ein. Wir erfuhren, daß Hunderte Millionen Menschen vom Krieg betroffen waren. Wir erfuhren, daß zahlreiche Städte und ganze Länder verwüstet waren. Wir erfuhren, daß Menschen in geflügelten Maschinen fliegen und von oben Bomben auf Schiffe, Häuser und Wälder geworfen haben. Wir erfuhren, daß man mit einem besonderen stickigen Wind Zehntausenden von Soldaten die Lungen verbrannt hat, und vieles andere, wir erfuhren auch, daß sich ein solcher Krieg wiederholen kann.

Am Morgen begaben sich der Kapitän und seine Gefährten auf ihr Schiff, um die Schäden zu reparieren; wir aber unterhielten uns über das Gehörte. Keiner von uns dachte an diesem Tag daran, zu arbeiten. Jeder wertete das Geschehen auf seine Weise. Die einen versicherten, Brahms habe uns beschwindelt, und der Krieg dauere wahrscheinlich noch an. Andere behaupteten, es sei eine günstige Zeit für Seeräuber angebrochen, und wir hätten vermutlich bald einen Überfall zu erwarten. Überhaupt machten sich Argwohn und Bedrückung unter uns breit; ein jeder trug sich mit Vorahnungen und erzählte jedem von seinen Vermutungen über die Ereignisse in Europa, von dem wir nur verschwommene Vorstellungen besaßen.

Jemand – wer, weiß ich nicht mehr – sagte, es sei durchaus möglich, daß wir in ein, zwei Jahren die einzigen Erdenbewohner seien, da die kriegführenden Parteien sich mit ihren ungeheuerlichen Erfindungen zweifellos gegenseitig vernichten würden.

Leon Skorräus, mein Neffe, meinte, nicht das gebe es zu befürchten, sondern vielmehr eine Massenflucht von Millionen Menschen, welche die dichtbesiedelten Kontinente verlassen und in entlegenen Erdenwinkeln Sicherheit suchen würden. Eine große Anzahl gutbewaffneter Zuwanderer würde uns natürlich überwältigen und unser Hab und Gut, den urbar gemachten Boden und die Boote rauben können. Es kam sogar der Vorschlag, die ›Rikscha‹ zu bitten, uns mitzunehmen, damit wir nicht allein in Furcht und Ungewißheit zurückblieben; der Feigling wurde jedoch unverzüglich zur Räson gebracht, indem man ihm erklärte, Ungewißheit sei besser als das, was gegenwärtig in den großen Ländern vorgehe. Am Abend jedoch, als die ›Rikscha‹ den Anker lichtete, fuhren zwei unserer Alten hin mit der Bitte, allen von uns zu erzählen und ein entgegenkommendes Schiff herzuschicken, für den Fall, jemand wolle wegfahren. Brahms beruhigte die beiden Alten mit dem Versprechen, ihren Wunsch zu erfüllen. Bei Sonnenuntergang legte die ›Rikscha‹ ab und entschwand.

Diese Nacht verbrachte ich, wie auch viele andere, in qualvollem Halbschlaf; zuweilen stand ich auf und kümmerte mich um meine Frau, die sich unwohl fühlte nach all den Aufregungen.

Zwei Tage nach Auslaufen der ›Rikscha‹ kehrte Juan Gonzales, der mit Giovannas Mann Antonio zum Fischfang hinausgefahren war, früher als erwartet zurück und erklärte, eine halbe Meile vom Ufer hätten sie einen glänzenden nagelgespickten runden Gegenstand entdeckt, der sich auf den Wellen wiegte. Der kurz darauf nachkommende Antonio bestätigte das. ›Fast wären wir draufgefahren‹, sagte er erbleichend. Offenkundig handelte es sich um eine der Treibminen, von denen Brahms gesprochen hatte.

Mittags ertönte über uns ein gewaltiges Dröhnen; alles kam aus den Häusern gestürzt, eilte von den Feldern herbei. Oben glitt mit Möwengeschwindigkeit ein riesiger dunkler Gegenstand dahin, umkurvte einen Baum, zog eine Schleife beim Wald, stieß hinab und verschwand.

Wir waren derart erschrocken, daß wir, ohne uns gegenseitig zu verstehen, alle durcheinanderschrien. Selbst dem Ungläubigsten blieb kein Zweifel, daß rundum, bislang noch unsichtbar für uns, Seegefechte stattfanden, Aufklärer die Umgebung erkundeten und dabei die Insel überflogen. Von Westen her waren kurz darauf dumpfe Einschläge oder Detonationen zu hören. Alles stürzte ans Ufer. Am Horizont kräuselten sich Rauchwölkchen, durch die Entfernung gedämpft, drang langsames, schweres Schießen von dort herüber, es schien, als bebe die Erde unter unseren Füßen. So ging das eine gute Stunde, dann war alles vorbei.

Am Abend kamen die drei Gonzales, die nach Holz in den Wald gegangen waren, atemlos angehetzt. Sie hatten Hufgetrappel, Schreie, Säbelklirren und Stöhnen gehört, jedoch niemand gesehen. Wenig später folgte Allan Skorräus, der um die Zeit mit seiner Frau am Wasserfall gewesen war; beide hatten auf dem Fels einen bewaffneten Reiter entdeckt, der, die Augen mit der Hand abgeschirmt, zum Wald hinüberblickte. Als er Allan Skorräus bemerkte, zog er die Zügel straff und verschwand.

›Auf der Insel sind welche gelandet‹, sagte Allan Skorräus, nachdem er seine Erzählung beendet und den Bericht der Gonzales gehört hatte. ›Was für ein Krieg das ist, wissen wir nicht, jedenfalls droht uns Gefahr, möglicherweise sogar der Tod. Wir müssen die Insel abgeben.‹

Antonio Gonzales und ich erboten uns dazu. Obwohl wir den halben nächsten Tag Farfont durchkämmten, entdeckten wir keinerlei Spuren, vernahmen jedoch Geklirr und Gerassel, begleitet von Geschrei. Bei der Rückkehr fanden wir die Unseren in völliger Niedergeschlagenheit vor. Die Frauen weinten. Unser Bericht versetzte alle in Erstaunen und noch größeren Schrecken.

›Vielleicht‹, meinte der alte Rince kopfschüttelnd, ›vielleicht können die sich unsichtbar machen. Man sagt ja, eine Zeit wundersamer Erfindungen sei angebrochen.‹

›Aber die Leichen?‹ fragte ich.

Er antwortete jedoch nicht.

›Seht nur, seht!‹ schrie in diesem Augenblick meine Schwester, und als wir ihrem entsetzten Blick folgten, bemerkten wir, der ganze Himmel war mit dahinsausenden geheimnisvollen Schiffen bedeckt, deren eigenartiges Takelwerk an Segler erinnerte. Dort droben dröhnte und pfiff es, wir hörten Einschläge und lang andauerndes Glockengeläut, und bald war alles in Rauch gehüllt von der Schießerei, die wie ein Todesurteil in unseren Ohren klang. Die Frauen fielen in Ohnmacht, rannten in die Häuser, heulten. Wir Männer standen wie angenagelt, hatten nicht die Kraft, uns vom Fleck zu rühren. Endlich verschwand das Heck des letzten Ungeheuers hinter den Felsen, und wir klagten uns angst- und kummervoll unsere Verzweiflung. Keiner vermochte das Vorgefallene zu erklären. In dieser Nacht schliefen allein die Kinder...

Diese bedrückenden, grausamen, bedrohlichen Erscheinungen währten einen Monat und zwei Wochen, bis wir uns schließlich in einem ganz erbarmungswürdigen, halbirren Zustand befanden. Wir hatten Angst, uns weit vom Haus zu entfernen, um ja nicht allein zu bleiben; sämtliche Arbeit blieb liegen; unruhige, quälende Träume verfolgten diejenigen, die sich, Ruhe suchend, zu Bett legten; die Kinder, durch die Bedrohung, die unser friedliches Leben zerstört hatte, am meisten erschreckt, weinten, ebenso ihre von der ständigen Angst schmal gewordenen Mütter; wir Männer, immer wieder entschlossen, die fremde Streitmacht abzuschütteln, schritten gemeinsam die Insel ab, um uns zu überzeugen, daß wir ihre einzigen Herren waren, doch nachdem wir uns davon überzeugt hatten, verfielen wir in noch heftigere Verzweiflung. Tag und Nacht dröhnte dumpfes Grollen über uns; Gespräche wurden mitten im Wort durch ferne Detonationsgeräusche unterbrochen, und Stöhnen und Jammern, mal leise und kläglich, dann wieder laut, zornig und schmerzvoll, erfüllte die Luft. Nachts drang von Westen her heftiger Kanonendonner herüber, als tobte dort eine endlose Schlacht – ein Blick aufs Meer ließ uns dunkle Schiffskolosse unbekannter Nationalität erkennen, die einander verfolgten. Wir fanden keine Ruhe mehr. Was ging mit uns, was um uns vor? Wir wurden es müde, uns gegenseitig mit Fragen zu bedrängen. Eines Abends schließlich erklärte Allan Skorräus, mein Cousin zweiten Grades, in dessen Haus wir zusammengekommen waren, er sehe aus unserer hilflosen Lage keinen anderen Ausweg mehr als den Tod: ›Wir können weder wachen noch schlafen. Einem teuflischen Alptraum ausgeliefert, richtiger – einer entsetzlichen Realität, die wir durch ihre uns fremden Mittel nie zu erfassen vermögen, von aller Welt abgeschnitten, unwissend, unschuldig, nicht mehr klar bei Sinnen, werden wir bald gänzlich den Verstand verlieren und die Luft mit wildem Geheul erfüllen. Wozu? Wir wissen es nicht. Ich schlage vor, freiwillig aus dem Leben zu scheiden.‹

Keiner widersprach ihm. Dieweil die Versammelten in tiefem Schweigen verharrten, machte Allan für jeden der Männer ein Los zurecht. Wer das kürzeste Stäbchen zog, sollte am Leben bleiben, um die anderen zu bestatten. Dieses Unglück traf mich, worauf meine verwitwete Schwester, Alice Skorräus, erklärte: ›Mag es so sein; nur meinen Philipp und meine Livia nehme ich nicht mit ins Grab.‹ Darauf vertraute sie die beiden Kinder meiner Obhut an mit der Bitte, ein Schiff abzuwarten und so lange am Leben zu bleiben, bis die Kinder die Insel verlassen könnten.

Ich widersetzte mich, wie ich nur konnte, vermochte mich den Bitten jedoch nicht zu entziehen; zudem mußte sich tatsächlich jemand um das Begräbnis kümmern. Dennoch brach ich angesichts meiner bitteren Zukunft in Tränen aus. Völlig auf mich gestellt, von düsteren Erinnerungen erfüllt, in Sorge um die beiden

Kinder, hatte ich Schlimmeres zu erwarten als den Foltertod. Vielleicht stimmte ich nur deshalb zu, weil mein Verstand bereits getrübt war und das Geschehene nicht mehr zur Gänze erfaßte.«

An dieser Stelle seines Berichts sank Skorräus in Ohnmacht. Wieder zu sich gekommen, beeilte er sich, seine Erzählung zu beenden. Hier wird das Stenogramm konfus, bruchstückhaft und knapp.

»Fieberhafte Ungeduld packte alle. Sie schrieben den Brief, Allan brachte Gift. Ich verließ das Haus und führte die Kinder fort, sagte ihnen, die anderen kämen auch bald. Um nichts in der Welt wäre ich dorthin, in Allans Haus, zurückgekehrt. Halb ohnmächtig, wie benommen lag ich da. Was dort vorging, weiß ich nicht. Die Sonne war bereits untergegangen, als ich mich entschloß, die verhängnisvolle Tür zu öffnen.

Und ich sah . . .«

Skorräus lehnte es ab, zu erzählen, wie er die Unglücklichen beigesetzt hatte. Seine weiteren Angaben – die düstere Lebensbeschreibung eines halbkranken Mannes, der zwei kleine Kinder ernähren und beruhigen mußte, indem er alle möglichen Geschichten erfand, um das Verschwinden aller übrigen zu erklären – können Sie im »Monatsblatt Achuan-Skaps« lesen, jener Zeitschrift, die den ausführlichsten Bericht über den Fall Farfont veröffentlicht hat. Gestützt auf Miller, Quincy und Ribot, entwickelt dessen Autor die Hypothese, daß es sich um kollektive Sinnestäuschung, zugleich jedoch um »Lebensangst«, einen von Krafft detailliert erforschten besonderen psychologischen Defekt, handle.

Nach der Beschreibung der herrlichen Vegetation der Insel, ihres milden Klimas und des eigentümlichen Zaubers ihrer harmlosen, unberührten Wildnis gelangt der Verfasser am Ende seines Artikels zu dem Schluß:

»Das waren die glücklichsten Menschen unserer Erde, hingemordet durch das Echo längst verhallter Salven, die beispiellos in der Geschichte sind.«

1916

Jefim Sosulja

Die Geschichte von Ak
und der Menschheit

Es wurden Plakate angeklebt

Häuser und Straßen sahen nicht anders aus als gewöhnlich. Über ihnen blaute werktäglich der Himmel mit seinem ewigen Einerlei. Und die grauen Masken der Steine des Straßenpflasters waren wie stets undurchdringlich und gleichgültig, als völlig kopflos gewordene Menschen, denen die Tränen von den Gesichtern tropften und in die Kleistereimer fielen, diese Plakate anklebten.

Ihr Text war schlicht, erbarmungslos und unausweichlich. Er lautete: »An alle ohne Ausnahme!

Die Überprüfung des Rechtes auf Leben wird von Sonderausschüssen, die jeweils aus drei Mitgliedern des Gremiums der Höchsten Entschlußfreude bestehen, bezirksweise an allen Stadtbewohnern vorgenommen. Die medizinische Untersuchung und die Analyse des Geistes erfolgt ebendort. Einwohner, die als wertlos für das Leben erkannt werden, sind verpflichtet, dasselbe binnen vierundzwanzig Stunden zu verlassen. Innerhalb dieser Frist kann Berufung eingelegt werden. Appellationen müssen dem Präsidium des Gremiums der Höchsten Entschlußfreude in schriftlicher Form übergeben werden. Die Beantwortung erfolgt im Zeitraum von drei Stunden. An wertlosen Menschen, die aus Willensschwäche oder aus Liebe zum Leben nicht abgehen können, wird das Urteil des Gremiums der Höchsten Entschlußfreude von Freunden, Nachbarn oder bewaffneten Sonderabteilungen vollstreckt.

Anmerkungen: 1. Die Einwohner der Stadt sind verpflichtet, sich den Handlungen und den Anordnungen aller Mitglieder des Gremiums der Höchsten Entschlußfreude in absoluter Ergebenheit zu fügen. Sämtliche Fragen müssen wahrheitsgetreu beantwortet werden. Zu jedem Fall eines wertlosen Menschen wird das Protokoll seiner Beurteilung angefertigt.

2. Die vorliegende Anordnung wird mit unerbittlicher Strenge durchgesetzt. Der Menschentrödel, der die Umgestaltung des Lebens nach den Grundsätzen der Gerechtigkeit und des Glücks

behindert, muß erbarmungslos ausgemerzt werden. Die gegebene Verfügung betrifft ausnahmslos alle Bürger, Männer, Frauen, Reiche und Arme.

3. Die Ausreise aus der Stadt ist jedem Einwohner ohne Ansehung der Person während der Dauer der Arbeiten zur Überprüfung des Rechtes auf Leben unter allen Umständen verboten.«

Die ersten Wogen der Erregung

»Haben Sie gelesen?«
    »Haben Sie gelesen?!«
    »Haben Sie gelesen?!!«
    »Haben Sie gelesen!!! Haben Sie gelesen?!!!«
    »Haben Sie gesehen! Schon gehört?«
    »Schon gelesen???!!!«
In vielen Stadtteilen bildeten sich Menschenansammlungen. Der städtische Verkehr stockte und kam fast zum Erliegen. Fußgänger lehnten sich in plötzlichem Schwächeanfall an die Hauswände. Viele weinten. Andere fielen in Ohnmacht. Gegen Abend war die Zahl der Ohnmächtigen riesenhaft angewachsen.
    »Haben Sie gelesen?«
    »Wie furchtbar! Es ist unerhört und abscheulich.«
    »Aber wir haben das Gremium der Höchsten Entschlußfreude doch selbst gewählt. Wir selbst haben es mit den höchsten Vollmachten ausgestattet.«
    »Ja. Das ist wahr.«
    »Wir sind selbst schuld an diesem ungeheuerlichen Versehen!«
    »Ja, das ist wahr. Wir sind selbst schuld daran. Aber wir wollten doch ein besseres Leben aufbauen. Wer von uns hat denn gewußt, daß das Gremium dieses Problem so einfach und schrekkenerregend anpacken würde!«
    »Aber was für Namen sind in das Gremium eingezogen! Ach, was für Namen!«
    »Woher wissen Sie das? Ist die Liste sämtlicher Gremiumsmitglieder denn schon veröffentlicht worden?«
    »Ich habe es von einem Bekannten. Ak ist zum Vorsitzenden gewählt worden!«
    »Oh! Was Sie nicht sagen! Ak? Was für ein Glück!«
    »Ja. Ja. Es stimmt.«
    »Was für ein Glück! Das ist doch eine integre Persönlichkeit!«

»Ja, natürlich. Da brauchen wir uns keine Sorgen zu machen: Da wird tatsächlich nur der Menschentrödel das Leben verlassen. Und es wird keine Ungerechtigkeit geben.«

»Sagen Sie bitte, werter Bürger, was meinen Sie: Ob ich am Leben bleiben kann? Ich bin ein sehr guter Mensch. Wissen Sie, damals, als die Schiffskatastrophe war, da hatten sich zwanzig Passagiere mit einem Boot gerettet. Aber das Boot hielt die übergroße Last nicht aus, und allen drohte der Untergang. Damit fünfzehn gerettet wurden, mußten fünf ins Meer springen. Ich gehörte zu diesen fünf. Ich bin freiwillig ins Meer gesprungen. Sehen Sie mich nicht so argwöhnisch an! Ich bin jetzt alt und schwach. Aber damals war ich noch jung und beherzt. Haben Sie nicht von der Sache gehört? Alle Zeitungen haben darüber geschrieben. Meine vier Kameraden sind ertrunken. Aber ich bin wie durch einen Zufall gerettet worden. Was meinen Sie? Ob ich am Leben bleiben kann?«

»Und ich, Bürger? Und ich? Ich habe meinen ganzen Besitz und mein Kapital an die Armen verteilt. Das ist schon lange her. Ich habe Dokumente darüber.«

»Ich weiß es wirklich nicht. Es hängt alles von dem Standpunkt und von den Zielen des Gremiums der Höchsten Entschlußfreude ab.«

»Erlauben Sie mir, verehrte Bürger, Ihnen zu versichern, daß die primitive Nützlichkeit eines Menschen für die ihm Nahestehenden sein Vorhandensein auf der Welt durchaus noch nicht rechtfertigt. Da hätte ja jede schwachköpfige Kinderfrau schon das Recht aufs Dasein. Dieser Standpunkt ist veraltet. Wie weit Sie zurückgeblieben sind!«

»Aber worin bsteht denn der Wert des Menschen?«

»Ich weiß es nicht.«

»Ach, Sie wissen es nicht! Was belästigen Sie uns mit Ihren Erklärungen, wenn Sie es selbst nicht wissen!«

»Entschuldigen Sie. Ich erkläre es, so gut ich kann.«

»Bürger! Bürger! Seht nur! Seht! Die Leute rennen! Was für eine Verwirrung! Die reinste Panik bricht aus!«

»Ach, mein Herz, mein Herz… Aah! Rettet euch! Rettet euch!«

»Halt! Stehenbleiben!«

»Macht die Panik nicht noch größer!«

»Halt!«

Sie rannten in Scharen durch die Straßen. Es rannten rotwangige junge Männer, denen grenzenloses Entsetzen in den Gesichtern stand. Kleine Angestellte aus Büros und Verwaltungen. Bräutigame mit makellosen Manschetten. Sänger aus Laienchören. Lackaffen. Anekdotenerzähler. Billardspieler. Besucher abendlicher Filmvorstellungen. Karrieristen, Ganoven, Hochstapler mit weißer Stirn und lockigem Haar. Schweißtriefende lüsterne Dickerchen, verwegene Saufkumpane. Spaßvögel, Vagabunden, Schönlinge, Träumer, Liebhaber, Radfahrer. Breitschultrige Kampfhähne aus Langeweile, Schwätzer, Betrüger, langhaarige Heuchler, melancholische Nichtsnutze mit traurigen schwarzen Augen, die hinter ihrem jugendlichen Aussehen eine kalte Leere verbargen. Junge Geizhälse mit vollen, lächelnden Lippen, haltlose Abenteurer, Absahner, Skandalbrüder, gutmütige Pechvögel, geriebene Halunken.

Es rannten fette, faule, gefräßige Weiber. Dürre, fade, zudringliche Xanthippen, sich ödende Weibchen, Frauen von Dummköpfen und Schlawinern, Klatschtanten, Fremdgängerinnen, Neidische und Habsüchtige, alle gleichermaßen angstverstört. Anmaßende dumme Gänse, gutmütige Schafe, die sich aus Langeweile die Haare färbten, gleichgültige Betthäschen. Einsame, Hilflose, Unverfrorene, Bittende, Flehende, die vor Entsetzen die alles verhüllende Schönheit ihrer Formen eingebüßt hatten.

Es rannten Dickwänste, runzlige Greise, Zwergwüchsige, Große, Schöne und Mißgestalte.

Hausverwalter, Pfandhaustaxatoren, Eisenhändler, Zimmerleute, Meister, Knastologen, Kolonialwarenhändler, liebenswürdige Puffinhaber, stattliche grauhaarige Lakaien, ehrenwerte Familienväter, die von Gemeinheit und Betrug rundlich geworden waren, ehrwürdige Falschspieler und fettleibige Kanaillen.

Sie rannten in dichter, ungestümer, eisenharter, brutaler Masse. Pudschwere Stofflappen umhüllten ihre Körper und ihre Gliedmaßen. Heißer Dampf schlug aus ihren Mündern. Die getarnte Gleichgültigkeit der verlassenen Gebäude schallte von Zetern und Klagen.

Viele rannten mitsamt ihrem Hab und Gut. Sie schleppten mit krallenhaft gebogenen Fingern Kissen, Schachteln und Kästen fort. Sie rafften Wertsachen, Kinder und Geld, sie schrien, kehrten um, hoben entsetzt die Arme und rannten von neuem los.

Doch sie wurden zurückgeholt. Alle, ausnahmslos. Leute ihres Schlages schossen auf sie, kamen ihnen zuvor, schlugen mit Stöcken, Fäusten, Steinen auf sie ein, bissen und stießen furchtbare Schreie aus, und die Menschenmassen zogen sich zurück, sie hinterließen Verletzte und Getötete.

Gegen Abend nahm die Stadt wieder ihr gewöhnliches Aussehen an. Die flatternden menschlichen Leiber suchten ihre Wohnungen auf und ließen sich auf die Betten niederfallen. In den schmalen, glühenden Schädeln klopfte verzweifelt eine winzige, nadeldünne Hoffnung.

Das Verfahren war einfach

»Ihr Name?«
»Boss.«
»Wie alt?«
»Neununddreißig.«
»Was arbeiten Sie?«
»Ich stopfe Hülsen mit Tabak.«
»Sprechen Sie die Wahrheit!«
»Ich sage die Wahrheit! Vierzehn Jahre lang arbeite ich ehrlich in meinem Beruf und ernähre meine Familie.«
»Wo ist Ihre Familie?«
»Hier ist sie. Das ist meine Frau. Und das ist mein Sohn.«
»Doktor, untersuchen Sie die Familie Boss.«
»Sofort!«
»Nun, wie steht es mit ihr?«
»Der Bürger Boss ist blutarm. Allgemeinzustand durchschnittlich. Die Frau leidet an Migräne und Rheumatismus. Der Junge ist gesund.«
»Gut. Sie können gehen, Doktor. Bürger Boss, welche Vorlieben haben Sie? Was mögen Sie gern?«
»Ich mag die Menschen und das Leben überhaupt.«
»Genauer, Bürger Boss, wir haben nicht soviel Zeit!«
»Was ich gern mag?... Nun, was ich mag... Ich mag meinen Sohn... Er kann so schön Geige spielen... Ich esse gern, obwohl ich wirklich kein Vielfraß bin... Ich mag die Frauen... Es ist angenehm zu sehen, wie schöne Frauen und Mädchen durch die Straßen spazieren... Am Abend, wenn ich müde bin, spanne ich gern aus... Ich stopfe gern Hülsen... Ich schaffe 500 Stück pro

Stunde ... Und auch noch vieles andere habe ich gern ... Ich liebe das Leben ...«

»Beruhigen Sie sich, Bürger Boss! Hören Sie auf zu weinen! Sie haben das Wort, Kollege Psychologe.«

»Das ist Tinnef, Kollege. Reiner Schund. Durchschnittlichste Existenzen. Kümmerliches Dasein. Temperament – halb phlegmatisch, halb sanguinisch. Aktivität – schwach entwickelt. Letzte Güteklasse. Hoffnungen auf Verbesserung: keine. Passivität – gleich 75 %. Bei Madame Boss noch höher. Der Junge ist fad, aber möglicherweise ... Wie alt ist Ihr Sohn, Bürger Boss? Hören Sie auf zu heulen.«

»Dreizehn ...«

»Machen Sie sich keine Sorgen! Ihr Sohn bleibt vorläufig noch. Fünf Jahre Aufschub. Sie aber ... Das ist übrigens nicht meine Angelegenheit. Entscheiden Sie bitte, Kollege.«

»Im Namen des Gremiums der Höchsten Entschlußfreude, in der Absicht, das Leben von überflüssigem Menschentrödel, von indifferenten, den Fortschritt aufhaltenden Existenzen zu reinigen, befehle ich Ihnen, Bürger Boss, und Ihrer Ehehälfte, binnen vierundzwanzig Stunden das Leben zu verlassen. Ruhe! Schreien Sie nicht! Sanitäter, beruhigen Sie die Frau! Rufen Sie die Wache! Die kommen bestimmt nicht ohne Hilfe zu Rande.«

Die Beurteilungen der wertlosen Existenzen wurden im Grauen Schrank verwahrt

Der Graue Schrank stand im Korridor der Hauptverwaltung des Gremiums der Höchsten Entschlußfreude. Er hatte das gewöhnliche, solide, dümmlich-versonnene Aussehen, das alle Schränke auszeichnet. Er maß keine drei Arschin in der Höhe und in der Breite, und doch war er das Grab von einigen zehntausend Existenzen. Zwei lakonische Aufschriften prangten auf dem Schrank: »Katalog der Wertlosen«.

Und: »Protokolle der Beurteilungen.«

Der Katalog enthielt zahlreiche Abteilungen, zum Beispiel folgende:

»Eindrücke aufnehmende, aber nicht klarsehende Personen«, »Unbedeutende Nachahmer«, »Passive«, »Zentrumslose«. Und so weiter.

Die Beurteilungen waren knapp und objektiv. Manchmal hatten sich allerdings auch schneidende Formulierungen eingeschlichen, und in diesen Fällen schimmerte von der Rückseite des Blattes unerbittlich der rote Stift Aks, des Vorsitzenden des Gremiums, hindurch, der angemerkt hatte, daß man die Wertlosen nicht beschimpfen dürfe.

Und hier sind ein paar Charakteristiken:

Wertloser Nr. 14741

Durchschnittlich gesund. Besucht Bekannte, ohne daß er für sie notwendig oder interessant ist. Erteilt Ratschläge. Hat in seinen besten Jahren ein Mädchen verführt und es sitzenlassen. Hält die Anschaffung von Möbeln zur Ausstattung seiner Wohnung nach der Hochzeit für das größte Ereignis in seinem Leben. Gehirn träge, mürbe. Arbeitsfähigkeit gleich null. Nach Aufforderung, das Interessanteste zu schildern, was er vom Leben weiß und was ihm vor Augen gekommen ist, erzählt er vom Restaurant »Quasisana« in Paris. Ein Geschöpf von simpelster Art. Unterste Klasse des Spießbürgers. Herztätigkeit schwach. Binnen 24 Stunden.

Wertloser Nr. 14623

Arbeitet in einer Böttcherei. Qualität mittelmäßig. Liebe zur Arbeit gleich null. Sein Denken geht in allen Bereichen den Weg des geringsten Widerstandes. Physisch gesund, aber seelisch infiziert von der Krankheit der Primitivisten: Hat Angst vor dem Leben. Angst vor der Freiheit. An Feiertagen, wo er nicht arbeiten muß, betäubt er sich mit Alkohol. Hat während der Revolution Tatkraft bewiesen: Trug eine rote Schleife, hamsterte Kartoffeln und alles, was er kriegen konnte. Hatte Angst, daß es nicht reicht. War stolz auf seine proletarische Herkunft. Hat die Revolution nicht aktiv mitgemacht, aus Angst. Hat saure Sahne gern. Schlägt seine Kinder. Lebenstempo: gleichförmig-mutlos. Binnen 24 Stunden.

Wertloser Nr. 15201

Beherrscht acht Sprachen, redet aber so, daß man schon bei der ersten vor Langeweile umkommt. Liebt raffinierte Manschettenknöpfe und Feuerzeuge. Äußerst selbstbewußt. Schöpft Selbstvertrauen aus den Sprachkenntnissen. Fordert Achtung. Schwatzt. Öchsisch gleichgültig gegenüber dem wirklichen lebendigen Leben. Hat Angst vor Bettlern. Aus Feigheit zuckersüß im Umgang.

Tötet gern Fliegen und andere Insekten. Empfindet nur selten Freude. Binnen 24 Stunden.

Wertloser Nr. 4356

Brüllt aus Langeweile ihre Diener an. Nascht den Rahm von der Milch und die oberste Fettschicht von der Bouillon. Liest Boulevardromane. Wälzt sich tagelang auf der Couch herum. Ihr größter Wunschtraum: sich ein Kleid mit gelben Ärmeln nähen zu lassen, das an den Seiten ausgestellt ist. Wurde zwölf Jahre lang von einem begabten Erfinder geliebt, wußte aber nicht, was er machte, glaubte, er sei Elektrotechniker. Sie verließ ihn und heiratete einen Lederhändler. Kinder keine. Ist sehr launisch und heult oft. Nachts wacht sie auf, befiehlt, den Samowar aufzustellen, trinkt Tee und ißt dazu. Wertlose Existenz. Binnen 24 Stunden.

Bei der Arbeit

Um Ak und das Gremium der Höchsten Entschlußfreude scharte sich eine Gruppe fest angestellter Spezialisten. Es waren dies Doktoren, Psychologen, Beobachter und Schriftsteller. Alle arbeiteten ungewöhnlich rasch. Es kam vor, daß wenige Spezialisten binnen einer Stunde ein gutes Hundert Leute ins Jenseits beförderten. Und in den Grauen Schrank flogen dann hundert Beurteilungen, in denen die Prägnanz des Ausdrucks mit der absoluten Selbstsicherheit der Autoren wetteiferte.

Die Arbeit lief in der Hauptverwaltung vom Morgen bis zum Abend auf Hochtouren. Wohnungskommissionen kamen und gingen, Trupps von Urteilsvollstreckern marschierten ein und aus, und hinter den Schreibtischen saßen wie in einem riesigen Redaktionssaal Dutzende Leute und schrieben mit harten, raschen, unbedenklichen Fingern.

Ak jedoch sah diesem ganzen Treiben mit schmalen, festen, undurchdringlichen Blicken zu und hegte einen nur ihm allein verständlichen Gedanken, unter dem sich sein Körper krümmte und sein großer, ungebärdiger, eigensinniger Kopf grauer und grauer wurde.

Etwas wucherte empor zwischen ihm und seinen Angestellten, als wollte es sich wie eine Trennwand zwischen sein angespanntes schlafloses Denken und die blinden unbedenklichen Hände der Vollstrecker schieben.

Eines Tages kamen Mitglieder des Gremiums der Höchsten Entschlußfreude in die Verwaltung, um Ak den routinemäßigen Bericht zu erstatten.

Ak war nicht an seinem gewohnten Platz. Sie suchten nach ihm und fanden ihn nicht. Sie schickten Boten nach ihm aus, sie telefonierten und fanden ihn trotz allem nicht.

Erst zwei Stunden danach entdeckten sie ihn zufällig im Grauen Schrank.

Ak saß im Schrank auf den Sterbeakten der Vernichteten und dachte mit einer selbst bei ihm nie dagewesenen Anspannung nach.

»Was machen Sie denn hier?« fragte man Ak.

»Sie sehen doch, ich denke nach«, antwortete Ak erschöpft.

»Aber weshalb denn im Schrank?«

»Es ist der geeignetste Ort. Ich denke an die Menschen, und direkt auf den Akten ihrer Vernichtung sitzend, kann man frucht bringend über die Menschen nachdenken. Erst dann, wenn man auf den Unterlagen über die Ausrottung eines Menschen sitzt, kann man sein höchst sonderbares Leben studieren.«

Irgend jemand lachte platt und nichtssagend auf.

»Lachen Sie nicht!« sagte Ak aufschreckend und fuchtelte mit einer Beurteilung herum. »Lachen Sie nicht! Allem Anschein nach ist das Gremium der Höchsten Entschlußfreude in eine Krise geraten. Die eingehende Beschäftigung mit den Umgekommenen hat mich auf die Suche nach neuen Wegen zum Fortschritt gebracht. Ihr alle habt gelernt, die Wertlosigkeit dieses oder jenes Menschenwesens rasch und schneidend nachzuweisen. Sogar die Unbegabtesten unter euch leisten dies auf überzeugende Weise mit wenigen Sätzen. Und nun sitze ich hier und denke darüber nach, ob unser Weg richtig gewesen ist.«

Wieder versank Ak in Nachdenken, dann seufzte er bitter und sagte leise: »Was sollen wir tun? Wo ist der Ausweg? Studiert man die lebenden Menschen, so kommt man zu dem Schluß, daß sie zu drei Vierteln ausgerottet werden müssen, aber wenn man die Hingemetzelten studiert, dann weiß man nicht, ob man sie nicht eher lieben und bemitleiden müßte? Eben hier gerät die Menschen-Frage in die Sackgasse, in die unheilvolle Sackgasse der menschlichen Geschichte.«

Ak versank in trübsinniges Schweigen, er vergrub sich in den Wust der Toten-Charakteristiken und wurde von der Lektüre der grauenvoll-lakonischen Protokolle völlig in den Bann geschlagen.

Die Mitglieder des Gremiums zogen sich zurück. Keiner widersprach ihm. Denn erstens war es sinnlos, Ak zu widersprechen. Und zweitens wagten sie nicht zu widersprechen. Aber sie alle spürten, daß ein neuer Entschluß heranreifte, und fast alle waren unzufrieden. Offensichtlich sollte jetzt eine einmal in Gang gekommene, klar umrissene Sache durch eine andere ersetzt werden. Aber durch welche?

Was würde dieser kindisch gewordene Mensch, der eine so unerhörte Macht über die Stadt hatte, wohl noch alles ersinnen?

Die Krise

Ak war verschwunden.

Er pflegte stets zu verschwinden, wenn er ins Grübeln kam. Überall wurde er gesucht, doch man fand ihn nicht. Irgend jemand sagte, Ak säße vor der Stadt auf einem Baum und weine. Dann hieß es, er liefe in seinem Garten auf allen vieren herum und kaue Erde.

Die Tätigkeit des Gremiums der Höchsten Entschlußfreude erlahmte. Mit Aks Verschwinden kam seine Arbeit irgendwie ins Stocken. Die Einwohner brachten an ihren Wohnungstüren eiserne Riegel an und ließen die Kontrollkommissionen einfach nicht mehr herein. In mehreren Bezirken wurden die Fragen der Gremiumsmitglieder nach dem Recht auf Leben mit Gelächter beantwortet, und in manchen Fällen kam es sogar so weit, daß wertlose Menschen Vertreter des Gremiums der Höchsten Entschlußfreude am Schlafittchen packten, an ihnen das Recht auf Leben überprüften und ihnen höhnische Beurteilungsprotokolle schrieben, die sich kaum von denen unterschieden, die im Grauen Schrank aufbewahrt wurden.

In der Stadt brach ein Chaos aus. Die Wertlosen, die Menschennullen, denen man noch nicht den Garaus gemacht hatte, wurden derartig dreist, daß sie sich offen auf den Straßen zeigten, daß sie begannen, sich zu vergnügen, allen möglichen Zerstreuungen zu frönen und sogar Ehen zu schließen.

Auf den Straßen beglückwünschten sich die Leute:

»Es ist vorbei! Vorbei! Hurra!«

»Die Überprüfung des Rechts auf Leben ist eingestellt worden!«

»Finden Sie nicht, Bürger, daß das Leben anziehender geworden ist? Es ist nicht mehr soviel Menschentrödel da! Sogar atmen kann man jetzt besser!«

»Daß Sie sich nicht schämen, Bürger! Glauben Sie denn, nur die sind aus dem Leben geschieden, die kein Recht darauf hatten? O nein! Ich kenne Leute, die nicht das Recht haben, eine einzige Stunde zu leben, und sie leben und werden noch viele Jahre leben. Aber andererseits, wie viele der wertvollsten Persönlichkeiten sind zugrunde gegangen! Oh, wenn Sie wüßten, wie viele!«

»Das hat nichts zu bedeuten. Fehler sind ja unvermeidlich. Sagen Sie, wissen Sie nicht zufällig, wo Ak ist?«

»Nein, ich weiß es nicht.«

»Ak sitzt vor der Stadt auf einem Baum. Er weint.«

»Ak läuft auf allen vieren herum und kaut Erde.«

»Soll er nur weinen!«

»Soll er ruhig Erde kauen!«

»Ihr freut euch zu früh, Bürger! Zu früh! Heute abend kommt Ak zurück, das Gremium der Höchsten Entschlußfreude nimmt die Arbeit wieder auf.«

»Woher wissen Sie das?«

»Ich weiß es! Es ist noch viel zuviel Menschenplunder übriggeblieben. Man muß weiter säubern, säubern und nochmals säubern!«

»Wie grausam Sie sind, Bürger!«

»Da spuck ich drauf!«

»Bürger! Bürger! Seht nur! Seht!«

»Sie kleben wieder Plakate an!«

»Seht!«

»Bürger! Was für eine Freude! Welch ein Glück!«

»Bürger, lest!«

»Lest!«

»Lest! Lest!«

»Lest!!!«

Es wurden Plakate angeklebt

Ganz außer Atem, rannten Leute mit Kleistereimern durch die Straßen. Dicke Packen riesiger rosafarbener Plakate entrollten sich mit freudigem Rascheln und Knistern und blieben an den

Häuserwänden kleben. Der Text auf den Plakaten war klar umrissen und höchst einfach. Er lautete:

»An alle ohne Ausnahme.

Mit Bekanntgabe dieser Erklärung ist allen Bürgern unserer Stadt das Leben gestattet. Lebt und mehret Euch und füllet die Erde! Das Gremium der Höchsten Entschlußfreude hat seine unerbittlichen Pflichten erfüllt und wird nunmehr Gremium der Höchsten Rücksichtnahme heißen. Ihr alle seid schön, Bürger, und Euer Recht auf Leben ist unantastbar.

Das Gremium der Höchsten Rücksichtnahme überträgt Sonderkommissionen von jeweils drei Mitgliedern die Aufgabe, Tag für Tag von Wohnung zu Wohnung zu gehen, die Mieter zur Tatsache ihres Seins zu beglückwünschen und ihre Beobachtungen in besonderen ›Freudenprotokollen‹ niederzulegen.

Die Mitglieder der Kommission sind berechtigt, die Bürger zu befragen, wie sie leben, und die Bürger können, sofern sie es wünschen, ausführlich antworten. Letzteres ist sogar begrüßenswert. Alle freudigen Beobachtungen werden im Rosaroten Schrank für die Nachwelt aufbewahrt.«

Das Leben normalisierte sich

Alle Türen, Fenster und Balkons wurden aufgetan. Laute Stimmen, Lachen, Musik und Gesang drangen ins Freie. Dicke untalentierte Fräulein lernten Klavier spielen. Von morgens bis abends kreischten die Grammophone. Auch Geige, Klarinette und Gitarre wurden gespielt. Die Männer zogen abends die Jakketts aus, saßen mit gespreizten Beinen auf den Balkons und rülpsten vor Wohlbehagen. Der städtische Verkehr nahm auffallend zu. In Droschken und Automobilen jagten die jungen Männer mit ihren Damen vorbei. Keiner hatte mehr Angst, auf die Straße zu gehen. In Konditoreien und Süßwarenbuden wurden Törtchen und Erfrischungsgetränke verkauft. In den Galanteriewarenhandlungen wurde ein steigender Absatz von Spiegeln vermerkt. Die Leute kauften Spiegel und besahen sich darin mit Genugtuung. Die Maler und Fotografen bekamen Aufträge, Porträts anzufertigen. Die Porträts wurden gerahmt, und dann schmückte man die Wände der Zimmer damit. Dieser Porträts wegen kam es sogar zu einem Mord, über den in den Zeitungen viel geschrieben wurde. Ein junger Mann, der in einer Wohnung ein Zimmer gemietet hatte, verlangte, daß die Inhaber der Wohnung die Bilder ihrer Eltern aus seinem Zimmer entfernten. Die Wirtsleute, die sich gekränkt fühlten, brachten den jungen Mann um, indem sie ihn – aus dem vierten Stockwerk – hinauswarfen.

Selbstbewußtsein und Eigenliebe kamen zu voller Entfaltung. Alle möglichen Zänkereien und Zusammenstöße waren bald an der Tagesordnung. Neben dem üblichen Geschimpf konnte man folgendes zum Klischee gewordene Gespräch hören, in dem die Kontrahenten einander auf den Leib rückten: »Sie verdanken Ihr Leben offenbar einem Irrtum. Das Gremium der Höchsten Entschlußfreude scheint ziemlich nachlässig gearbeitet zu haben ...«

»Sogar überaus nachlässig, wenn ein Subjekt Ihres Schlages am Leben bleiben konnte ...«

Doch im allgemeinen ging dieses Gezänk im normalen Ablauf des Lebens unter. Die Leute sorgten jetzt besser für ihren Mittagstisch, sie kochten Konfitüre. Die Nachfrage nach warmer wollener Unterwäsche stieg beträchtlich, denn alle achteten sehr auf ihre Gesundheit.

Die Mitglieder des Gremiums der Höchsten Rücksichtnahme gingen gewissenhaft von einer Wohnung zur anderen und fragten die Mieter nach ihrem Wohlergehen.

Viele antworteten, es gehe ihnen gut, und man solle sich selbst davon überzeugen.

»Sehen Sie«, sagten sie, während sie selbstzufrieden lachten und sich die Hände rieben, »wir salzen Gurken ein, he, he ... Und wir haben marinierten Hering. Neulich hab ich mich gewogen: Ich hab ein halbes Pud zugelegt, Gott sei Dank ...«

Andere beschwerten sich über Unzulänglichkeiten und klagten, das Gremium der Höchsten Entschlußfreude habe zu wenig getan: »Verstehen Sie, gestern fahre ich mit der Straßenbahn, und – stellen Sie sich das mal vor! – alle Plätze waren besetzt ... Die reinste Niedertracht! Nicht nur ich, sondern auch meine Frau mußte stehen! Es gibt noch viel überflüssiges Volk in der Stadt. Überall lungern sie herum, aber der Teufel weiß, warum! Ganz umsonst ist dieses Gelichter damals nicht beseitigt worden ...«

Andere wieder empörten sich: »Halten Sie sich vor Augen, niemand hat mich am Mittwoch und am Donnerstag zur Tatsache des Seins beglückwünscht! Eine richtige Flegelei ist das! Was soll das denn heißen! Soll ich mir vielleicht noch meine Glückwünsche bei Ihnen abholen, was?«

In Aks Kanzlei lief die Arbeit wie seit eh und je auf Hochtouren. Leute saßen an den Tischen und schrieben. Der Rosarote Schrank war mit Freudenprotokollen und Beobachtungen der Freude gefüllt. Sorgfältig und ausführlich waren die Namenstage, die Hochzeiten, die Spaziergänge, die Mittagessen und Abendbrote, die Liebesgeschichten und alle erdenklichen Ereignisse beschrieben worden, und viele Protokolle hatten den Charakter und die Form von Romanen und Novellen angenommen. Die Einwohner baten die Mitglieder des Gremiums der Höchsten Rücksichtnahme, sie als Bücher herauszugeben, und über diesen Büchern vergaßen sie alles andere.

Ak schwieg.

Nur sein Rücken krümmte sich noch stärker, und sein Haar wurde noch grauer. Manchmal schlüpfte er in den Rosaroten Schrank und blieb lange darin sitzen, wie er früher im Grauen Schrank die Zeit versessen hatte.

Aber eines Tages sprang Ak aus dem Rosaroten Schrank und brüllte: »Niedermetzeln muß man! Niedermetzeln! Niedermetzeln! Niedermetzeln!«

Doch als er die weißen, flink übers Papier huschenden Hände seiner Beamten sah, die jetzt genauso dienstbeflissen die lebenden Einwohner der Stadt beschrieben, wie sie dereinst die toten beschrieben hatten, winkte er ab, rannte aus der Kanzlei und – verschwand.

Er verschwand für immer und ewig.

Viele Legenden spannen sich um Aks Verschwinden, allerlei Gerüchte wurden darüber verbreitet, doch Ak war trotz allem nicht wiederzufinden.

Und die Menschen, die so zahlreich waren in jener Stadt, die Menschen, die Ak zuerst vernichtet und die er danach bemitleidet hatte und die er am Ende wieder vernichten wollte, diese Menschen, unter denen es sowohl wahre und schöne gibt als auch viele unnütze, sie leben bis zum heutigen Tage immer noch so, als hätte es Ak niemals gegeben und als hätte niemand je die große Frage nach dem Recht auf Leben berührt.

1919

Jewgeni Samjatin

Die Höhle

Gletscher, Mammute, Einöden. Nächtliche, schwarze, aus der
Ferne wie Häuser wirkende Felsen; in den Felsen gibt es Höhlen.
Und niemand weiß, wer des Nachts auf steinernem Pfad zwischen den Felsen trompetet und, den Pfad ausspähend, weißen
Schneestaub umherwirbelt: vielleicht – der Wind; es kann aber
auch sein, daß der Wind das eisige Heulen eines übermammutgroßen Mammuts ist. Klar ist nur eins: der Winter. Und man
muß die Zähne fester zusammenbeißen, damit sie nicht klappern,
und man muß mit der Steinaxt Holz spalten; und jede Nacht muß
man sein Feuer von einer Höhle in die andere tragen, immer tiefer hinein; und man muß sich in immer mehr struppige Tierfelle
wickeln...

Inmitten der Felsen, wo sich vor Jahrhunderten noch Petersburg befand, streifte nachts das graurüsselige Mammut umher.
Und die in Felle, Mäntel, Decken und Lumpen gehüllten Höhlenmenschen traten den Rückzug von einer Höhle zur andern an.
Am Tag Mariä Schutz und Fürbitte begannen Martin Martinytsch und Mascha ihr Studierzimmer zu zerhacken; zum Fest
der Ikone der Gottesmutter von Kasan zogen sie aus dem Eßzimmer aus und verkrochen sich im Schlafraum. Noch weiter konnten sie nicht zurückweichen; hier mußten sie der Belagerung
standhalten – oder sterben.

Im Petersburger Höhlenschlafzimmer war es so wie unlängst
einmal in der Arche Noah: sintflutgemäß reines und unreines Ge-
tier miteinander vermischt. Martin Martinytschs Schreibtisch;
Bücher; steinzeitliche keramikartige Plätzchen: Skrjabins Opus
74; ein Bügeleisen; fünf liebevoll weißgewaschene Kartoffeln; die
vernickelten Gitter der Betten; eine Axt; eine Chiffoniere; Brennholz. Und im Mittelpunkt dieses Universums war Gott. Der kurz-
beinige, rötlich-rostige, kleinwüchsige, gierige Höhlengott: der
gußeiserne Ofen.

Der Gott bullerte mächtig. In der dunklen Höhle ereignete sich
das große Feuerwunder. Die Menschen – Martin Martinytsch
und Mascha – streckten ihm andächtig, schweigend und dankbar
ihre Hände entgegen. Für eine Stunde war Frühling in der Höhle:

Für eine Stunde fielen die Tierfelle, Klauen, Stoßzähne ab, und der vereisten Hirnrinde entsprossen grüne Hälmchen – die Gedanken.

»Mart, hast du vergessen, daß morgen – Nun, ich sehe schon: Du hast es vergessen!«

Im Oktober, wenn die Blätter schon gelb, glanzlos und welk geworden sind, gibt es mitunter blauäugige Tage; man braucht an einem solchen Tag nur den Kopf zurückzuwerfen, damit man die Erde nicht sieht, und schon kann man glauben, daß es noch Freude, noch einen Sommer gibt. Auch mit Mascha verhält es sich so: Wenn man die Augen schließt und sie nur hört, kann man glauben, sie sei ganz die alte, gleich werde sie auflachen, sich vom Bett erheben, dich umarmen, und vor einer Stunde wie mit einem Messer über Glas – das ist nicht ihre Stimme, ganz und gar nicht sie selbst...

»Ach, Mart, Mart! Wie alles... Früher hast du es nie vergessen. Der neunundzwanzigste: Marientag...«

Der gußeiserne Gott bullerte noch immer. Wie üblich brannte kein Licht: Es kam erst um zehn. Die zottigen, dunklen Gewölbe der Höhle wankten. Martin Martinytsch, zusammengekauert wie ein Bündel – straffer! noch straffer verschnürt! –, schaut mit zurückgeworfenem Kopf noch immer zum Oktoberhimmel hinauf, um die welk und fahl gewordenen Lippen nicht zu sehen. Aber Mascha – –

»Verstehst du, Mart: Wenn wir morgen gleich in der Frühe Feuer machten, so daß es den ganzen Tag über wäre wie jetzt! Ja? Wieviel Holz haben wir? Ein halber Klafter wird wohl noch im Studierzimmer sein?«

In das polare Studierzimmer hatte Mascha schon seit ewigen Zeiten nicht mehr vordringen können, und so wußte sie nicht, daß dort bereits ... Straffer das Bündel verschnürt! noch straffer!

»Ein halber Klafter? Ich glaube, dort...«

Jäh wurde es hell: Um Punkt zehn. Martin Martinytsch kniff, ohne den Satz zu beenden, die Augen zusammen, und wandte sich ab: Bei Licht ist es schwieriger als im Dunkeln. Und bei Licht erkennt man deutlich – sein Gesicht ist zerfurcht und lehmig: Viele haben jetzt lehmige Gesichter: Es geht zurück zu Adam. Aber Mascha – –

»Und weißt du, Mart, ich würde versuchen – vielleicht stehe ich auf... wenn du gleich am frühen Morgen Feuer machst.«

»Aber natürlich. Mascha... An so einem Tag... Aber natürlich – gleich am frühen Morgen.«

Der Höhlengott wurde leiser, schrumpfte zusammen, verstummte, knisterte nur noch ein bißchen. Man hörte: Unten, bei den Obertyschews, spalteten sie mit der Axt das knorrige Holz eines Bootes – mit der Steinaxt hackten sie Martin Martinytsch in Stücke. Ein Stück von Martin Martinytsch lächelte Mascha mit lehmigem Gesicht zu und mahlte in der Kaffeemühle getrocknete Kartoffelschalen für die Plätzchen – und ein Stück von Martin Martinytsch stieß wie ein Vogel, der sich aus der Freiheit ins Zimmer verflogen hat, blind und ohne Verstand an die Decke, die Fensterscheiben, die Wände: ›Wo Holz hernehmen – wo Holz hernehmen – wo Holz hernehmen?‹

Martin Martinytsch zog sich den Mantel an; schnallte einen Ledergürtel um (bei den Höhlenmenschen war der Mythos verbreitet, davon würde es wärmer); er schepperte in der Ecke neben der Chiffonniere mit einem Eimer.

»Wo willst du hin, Mart?«

»Ich bin gleich zurück. Ich gehe nur hinunter, Wasser holen.«

Auf der dunklen, vom verschütteten Wasser vereisten Treppe blieb Martin Martinytsch stehen, schwankte, seufzte und – stieg dann, mit dem Eimerchen rasselnd, zu den Obertyschews hinab: Bei ihnen lief noch Wasser. Obertyschew öffnete die Tür selbst, er trug einen Mantel, der mit einem Strick verschnürt war, schon lange hatte er sich nicht mehr rasiert, sein Gesicht war ein Brachland, das mit rötlichem, ganz bestaubtem Unkraut bewachsen war. In dem Unkraut blinkten gelbe Steinzähne, und zwischen den Steinen huschte ein rasches Eidechsenschwänzchen, ein Lächeln, hindurch.

»Ah, Martin Martinytsch! Sie wollen Wasser holen? Kommen Sie, kommen Sie, kommen Sie.«

In dem engen Käfig zwischen äußerer und innerer Tür konnte man sich mit dem Eimer nicht drehen – in dem Käfig lag das Obertyschewsche Brennholz. Der lehmige Martin Martinytsch stieß mit der Seite schmerzhaft an die Scheite – in seinem Lehm blieb eine tiefe Beule zurück. Und eine noch tiefere von der Ecke der Kommode im dunklen Korridor. Sie gingen durch das Eßzimmer – dort saßen das Obertyschewweibchen und drei Obertyschewjunge: Schnell versteckte das Weibchen die Schüssel unter einer Serviette: Da kommt ein Mensch aus einer anderen Höhle, weiß Gott, ob er nicht plötzlich zum Tisch stürzt und sich etwas greift.

In der Küche drehte Obertyschew den Wasserhahn auf und lächelte mit seinen Steinzähnen:

»Nun, wie geht es der Gattin? Wie geht es der Gattin? Wie geht es der Gattin?«

»Wie soll es gehen, Alexej Iwanytsch, immer das gleiche. Schlecht. Und morgen – hat sie Namenstag, aber ich habe...«

»Alle, Martin Martinytsch, alle sind so gestellt, alle, alle...«

In der Küche kann man hören, wie der verirrte Vogel aufflattert, mit den Flügeln rauscht, nach rechts, nach links fliegt und auf einmal verzweifelt und blindlings mit der Brust gegen die Wand klatscht.

»Alexej Iwanytsch, ich wollte... Alexej Iwanytsch, könnte ich von Ihnen nicht vielleicht fünf, sechs Holzscheite...«

Gelbe Steinzähne blinken im Unkraut, gelbe Zähne – in den Augen, der Obertyschew ist auf einmal überall mit Zähnen bewachsen, und die Zähne werden immer größer.

»Was glauben Sie, Martin Martinytsch, was glauben Sie! Wir selber... Sie wissen doch, wie das jetzt alles ist, Sie wissen doch, wissen doch selbst...«

Straffer das Bündel! Straffer – noch straffer verschnürt! Martin Martinytsch raffte sich zusammen, nahm den Eimer auf – und fort ging er durch die Küche, den dunklen Flur, das Eßzimmer. Auf der Schwelle des Eßzimmers streckte Obertyschew ihm seine schnelle, eidechsenflinke Hand hin:

»Na, alles Gu... Nur die Tür, Martin Martinytsch, vergessen Sie nicht, die Tür zuzuschlagen, vergessen Sie es nicht, beide Türen, beide, beide – es ist ja nicht warmzukriegen.«

Auf dem dunklen vereisten Treppenabsatz stellte Martin Martinytsch den Wassereimer ab, dann kehrte er zurück und schlug die erste Tür fest zu. Er lauschte, hörte aber nur ein trockenes knöchernes Erschauern in seinem Innern und seinen flatternden, hingetüpfelten Atem. In dem engen Käfig zwischen den beiden Türen streckte er die Hand aus, tastete – ein Holzscheit, noch eins und noch... Nein! Schnell stieß er sich ab, sprang hinaus auf den Treppenabsatz, schloß die Tür. Jetzt mußte er sie nur noch etwas fester andrücken, damit das Schloß einschnappte...

Und da – verließ ihn die Kraft. Er sah sich außerstande, die Tür zu Maschas Morgen zuzuschlagen. Und auf jener Linie, die der kaum merkliche getüpfelte Atem zog, gerieten zwei Martin Martinytschs auf Tod und Leben aneinander: der eine aus der alten Zeit mit Skrjabin-Musik, der wußte: Es durfte nicht sein –, und der neue, aus der Höhle, der wußte: Es ging nicht anders. Der aus der Höhle knirschte mit den Zähnen, trampelte nieder, erwürgte –, und so öffnete Martin Martinytsch die Tür, brach sich dabei die Fingernägel ab, tauchte die Hand in das Holz – ein Scheit, vier, fünf – unter den Mantel, hinter den Gürtel, in den Eimer – schlug die Tür zu und hetzte wie ein wildes Tier die Treppe hinauf. Auf halber Treppe, auf einer vereisten Stufe erstarrte er plötzlich, preßte sich gegen die Wand: Unten schnappte von neuem das Türschloß auf – und Obertyschews staubige Stimme ertönte:

»Wer ist da? Wer ist da? Wer ist da?«

»Ich bin es nur, Alexej Iwanytsch. Ich – ich hatte die Tür vergessen... Ich wollte... Ich bin zurückgekommen, um die Tür fester zu...«

»Sie? Hm... Aber wie konnten Sie nur? Man muß akkurat sein, akkurat sein. Jetzt stehlen alle. Sie wissen es ja selbst, ja selbst. Wie konnten Sie nur?«

Es ist der Neunundzwanzigste. Seit dem frühen Morgen hängt ein löchriger Wattehimmel tief herab, und durch die Löcher weht es eisig. Aber der Höhlengott hat sich schon in der Frühe den Bauch vollgeschlagen und summt gnädig – sollen dort ruhig Löcher sein, soll der mit Zähnen bewachsene Obertyschew ruhig die Holzscheite zählen – na schön, ganz egal: Wenn es nur heute so bliebe; ›morgen‹ – das kennt man nicht in der Höhle; erst in Jahrhunderten wird man wissen, was ›morgen‹ oder ›übermorgen‹ ist.

Mascha war aufgestanden und kämmte sich, von einem unsichtbaren Wind gewiegt, auf althergebrachte Weise das Haar: über die Ohren, mit einem Scheitel in der Mitte. Und dies glich dem letzten, an einem kahlen Baum flatternden, verblichenen Blatt. Aus der mittleren Schreibtischschublade holte Martin Martinytsch Papiere, Briefe, ein Thermometer (ein bestimmtes dunkelblaues Fläschchen schob er hastig zurück, damit Mascha es nicht sah) – und schließlich aus dem verstecktesten Winkel ein schwarzes Lackdöschen hervor: Dort, auf dem Boden, war noch ein wenig echter – ja! völlig echter Tee! Sie tranken echten schwarzen Tee. Mit zurückgeworfenem Kopf lauschte Martin Martinytsch der Stimme, die der früheren so ähnlich war:

»Mart, erinnerst du dich noch: mein dunkelblaues Schlafzimmer, und das Klavier mit dem Schonbezug, und auf dem Klavier – das hölzerne Pferdchen – der Aschenbecher, und wie ich spielte, und wie du von hinten her zu mir kamst – –«

Ja, an jenem Abend war das Universum erschaffen worden, und auch die erstaunliche, weise Fratze des Mondes, und der Nachtigallenschlag der Glocken im Korridor.

»Erinnerst du dich, Mart: das offene Fenster, ein grüner Himmel – und von unten, aus einer anderen Welt das Spiel des Leierkastenmannes?«

Leierkastenmann, wunderbarer Leierkastenmann – wo bist du geblieben?

»Und auf der Uferstraße... Die noch kahlen Zweige, das rosige Wasser, und die letzte blaue Eisscholle trieb vorüber wie ein Sarg. Und wir müssen lachen wegen des Sarges – weil es doch klar ist: Wir werden niemals sterben. Erinnerst du dich?«

Unten begannen sie mit der Steinaxt zu hacken. Plötzlich hielten sie inne, ein Hin- und Herrennen, ein Geschrei war zu hören. Und der mittendurch gespaltene Martin Martinytsch sah mit seiner einen Hälfte den unsterblichen Leierkastenmann, das unsterbliche Holzpferdchen, die unsterbliche Eisscholle, doch mit der anderen zählte er – stockenden Atems – zusammen mit Obertyschew die Brennholzscheite. Jetzt war Obertyschew fertig mit Zählen, jetzt zog er, über und über mit Zähnen bewachsen, den Mantel an –, schlug wütend die Tür hinter sich zu, und – –

»Warte mal, Mascha, ich glaube – es klopft bei uns.«

Nein. Niemand. Bis jetzt noch niemand. Noch kann man atmen, den Kopf zurückwerfen und der Stimme lauschen, die der anderen von früher so ähnlich ist.

Dämmerung. Der neunundzwanzigste Oktober wird alt und grau. Aufmerksame, trübe gealterte Augen – und alles duckt sich, bekommt Falten und krümmt sich zusammen unter dem durchdringenden Blick. Die gewölbte Decke senkt sich herab, flach an den Boden gepreßt sind die Sessel, der Schreibtisch, Martin Martinytsch, die Betten und auf dem Bett – völlig flach und dünn wie Papier – Mascha.

In der Dämmerung kam Selichow, der Hauskomiteevorsitzende, zu ihnen. Irgendwann einmal war er ein sechs Pud schwerer Mann gewesen, aber jetzt hatte er die Hälfte seines Gewichtes bereits eingebüßt und schlingerte in der Jackenschale hin und her wie eine Nuß in der Kinderklapper. Doch ließ er in gewohnter Weise sein polterndes Lachen ertönten.

»Nun, Martin Martinytsch, erstens und zweitens gratuliere ich Ihrer Gattin zum Namenstag. Wie denn, wie denn! Obertyschew hat es mir verraten...«

Martin Martinytsch katapultierte es aus seinem Sessel, er flog, er beeilte sich zu sprechen, etwas zu sagen...

»Ein bißchen Tee... sofort – in einer Sekunde... Wir haben heute richtigen schwarzen Tee! Ich habe gerade...«

»Tee? Wissen Sie, ich würde Champagner vorziehen. Keiner da? Aber ich bitte Sie! Ha-ha-ha! Sehen Sie, ich habe vorgestern mit einem Freund Sprit aus Hoffmannstropfen gebrannt. Das war ein Spaß! Und wie der getrunken hat! ... Und dann sagte er auf einmal: ›Ich bin Sinowjew: runter auf die Knie!‹ Ein toller Spaß! Als ich von dort nach Hause ging, kam mir auf dem Marsfeld ein Mann entgegen, der hatte bloß eine Weste an, bei Gott! ›Was ist denn mit Ihnen los?‹ fragte ich. – ›Ach, nichts weiter‹, antwortete er. ›Sie haben mich eben ausgezogen, ich laufe nur bis nach Hause auf die Wassiljew-Insel.‹ So ein Spaß!«

Die plattgedrückte, papierdünne Mascha auf dem Bett lachte. Martin Martinytsch, der sich zu einem straffen Bündel verschnürt hatte, lachte immer lauter, um Selichow einzuheizen, damit er nicht damit aufhörte, damit er nur ja nicht aufhörte, sondern noch etwas anderes zum besten...

Selichow hörte auf, schniefte ein bißchen und verstummte. Er schlingerte in seiner Jackenschale hin und her; er erhob sich.

»Nun, Namenstagskind, das Händchen her. Ha-de-e! Das kennen Sie nicht? Das ist in ihrem Stil: ›Habe die Ehre‹ – h.d.E. So ein Spaß!«

Er polterte im Korridor, im Vorzimmer herum. Es war die letzte Sekunde – jetzt geht er oder...

Der Fußboden schwankte ein wenig und drehte sich unter Martin Martinytschs Füßen. Lehmig lächelnd lehnte er sich an den Türpfosten. Selichow keuchte, als er die Füße in seine riesigen Überschuhe zwängte.

Als er in den Überschuhen, im Pelz steckte, wie ein Mammut – richtete er sich auf, holte Atem. Dann faßte er Martin Martinytsch schweigend unter, öffnete ohne ein Wort die Tür zum polaren Studierzimmer, nahm ohne ein Wort auf dem Sofa Platz.

Der Fußboden im Kabinett war eine Eisscholle; die Eisscholle barst kaum vernehmlich, löste sich vom Ufer und – trieb, trieb von dannen, wirbelte Martin Martinytsch im Kreis herum, und von drüben – vom fernen Sofa-Ufer her – war Selichow kaum noch zu hören.

»Erstens und zweitens, mein Herr, muß ich Ihnen sagen: Ich würde diesen Obertyschew wie eine Laus zer..., bei Gott. Aber, Sie werden verstehen: Wenn er erst einmal eine offizielle Erklärung abgibt, wenn er spricht – dann gehe ich morgen zur Kriminalpolizei... So eine Laus! Ich kann Ihnen nur das eine raten: Noch heute, sofort zu ihm zu gehen – stopfen Sie ihm das Maul mit diesen Holzscheiten.«

Die Eisscholle trieb immer schneller. Der winzige, plattgedrückte – ja, platt wie ein Spänchen – der kaum noch zu erkennende Martin Martinytsch antwortete – sich selbst; und nicht etwa zum Thema der Holzscheite – nein, zu einem anderen.

»Gut. Noch heute. Auf der Stelle...«

»Na, das ist ja ausgezeichnet! Das ist eine derartige Laus, eine derartige Laus, sage ich Ihnen...«

In der Höhle ist es noch dunkel. Lehmig, kalt und blind stößt Martin Martinytsch stumpf an die Gegenstände, die in der Höhle sintflutartig miteinander vermischt sind. Auf einmal fährt er zusammen: Eine Stimme, wie die von Mascha, der Mascha von einst, erklingt:

»Worüber hast du da drüben mit Selichow gesprochen? Was ist denn los? Ging es um die Lebensmittelkarten? Und ich, Mart, ich habe die ganze Zeit hier herumgelegen und gedacht: Wenn man sich doch ein Herz fassen würde – und irgendwohin, vielleicht nach dem Süden... Ach, was machst du nur für einen Lärm! Als ob du es absichtlich tätest! Du weißt doch – ich kann nicht, ich kann nicht, ich kann nicht!«

Wie wenn man mit dem Messer über Glas fährt. Übrigens – es ist jetzt alles gleichgültig. Die Hände und Füße bewegen sich rein mechanisch. Man muß sie heben und senken wie beim Stapellauf die Schiffsstützen mit Hilfe von Ketten und einer Winde, und um diese Winde zu drehen, reicht ein Mensch allein nicht aus: Drei müssen es sein. Martin Martinytsch zog mit äußerster Anstrengung die Ketten straff, er stellte den Teekessel und die Kasserolle zum Aufwärmen auf den Ofen, warf die letzten Scheite von Obertyschew ins Feuer.

»Hörst du, was ich dir sage? Warum schweigst du denn? Hörst du?«

Das war natürlich nicht Mascha, nein, das war nicht ihre Stimme. Immer langsamer bewegte sich Martin Martinytsch, seine Füße versanken im Treibsand, immer schwerer ließ sich die Winde drehen. Plötzlich riß an einer Rolle die Kette, die Stütze – die Hand – fiel krachend hinab, streifte sinnlos den Teekessel, die Kasserolle – alles polterte zu Boden, wie eine Schlange zischte der Höhlengott. Und von drüben, vom fernen Ufer, vom Bett ertönte eine fremde, schrille Stimme:

»Das hast du mit Absicht getan! Raus mit dir! Auf der Stelle! Und ich brauche niemand und nichts, nichts, überhaupt nichts! Raus mit dir!«

Es starb der neunundzwanzigste Oktober und mit ihm der unsterbliche Leierkastenmann wie auch die Eisschollen auf dem vom Sonnenuntergang rosiggefärbten Wasser, wie auch Mascha. Und es war gut so. Und nötig, damit es kein unglaubliches Morgen gäbe und keinen Obertyschew und keinen Selichow und keinen Martin Martinytsch, damit alles stürbe.

Der mechanische, weit entfernte Martin Martinytsch tat noch den einen oder anderen Handgriff. Vielleicht fachte er den Ofen wieder an und tat vom Boden die Speisereste zurück in die Kasserolle und kochte Wasser im Teekessel; und vielleicht sagte Mascha etwas – er hörte es nicht: Er spürte nur die dumpf schmerzenden Eindrücke im Lehm, die von gewissen Worten und von den Ecken und Kanten der Chiffoniere, der Stühle, des Schreibtisches herrührten.

Langsam kramte Martin Martinytsch Bündel von Briefen, ein Thermometer, Siegellack, die Dose mit dem Tee und weitere Briefe aus dem Schreibtisch hervor. Und endlich vom tiefsten Grunde der Schublade das dunkelblaue – düstere Fläschchen.

Zehn Uhr: Das Licht kam. Nackt, hart, prosaisch, kalt – wie das Höhlenleben und wie der Tod –, so war das elektrische Licht. Und nicht minder gewöhnlich war – neben dem Plätteisen, dem Opus 74 von Skrjabin und den Plätzchen – das blaue Fläschchen.

Der gußeiserne Gott begann gnädig zu summen, als er das pergamentene, bläuliche, weiße Papier der Briefe verschlang. Ganz leise machte sich auch der Teekessel bemerkbar, er klapperte mit seinem Deckel. Mascha wandte sich um:

»Hast du Tee gekocht? Mart, Lieber, gib mir –«

Sie hatte es gesehen. Die vom hellen, nackten, grausamen elektrischen Licht unterjochte Sekunde: Der vor dem Ofen kauernde

Martin Martinytsch; auf den Briefen – ein Widerschein rosig wie das Wasser bei Sonnenuntergang; und dort – das dunkelblaue Fläschchen.

»Mart ... Du ... du willst schon ...«

Leise und gleichmütig die unsterblichen, bitteren, zärtlichen, gelben, weißen, himmelblauen Worte verschlingend, schnurrte der gußeiserne Gott vor sich hin. Und Mascha – sagte genauso einfach, wie sie um Tee gebeten hatte:

»Mart, Lieber! – Gib es mir!«

Martin Martinytsch lächelte aus weiter Ferne:

»Aber du weißt doch, Mascha: es reicht nur für einen.«

»Mart, mich gibt es ja sowieso schon nicht mehr. Das bin ja nicht ich – ich bin ja ... Mart, du verstehst – Mart, hab doch Mitleid mit mir!«

Ach, die gleiche, genau die gleiche Stimme ... Und wenn man den Kopf zurücklegt ...

»Mascha, ich hab dich getäuscht: Wir haben im Studierzimmer kein einziges Scheit Holz mehr. Und ich bin zu Obertyschew gegangen, und dort, zwischen den beiden Türen ... Ich hab gestohlen – und Selichow ... Ich soll sofort alles zurückgeben – aber ich habe alles schon verbrannt – alles!«

Gleichmütig schlummerte der gußeiserne Ofen ein. Im Erlöschen erschauern die Gewölbe der Höhle, es erschauern die Häuser, die Felsen, die Mammute und Mascha.

»Mart, wenn du mich nicht liebst ... Ach Mart, erinnere dich doch!«

Das unsterbliche Holzpferdchen, der Leierkastenmann, die Eisscholle. Martin Martinytsch erhob sich von den Knien. Langsam, mit Mühe die Winde drehend, nahm er das dunkelblaue Fläschchen vom Tisch und reichte es Mascha.

Sie schlug die Decke zurück, setzte sich im Bett auf, rosig, behend, unsterblich – wie damals das Wasser beim Sonnenuntergang gewesen war, nahm das Fläschchen in die Hand und lachte auf.

»Da siehst du: Ich habe nicht umsonst hier gelegen und gedacht – man müßte wegfahren. Mach noch eine Lampe an – die dort auf dem Tisch. So. Jetzt wirf noch etwas in den Ofen.«

Ohne hinzusehen, raffte Martin Martinytsch irgendwelche Papiere aus dem Schreibtisch und warf sie in den Ofen.

»Jetzt ... Geh ein bißchen spazieren. Da draußen scheint,

glaube ich, der Mond – *mein* Mond: Weißt du noch? Vergiß nicht, den Schlüssel mitzunehmen, sonst schlägst du die Tür zu, und aufmachen... wer soll die dann aufmachen?«

Nein, es gab keinen Mondschein. Tiefe, dunkle, geballte Wolken – Gewölbe – und das Ganze war eine einzige unermeßliche, stille Höhle. Schmale, endlose Gänge zwischen den Wänden; an Häuser erinnernde düstere, vereiste Felsen; und in den Felsen – tiefe, von purpurrotem Licht erfüllte Löcher: dort, in den Löchern, am Feuer kauernd – Menschen. Ein leichter eisiger Luftzug wirbelte unter den Füßen weißen Staub auf, und, von keinem vernommen – durch den weißen Staub, über die Schollen, durch die Höhlen, über die hingekauerten Menschen hinweg – der gewaltige, wohlbemessene Schritt eines übermammutgroßen Mammuts.

1920

Michail Kosyrew

Das Krokodil
Drei Tage aus dem Leben des roten
Prischtschepowsk

Der erste Tag

Der Vorsitzende des Prischtschepowsker Sowjets, den wir aus Respekt vor seinem hohen Rang hier und im folgenden Stepan Aristarchowitsch nennen werden, erblickte, als er Punkt zehn Uhr neuer Zeit im Sowjet eintraf, auf seinem Tisch eine Zeitung mit einer rot angestrichenen Notiz folgenden Inhalts:

Aus Prischtschepowsk wird gemeldet, daß im Fluß Schtsche-powka ein Krokodil von etwa anderthalb Meter Länge aufge-taucht ist. Das Krokodil versetzt die dortige Bevölkerung in Angst und Schrecken.

Weil er seinen Augen nicht traute, griff Stepan Aristarchowitsch zur Brille, las die oben angeführte Notiz noch einmal, verharrte einige Minuten in tiefer Nachdenklichkeit und wandte sich dann, nachdem er das in seiner Situation verständliche Mißtrauen gegenüber Vertretern der sabotierenden Intelligenzija überwunden hatte, zwecks Aufklärung an den Sekretär.

Dieser erklärte mit einem Lachen, daß Krokodile in Rußland überhaupt nicht vorkommen und sich, wenn sie denn aber doch vorkämen, ein derartiges Exemplar wohl kaum in die Schtsche-powka verirren würde, und bezog sich dabei auf Angaben der bürgerlichen Wissenschaft, was allein schon dazu angetan war, die Richtigkeit seiner Überlegungen zu unterminieren. Stepan Aristarchowitsch hingegen vermutete völlig zu Recht, daß hier die Feinde der Sowjetmacht ihre Hand im Spiel hätten und sich in der Meldung eine Anspielung, eine Warnung oder gar ein Signal zu einer womöglich konterrevolutionären Aktion verberge, und da er sich im selben Moment darauf besann, daß man niemandem trauen dürfe, insbesondere nicht Sekretären aller Couleur, deren Vertrauenswürdigkeit generell fraglich ist, beschloß er, sich der Sache persönlich anzunehmen.

Viele sahen dann, wie der verehrte Vorsitzende des Prischtschepowsker Sowjets die Hauptstraße, die frühere Adels- und jetzige Sowjetstraße, entlangging – nein, regelrecht entlangrannte, wobei er sich wie gewöhnlich nach hinten umsah und seine Blicke nach den Seiten schweifen ließ, während er in einer Hand die Aktentasche hielt und in der anderen – den Revolver.

Zur selben Stunde bot sich den Blicken der Prischtschepowsker Bürger noch ein bemerkenswerteres Schauspiel: Alle sahen, wie ein Subjekt in Matrosenuniform dieselbe Straße passierte. Der Kerl lief, ruderte mit den Armen und sang lauthals ein offenbar aus Piter stammendes Lied, das davon handelte, wie irgendeine »Krokodile« auf der Straße herumlief und was dann geschehen war. Das Besondere seiner Darbietung bestand darin, daß er am Ende einer jeden Strophe eine halbe Minute stehenblieb, eine Handbewegung vollführte, so als ob er in der Luft nach etwas angelte, und wenn er es denn hatte, jedesmal herzhaft ein neues, stets jedoch gleichermaßen nicht druckreifes Wort präsentierte – zum Vergnügen der Jungen aus Prischtschepowsk, die dieses seltsame Phänomen dennoch aus recht gebührlicher Distanz verfolgten.

Doch zurück zu Stepan Aristarchowitsch. Wie nicht anders zu erwarten, war er auf dem Weg zur Kreis-Tscheka, um diese Behörde persönlich von der in der Praxis des Prischtschepowsker Sowjets so unüblichen Angelegenheit in Kenntnis zu setzen. Zu seiner Verblüffung aber war der Tscheka die Sache ganz und gar nicht neu: Nachdem man Stepan Aristarchowitsch angehört hatte, entgegnete die Tscheka, daß die unzeitgemäße Verbreitung von Informationen, die Verbrechen von Staatsbedeutung beträfen, der Sache des Proletariats in manchen Fällen Schaden zufügen könne, und Stepan Aristarchowitsch ging alles andere als beruhigt von dannen. In der Tat fingen die Dinge gerade erst an, sich zu entwickeln.

Er hatte die Tscheka noch nicht verlassen, als in ebendiese Behörde ein Weibsbild gerannt kam und, wie es für diese Sorte Mensch typisch ist, ohne jegliche Vorwarnung zu jammern begann:

»Verfluchte Räuber, Scheusale, verdammte. Ihr habt wohl gar kein Gewissen.«

So tituliert zu werden konnte der Tscheka nicht behagen. Auf die – von einer ziemlich vielsagenden Drohung bekräftigte – Bitte hin, sich klarer auszudrücken, begann die Frau, bei Gott zu schwören, ihre Milch sei frisch, sie hätte sie gerade gemolken, er aber, dieser Schuft ... und es folgten dieselben erlesenen Epitheta. Der Versuch herauszubekommen, wer sie denn eigentlich beleidigt hatte, führte dazu, daß die Frau völligen Unfug von sich gab:

»Das da«, so sagt sie, »hat alles angerichtet, das *Krokodil* da.«

Doch das Ansinnen, die Personalien des Krokodils genauer festzustellen, lief auf einen kompletten Mißerfolg hinaus – offenherzig erklärte die Frau:

»Das sind alles Räuber und Bolschewisten, mit denen wird man einfach nicht fertig.«

Es lohnte natürlich nicht, mit einem Menschen zu reden, dem es in derart hohem Maße an Bewußtsein gebrach, und so blieb der Frau nichts anderes übrig, als sich nach Hause zu scheren.

Aber auch damit war die Sache nicht beigelegt. Keine fünf Minuten waren vergangen, als bekannt wurde, daß irgendein Kerl, dem Aussehen nach ein Matrose, das Gebäude einer sowjetischen Kantine betreten, Bier verlangt, und die Erklärung des Wirts, der Genuß alkoholischer Getränke sei auf dem gesamten Territorium der Republik untersagt, mit reichlich unanständigem Gefluche quittiert habe. Auf die höfliche Bitte hin, keine Kraftausdrücke zu gebrauchen, habe er die Anzahl der nicht druckreifen Wörter verdoppelt, und als man unter Anwendung von Gewalt versuchte, ihn aus der Kantine zu bugsieren, habe er gedroht, diese in die Luft zu sprengen, wobei er seiner Drohung der Eindeutigkeit halber eine Bombe beifügte. Als einer die Tscheka ins Spiel brachte, ergänzte er die eine Bombe unverzüglich durch eine zweite. Wohin eine solche Demonstration von Sprengkörpern hätte führen können, kann nicht einmal gemutmaßt werden; zum Glück jedoch ging der Matrose völlig unerwartet zu Boden und konnte sich allen Anstrengungen zum Trotz nicht mehr erheben, wodurch es gelang, ihn zu fesseln und in lebendigem, aber bewußtlosem Zustand bei der Tscheka abzuliefern.

Für alle war offensichtlich, daß die Nachricht von einem Krokodil nicht aus der Luft gegriffen war: Es blieb nichts anderes übrig, als das Faktum eingehend zu untersuchen, womit man noch am selben Tag, zur selben Stunde begann, denn die Sache an sich war außergewöhnlich.

Zunächst wurden jene Personen verhört, die am Ufer des Flusses wohnten, weil man völlig zu Recht annahm, daß diese am besten über das Krokodil Bescheid wissen müßten; zu diesem Zweck brachten zwei Rotarmisten einen der ältesten Fischer der Stadt zur Tscheka. Anfangs stritt der Alte alles ab und erklärte, er hätte noch nie etwas von irgendwelchen Krokodilen gehört, er lebe seit vierzig Jahren in Prischtschepowsk, alle würden ihn kennen und keineswegs sei er es gewesen, der das Kalb geschlachtet habe, sondern sein Vetter, und zwar vor drei Monaten, als es noch nicht verboten war.

Doch mußte man den Fischer nur ein bißchen fester anpacken, und schon stellte sich heraus, daß es im Fluß wirklich nicht mit rechten Dingen zuging, daß schon seit einer Woche die Fische nicht mehr bissen und daß, als er vor nicht allzu langer Zeit auf Hechtfang war, nicht nur der ganze Köder abgefressen, sondern sogar ein Stück Angel abgebissen worden war. Auf die Frage hin, ob er denn nicht meine, daß der Grund hierfür irgendein besonders großer Fisch gewesen sei, mußte er zugeben, daß dies durchaus möglich sei. Doch als man sich erkundigte, ob denn ebendieser Fisch nicht das Krokodil sein könne, fing er wieder an, bei Gott zu schwören, er verkehre nicht mit Gaunern, und was das Krokodil angehe, so sei das einzig und allein Gottes Wille.

Den nächsten Zeugen wurde die Frage, ob sie in der Schtschepowka ein Krokodil gesehen hätten, unverblümt gestellt, und angesichts dieser Offenheit kamen die Dinge ins Lot. Einstimmig erklärten alle, daß da etwas sei. Viele hatten mit eigenen Augen gesehen, wie ein riesiger Gegenstand ins Wasser geplumpst war und dort solche Kreise gezogen hatte, daß diese gewiß ein Boot zum Kentern gebracht hätten, wäre eines in der Nähe gewesen. Und genau das war das Krokodil – obwohl manche sofort einwandten, daß es ebensogut auch nicht das Krokodil gewesen sein könnte.

Im folgenden stellte sich heraus, daß das Krokodil auch in den Straßen von Prischtschepowsk gesehen worden war, und zwar in Matrosenuniform, es sei angeblich rumgelaufen, habe das bekannte Lied gesungen und sei dann verschwunden – und wahrscheinlich in den Fluß geplumpst. Andere widersprachen und verwiesen durchaus nicht zu Unrecht darauf, daß ein Matrose schließlich ein Mensch sei und dieser derartige Worte von sich gegeben habe, wie sie einem Krokodil schwerlich geläufig sein dürften. Woher die Einwohner von Prischtschepowsk so gut über die Sitten und Gebräuche der Krokodile Bescheid wußten, ist unklar, doch eine Identität zwischen dem Krokodil und dem Matrosen war aufgrund dessen bald auszuschließen.

An dieser Stelle ließ einer der Verhörten verlauten, daß der Matrose, wenn er auch kein Krokodil sei, doch zu »dem seiner Bande« gehöre – und schon hatte man ihn beim Wickel: Sag, was weißt du von der Bande. Es stellte sich heraus, daß in der Nähe von Belebejewo eine Räuberbande aufgekreuzt war und ein Räuber dem dortigen Popen die Hosen geklaut hatte, wobei er höchst unverfroren erklärt haben soll, daß der Pope, fast wie ein Weib, ohne Hosen herumlaufe. Über andere Aktivitäten der Räuber von Belebejewo war nichts bekannt, aber die Zungen hatten sich bereits gelockert, und keiner war imstande, sie zu zügeln. Teils um das Gesagte zu ergänzen, teils um sich selbst aus dieser undurchsichtigen, nichts Gutes verheißenden Geschichte herauszuhalten, redete man von denen, die in der Stadt mit Mehl und Zucker spekulieren oder sich in nicht sehr schmeichelhaften Worten über die Sowjetmacht im allgemeinen und den Prischtschepowsker Sowjet im besonderen ausgelassen hatten, und so ganz nebenbei war zu erfahren, daß die Lehrer des örtlichen Progymnasiums eine Verschwörung anzetteln, weswegen sie bei Sosunkow, dem früheren Fähnrich, unter dem Vorwand einer Gesellschaft – solche Gesellschaften kennen wir ... – Versammlungen abhalten, an denen auch Vertreter der örtlichen Bourgeoisie teilnehmen; letztere wurden sogleich namentlich aufgeführt.

Man erzählte sich noch eine ganze Menge höchst interessanter Dinge, die jedoch bedauerlicherweise keinerlei Bezug zu unserer Erzählung aufweisen. Wichtig ist lediglich: Die Ermittlung ergab zweifelsfrei, daß in der Schtschepowka tatsächlich ein Krokodil gesichtet worden war, daß dieses Vorkommnis mit dem Auftauchen eines Matrosen in Verbindung stand, daß Krokodil und Matrose von den Belebejewer Räubern losgehetzt worden waren und diese Räuber wiederum bei der Verschwörung der ortsansässigen Bourgeoisie und der sabotierenden Intelligenzija die Hand im Spiel hatten. In diesem Tenor war auch ein Bericht gehalten, nach dessen Kenntnisnahme der Prischtschepowsker Sowjet beschloß: das Krokodil aus dem Fluß zu entfernen, die Räuber zu liquidieren und, um eventuelle Komplikationen zu vermeiden, im Kreise der Bourgeoisie und der Intelligenzija Geiseln zu nehmen.

Obgleich die Beratung des Sowjets spätabends stattfand und ihre außerordentliche Einberufung sorgfältig geheimgehalten worden war, trieben sich Einwohner von Prischtschepowsk vor dem Sowjet herum, um zu erfahren, was dort vonstatten ging. Dabei kursierte das Gerücht, in Piter sei angeblich ein Aufstand im Gange und für die Sowjets im allgemeinen und den Prischtschepowsker Sowjet im besonderen habe das letzte Stündlein geschlagen.

Dies machte den Konterrevolutionären im Ort derartig Mut, daß sie direkt vor dem Sowjet »Gott schütze den Zaren« anstimmten. Die vor dem Gebäude postierte Wache konnte eine solche Dreistigkeit unmöglich durchgehen lassen, und nach einer Verfolgungsjagd wurde einer von ihnen, nämlich Petka, der Sohn des Schankwirts, eines berüchtigten Spekulanten, dingfest gemacht und im Sowjet einquartiert.

Der zweite Tag

Der Morgen fand Prischtschepowsk in ungeheurer Aufregung und Betriebsamkeit vor. In verschiedenen Stadtteilen kam es zu Haussuchungen und Festnahmen: Verhaftet wurden zwei Lehrer, eine Lehrerin, etwa zwanzig Bourgeois und der Fähnrich Sosunkow höchstpersönlich. Außer unbedeutenden Lebensmittelvorräten war bei den Festgenommenen nichts zu finden gewesen – aber darum ging es auch nicht. Wie die Zeitung »Das rote Prischtschepowsk« später schrieb, ging es vielmehr darum,

daß das Gefängnis mit einem solchen Sortiment an Inhaftierten überfüllt war, wie es das seit seinem Bestehen nicht erlebt hatte: Eingesperrt waren jene, die seinerzeit zu den Vorgesetzten der Haftanstalt gehörten, die das Gebäude gesegnet, Gottesdienste abgehalten und nicht einmal im Traum mit einer solchen »Ehre« gerechnet hatten.

Zur gleichen Zeit wurden Maßnahmen ergriffen, um die ersten beiden Beschlüsse des Sowjets in die Tat umzusetzen: Eine Abteilung wurde abgestellt, um den Fluß auf das zu entfernende Objekt hin – das Krokodil – zu inspizieren, sofern sich ein solches dort auffinden ließ, und eine zweite Abteilung entsandte man nach Belebejewo und setzte sie auf das zu ergreifende Objekt, die dortigen Räuber, an. Stepan Aristarchowitsch beschloß, die

Eisenbahnstrecke gleich mit überprüfen zu lassen, doch kam es dort zu offener Sabotage: Der Streckenmeister weigerte sich bis aufs Messer, die vom Sowjet geforderte Draisine herauszugeben, und berief sich auf irgendwelche Anweisungen irgendwelcher Vorgesetzter. Dennoch wurde die Draisine konfisziert, und man stellte es dem alten Saboteur frei, wenn es denn unbedingt sein mußte, ein Protokoll über den Vorfall abzufassen.

Auch die örtliche Bevölkerung war in Aufruhr geraten: Die Nachricht vom Auftauchen eines Krokodils hatte sich schnell in der Stadt herumgesprochen, und seit dem Morgen drängte das Volk in hellen Scharen zur Uferstraße, um mit eigenen Augen ein in Prischtschepowsk noch nie dagewesenes Wunder zu bestaunen. Man erzählte sich, das Krokodil habe so manches angerichtet; einer Frau sei die Kuh abhanden gekommen, natürlich nicht ohne sein Zutun – was nur zu verständlich war, schließlich muß ja sich auch ein Krokodil von irgend etwas ernähren. Einige hatten das Krokodil mit eigenen Augen gesehen und äußerten sich nicht gerade wohlwollend über sein Erscheinungsbild. Auch wurde behauptet, das Krokodil befände sich schon lange bei der Tscheka und sei dort wegen versuchten Leerfressens der örtlichen Kantine inhaftiert, doch auch das entsprach nicht der Realität; das Krokodil hatte offenbar entkommen und im Fluß davonschwimmen können. Witzbolde, die sich, selbst in tragischen Situationen, stets finden, stiegen absichtlich in den Fluß, um dann laut »Hilfe, das Krokodil!« schreiend dem Ufer zuzustreben. Derlei Späße riefen keine Gegenliebe hervor: Die Stimmung war unruhig und gar ein wenig feierlich.

Um zwei Uhr kehrte die vom Prischtschepowsker Sowjet entsandte Expedition zurück; mit, wie gesagt werden muß, leeren Händen: Im Fluß war kein Krokodil. Auch den Bauern von Belebejewo war nichts von einem Krokodil zu Ohren gekommen, und als man ihnen erklärte, ein Krokodil sei ein Fisch von etwa anderthalb Meter Länge, war ihnen sofort klar, daß es einen solchen Fisch im Fluß nicht geben konnte, denn sonst hätten ihn die »jungen Burschen« bestimmt schon gefangen und in geselliger Runde verzehrt. Daß in den Wäldern von Belebejewo eine Räuberbande existierte, stellten die Bauern nicht in Abrede – »aus der Stadt sieht man alles besser« –, doch hatten sie noch nie von ihr gehört und neigten zu der Annahme, es gebe zwar Räuber, aber offenbar friedfertige. Man wandte sich an den Popen, der dem Hörensagen nach durch die Räuber gelitten hatte, – der aber war nicht zu Hause, doch der Popenfrau fiel sofort ein, daß Wanka, der Sohn des Dorfältesten, an allem schuld war und sie ihn auch vor allen Leuten einen Dieb geschimpft hatte. Wanka wurde unter strenge Aufsicht gestellt.

Die Berichte der Abteilung beruhigten Stepan Aristarchowitsch dermaßen, daß er der Zeitung ein Telegramm schickte, in dem er sich ausgesprochen boshaft über den Kenntnisstand des Korrespondenten ausließ, der das Krokodil in einen Fluß verpflanzt hatte, in dem selbst ein Hecht nicht genügend Platz hätte.

Doch wir vergaßen zu erwähnen, daß noch vor Rückkehr der Abteilung der dem Leser bereits bekannte Matrose erschossen wurde. Ob vom Fusel oder von einer Krankheit – der Matrose konnte sich kaum mehr auf den Beinen halten; durch die Stadt wankte er noch schlecht und recht, doch als man ihn in den Wald führte, weigerte er sich weiterzugehen. Unter großen Anstrengungen lehnten die Rotarmisten ihn an einen Baum und feuerten dann eine Salve ab. Diese wirkte unentschlossen und unsicher, und ohne den Erschossenen noch eines Blickes zu würdigen, kehrten die Rotarmisten eilends in die Stadt zurück.

Aber zurück zu unserer Erzählung: Auch wenn sich der Sowjet und sein Oberhaupt wieder beruhigt hatten, so hatten doch die Einwohner von Prischtschepowsk nicht die Absicht, das gleiche zu tun – kaum hatte sich die Version, es gebe gar kein Krokodil, als wahrscheinlich erwiesen, war das Krokodil in den Hirnen der Prischtschepowsker schon absolute und unanfechtbare Realität geworden.

Ganz offensichtlich hatte man nur so getan, als ob man das Krokodil zu fangen versuche, denn es war dem Sowjet irgendwie geglückt, mit dem Krokodil gemeinsame Sache zu machen – in Wirklichkeit saß es nun bei Stepan Aristarchowitsch und trank Tee. Man ging extra nachsehen – und tatsächlich, da saß jemand bei Stepan Aristarchowitsch und trank wahrhaftig Tee. Die Frau, der die Kuh abhanden gekommen war, schlußfolgerte augenblicklich, dieser Unmensch müsse auch ihre Kuh haben, die Pest solle er kriegen. Und es zeigte sich: In Stepan Aristarchowitschs Hof muhte tatsächlich eine Kuh.

Angesichts solch schlagender Beweise dafür, daß das Krokodil mit der Sowjetmacht unter einer Decke steckt, fingen böse Zungen an, völlig unverhohlen die Aktivitäten des Sowjets und seines

Vorsitzenden zu erörtern, wobei sie alle den – natürlich unvermeidlichen – Fehler und die oft notwendigen extremen Maßnahmen in Erinnerung riefen. Man sprach davon, daß die Frau des Vorsitzenden Gott weiß woher einen Pelz mit irgendeinem besonderen Kragen (nicht etwa zufällig Krokodilspelz?) habe, und entsann sich, daß die Plenarversammlung sechsundzwanzig Ferkel verspeist hatte, die bei einem auf der Durchreise befindlichen Spekulanten requiriert worden waren; auch erinnerte man daran, wie der Sowjet, nachdem er beschlossen hatte, den bei irgend jemandem konfiszierten Schnaps zu vernichten, diesen Beschluß *mit eigenen Mitteln* in die Tat umsetzte, und zwar so gründlich, daß die absolute Mehrheit das Gebäude auf allen vieren verließ.

Außerdem war in der Kasse ein Manko zu verzeichnen. Und weswegen war der Matrose erschossen worden? Wollte man etwa ihm dieses Manko in die Schuhe schieben?

Solch eine Stimmung herrschte unter den Einwohnern der Stadt Prischtschepowsk.

Zur selben Zeit – wir greifen noch einmal auf die Zeitung zurück –, als die Verantwortlichen mit der Errichtung des proletarischen Staates beschäftigt waren, schwärmte der Feind in der Stadt aus und überflutete das Hirn des Spießers, den die Masse von Eindrücken und Gerüchten ohnehin schon aus der Fassung gebracht hatte, mit dem Gift bösartiger Verleumdung und einem Meer von Provokationen.

Und es gab nicht nur Gerüchte. Die Eisenbahner fielen der Revolution von Prischtschepowsk in den Rücken. Über den Zwischenfall mit der Draisine, der dem Leser bereits bekannt ist, war an entsprechender Stelle Meldung erstattet worden – und infolgedessen wurde der Prischtschepowsker Sowjet telegrafisch angewiesen, sich nicht in die Angelegenheiten des Verkehrswesens einzumischen. So ignorierte das Zentrum die örtlichen Gegebenheiten.

Nachdem die Eisenbahner einen solchen Trumpf in der Hand hatten, entfalteten sie umgehend feindliche Aktivitäten. Am Abend wurde eine Versammlung abgehalten, zu der man, und das war nun völlig illegal, auch die Zivilbevölkerung einlud. Auf der Versammlung wurden offen konterrevolutionäre Reden geschwungen, selbst Stepan Aristarchowitsch ließ man nicht zu Worte kommen, und fast hätte man ihn hinausgeworfen.

Man beschloß, eine Kommission zur Untersuchung der im Sowjet vorgefallenen vermeintlichen Übergriffe zu bilden. Unter den Anwesenden waren auch einige Kaufleute aus Prischtschepowsk, die sofort die Handelsfreiheit zu propagieren begannen und der treuherzigen Bevölkerung versicherten, das Brot würde, wären sie an der Macht, nicht mehr als einen Zwanziger kosten.

Die Konterrevolution war guten Mutes und offenbarte ihren Klassencharakter. Man mußte handeln, und zwar entschlossen. Auf eigene Gefahr meldete Stepan Aristarchowitsch an die Gouvernementszentrale den Beginn einer konterrevolutionären Bewegung und bat um unverzügliche Hilfe, da er nicht auf die eigenen Kräfte setzen konnte.

Und er tat recht daran.

Um aber den Dingen nicht vorzugreifen, seien noch eine oder, richtiger, zwei Tatsachen vermerkt: Erstens hatte Stepan Aristarchowitsch das Krokodil mit eigenen Augen gesehen – an eine Säule gelehnt, stand es da und klapperte, offenbar vor Kälte, mit den Zähnen. Und zum zweiten tauchte in der Stadt der seinerzeit erschossene Matrose auf. Er nahm denselben Weg durch die Stadt wie beim ersten Mal, sang und fluchte jedoch nicht mehr, sondern stöhnte und seufzte und erging sich in Klagen über die anscheinend durchschossene Hand. Als er an der Kaserne der Roten Armee angekommen war, klopfte er zaghaft ans Fenster: Das Fenster wurde geöffnet, und zu hören war ein deutliches Flüstern: »Laßt mich hier nächtigen, Genossen ...« Selbstverständlich ließ man ihn, den Leichnam, nicht ein, doch allein schon das Erscheinen des Toten beunruhigte die Prischtschepowsker außerordentlich. Ungeachtet der späten Stunde wurde eine Versammlung einberufen, auf der man dem Beschluß der Eisenbahner beipflichtete und in einer Resolution forderte, im Sowdep eine Revision durchzuführen und den Vorsitzenden – um eventuellen Überraschungen aus dem Weg zu gehen – zu verhaften.

Vergeblich versuchten die verantwortlichen Funktionäre, den Rotarmisten diesen Schritt, der fatale Folgen haben konnte, auszureden; die aber waren nicht davon abzubringen. Stepan Aristarchowitsch wurde zur Unzeit aus dem Bett geholt und unter Bewachung in seinem eigenen Dienstzimmer in Gewahrsam genommen. Wider Erwarten wurde bei der Haussuchung beim Vorsitzenden des Sowjets nichts gefunden, was ein weiteres Mal vor Augen führte, daß die Verleumdungen, die die Bourgeoisie gegen führende, fest auf dem Boden der sozialistischen Errungenschaften stehende Vertreter der Sowjetmacht vorbrachte, völlig haltlos waren.

Es versteht sich von selbst, daß auch die Expedition nach Belebejewo nicht folgenlos blieb. Zunächst versuchten gescheite Bauern, den merkwürdigen Fisch ausfindig zu machen, dessentwegen extra Kommissare aus der Stadt gekommen waren, doch allem Anschein nach hatte ihn schon irgend jemand an Land gezogen. Danach gingen die Gedanken in eine andere Richtung: Da die Kommissare den Fisch nicht aufgespürt hatten, wollten sie nun bestimmt ans Getreide – daher würden sie Belebejewo sicher schon bald beehren und, wie im Nachbarkreis, den Bauern alles bis aufs letzte Körnchen abnehmen.

Warum aber hatten sie dann diesmal gar nichts vom Getreide gesagt? Scheinbar waren sie zu wenige, und so hatten sie sich nach den Räubern erkundigt, um mit ihnen ein Komplott zu schmieden und gemeinsam plötzlich in Belebejewo einzufallen.

Man beschloß, das Getreide nicht herauszugeben, und fing heimlich an, sich zu bewaffnen. Die Zeitung »Das rote Prischtschepowsk« schrieb aus diesem Anlaß:

Infolge der aufkommenden konterrevolutionären Bewegung, bei der sich hinlänglich bekannte Personen und Klassen, denen das aufständische Proletariat noch nicht den Garaus gemacht hat, merklich regten, knarrten die gewichsten Stiefel der Kulaken von Belebejewo in der gleichen Tonlage.

Der dritte Tag

Die Verhaftung von Stepan Aristarchowitsch beruhigte die Gemüter nicht etwa, sondern ließ diese noch stärker brodeln. Niemand in Prischtschepowsk glaubte daran, daß beim Vorsitzenden des Sowdep nichts entdeckt worden war. Man redete von angeblich zentnerweise aufgespürtem Zucker und versteckten Stoffballen. Vorgezeigt wurde gar ein Knochen, den man unweit des Hauses von Stepan Aristarchowitsch gefunden hatte; zweifelsohne gehörte er, zumal es sich um den Teil eines Kuhschädels handelte, der Kuh, die dieser gestern zusammen mit dem Krokodil verspeist hatte.

Auch reichlich verworrene Gerüchte gab es: Aus Belebejewo, so hieß es, rückten mit Heugabeln und Äxten bewaffnete Bauern an, die den Sowdep vom Antlitz der Erde zu tilgen drohten, jedoch kamen sie nur langsam vorwärts – und wozu hätten sie sich auch beeilen sollen ...

Im Sowjet aber lief die Arbeit auf Hochtouren. Eilends wurde für den Kreis die Anordnung verfaßt, Vertreter zu entsenden, die eine Revision durchführen. Zur Unterschrift legte man die Anordnung wie stets Stepan Aristarchowitsch vor, und der unterzeichnete sie, ohne lange zu überlegen. Überhaupt hatten es die Unannehmlichkeiten, die sich aus dem Arrest des Vorsitzenden ergaben, notwendig gemacht, diesem gewisse Freiheiten zu gewähren; so konnte er wieder seinen Verpflichtungen nachkommen, was um so wichtiger war, als das in Gestalt der Belebejewer Bauern aufziehende Gewitter eine größere Geschlossenheit und gegenseitiges Vertrauen zwischen den führenden Vertretern der Sowjetmacht erforderte.

In der Stadt wurde derweil die elementarste Ordnung gestört. Vor dem Sowjet standen eine Menge Leute, die nicht mehr und nicht weniger als die Herausgabe des Krokodils verlangten; der hinlänglich bekannte Matrose lief durch die Stadt, sprach gar einzelne Bürger an, wobei er den Anschein erweckte, um Brot zu betteln und über die durchschossene Hand zu klagen, in Wirklichkeit aber die Ohnmacht der Sowjetbehörden demonstrierte. Und es gab durchaus Anlaß zur Beunruhigung, wenn nicht einmal die Totenmessen geholfen hatten, die der örtliche Pope für die Seelenruhe des Gottesknechts gefeiert hatte – »Du, o Herr, kennst seinen Namen ...«

Die Ereignisse zogen von Stunde zu Stunde weitere Kreise, und es ist ungewiß, wohin das alles noch geführt hätte, wäre die besorgniserregende Atmosphäre nicht durch das – völlig unerwartete (Stepan Aristarchowitsch hatte versäumt, seinen Genossen Bescheid zu sagen) – Eintreffen einer Abteilung aus der Gouvernementsstadt entspannt worden.

Um 12 Uhr schwärmten in der Stadt wackere Rotarmisten aus und brachten einzig und allein durch ihren Anblick die konterrevolutionären Elemente zum Erzittern, während sie die Herzen aller aufrichtigen Anhänger der Arbeiter- und Bauernrevolution bezauberten –

stand im »Roten Prischtschepowsk« zu lesen.

Selbst wenn wir als Marxisten die Rolle der Persönlichkeit in der Geschichte leugnen, werden wir nicht in Abrede stellen können, daß die Persönlichkeit des Abteilungschefs in der Geschichte der Stadt Prischtschepowsk eine nicht unbedeutende Rolle spielte. Sind Sie imstande, sich einen imposanten Krieger mit Lederjacke vorzustellen, zwei Revolver am Gürtel, den Offizierssäbel an der Seite und lässig ein Gewehr über die mit Maschinengewehrgurten behängte Schulter geworfen? – wenn Sie das können, dann stellen Sie sich auch den Eindruck vor, den er auf die aufgebrachte und der Obrigkeit zürnende Bevölkerung ausübte.

Von diesem Zeitpunkt an spürten die finsteren Mächte die drohende und strafende Hand der Diktatur des Proletariates über sich. (»Das rote Prischtschepowsk«)

In der Stadt wurde unverzüglich die revolutionäre Ordnung eingeführt. An Mauern, Säulen und Zäunen prangten Aushänge, die die Einführung des Kriegszustandes verkündeten. Es war untersagt, nach acht Uhr abends ohne Papiere das Haus zu verlassen, und obwohl die Sonne in Prischtschepowsk um acht, zumal nach neuer Zeit, noch ziemlich hoch steht und demzufolge niemand dem Befehl nachkam, wirkte er doch ernüchternd.

Flankiert wurde der Befehl von der Drohung, das revolutionäre Militärtribunal einzuschalten, was im Falle von Petka, dem Sohn des Schankwirts, und des Fähnrichs Sosunkow, den geistigen Urhebern und Anführern der Meuterei, auch geschah. Petka war zweifellos ein Konterrevolutionär, was aber Sosunkow anging, so gab es Meinungsverschiedenheiten; letzten Endes entschied man jedoch zu Recht, daß er, auch wenn er nicht öffentlich am Aufstand teilgenommen hatte, kraft seiner Klasseninteressen als ehemaliger Offizier dies hätte tun müssen – und so wurden beide der Zentrale des Gouvernements überstellt.

Ferner fand man in einem Garten den Matrosen in bewußtlosem Zustand auf: Stepan Aristarchowitsch hatte ihn eigenhändig zum zweiten und, wie zu hoffen bleibt, letzten Male erschossen. Durch die Tatkraft des Abteilungschefs konnte sogar die der Frau abhanden gekommene Kuh ausfindig gemacht werden, was als endgültiger Beweis dafür diente, daß die bösartigen Attacken gegen den Prischtschepowsker Sowjet und seinen Vorsitzenden jeglicher Grundlage entbehrten. Damit entfiel die Notwendigkeit, eine Revision durchzuführen; in die Kreise wurde erneut eine Anordnung verschickt: betreffs der Notwendigkeit, sich in Anbetracht des Kulakenaufstandes, der jeden Augenblick ausbrechen konnte, in Bereitschaft zu halten. Alle Bürger wurden aufgefordert, den Revolutionsgegnern mit der Waffe in der Hand eine Abfuhr zu erteilen.

Nur den Belebejewer Räubern mußte noch der Garaus gemacht werden.

Belebejewo war nicht mehr als vier Kilometer von Prischtschepowsk entfernt, und daher ging der Aufruf dort noch am gleichen Tage ein und zeigte umgehend Wirkung. Die Belebejewer, die schon früher damit begonnen hatten, sich zu bewaffnen, rückten zum Feldzug aus und machten an der Straße in die Stadt halt, um auf den Feind zu warten. Und nachdem – unklar, auf welchen Kanälen – durchgesickert war, daß es bei Belebejewo eventuell eine Schlacht geben würde, versammelten sich in der Nähe nicht nur Männer, sondern auch Frauen und kleine Kinder: Sie alle harrten voller Ungeduld der Schlacht und schickten sich an, jeden Moment auf die Seite des Siegers überzulaufen.

Sie mußten nicht lange warten. Bald schon nahten aus Richtung Prischtschepowsk feindliche Truppen. Die Belebejewer feuerten eine Salve ab. Die Abteilung nahm die Gefechtsordnung ein.

In der Zeitung »Das rote Prischtschepowsk« sind diese Ereignisse folgendermaßen beschrieben:

Voller Entschlossenheit, die aufständischen Kulaken zu lehren, die Macht des werktätigen Volkes anzuerkennen, zog die Abteilung in Richtung Belebejewo. Das Aufeinandertreffen ging am Waldrand vonstatten. Wie zu erwarten war, wurden die Truppen mit Gewehrsalven empfangen; dabei durchlöcherte man einigen Rotarmisten die Uniformmäntel. Dann wurde die Gefechtskette der Kulaken mit Maschinengewehren beschossen, und um unnötige Opfer unter Unschuldigen zu vermeiden, versuchte man mittels Schüssen in die Luft, die auf der anderen Seite befindliche vieltausendköpfige Menge aufzulösen.

Diese lief in Panik augenblicklich auseinander, danach wich sofort die Kulakenabteilung und zog sich in den Wald und den Sumpf zurück.

So wurde Belebejewo kampflos genommen. Unverzüglich brachte der Abteilungschef einen Aufruf in Umlauf, in dem er nicht nur detailliert die Ursachen, sondern auch die Geschichte der Belebejewer Verschwörung darlegte, die zweifelsohne von Kulaken angeführt worden war und darauf abzielte, den Gutsbesitzern und Kapitalisten ihre Macht zurückzugeben; enthalten war auch ein Appell, der Amtsführung des Abteilungschefs nicht den Gehorsam zu versagen.

Doch den Belebejewer Konterrevolutionären war jegliche Lust an Aufständen vergangen. Die Kulaken, die sich in den Wald und den Sumpf verzogen hatten, kehrten ins Dorf zurück, noch ehe die Abteilung, die Hinterhalte fürchtete, dort einrückte; und weil sie ihren Fehler vermutlich eingesehen hatten, waren sie die ersten, die der Aufforderung nachkamen, die Waffen abzuliefern. Einige von ihnen wurden dennoch verhaftet und dem Gouvernementszentrum überstellt, unter anderem auch der dem Leser bekannte Räuber Wanka.

Nachdem die Abteilung die Kulakenmeuterei niedergeschlagen und in Belebejewo die Sowjetmacht wiederhergestellt hatte, kehrte sie mit wehenden roten Fahnen nach Prischtschepowsk zurück – sie hatte sich ihrer heiligen Pflicht zum Schutze der Unterdrückten rechtschaffen und selbstlos entledigt. (»Das rote Prischtschepowsk«)

So endete diese tragische Epopöe, in der eine Zeitlang alle Errungenschaften der Revolution vom Untergang bedroht waren, mit einem vollständigen Sieg der rechten Sache. Doch vom Krokodil sprach man, ungeachtet der Beruhigung, die nach dem Abzug der Abteilung eintrat, noch lange. Freilich, es war weder auf den Straßen der Stadt noch im Fluß zu sehen gewesen, doch besagten vage Gerüchte, es schwimme von Stadt zu Stadt, verrichte überall sein undurchsichtiges Werk und sei, wie es hieß, schon bis in die Hauptstadt vorgedrungen – doch all diese Gespräche wurden mit ziemlicher Vorsicht geführt und von höchst unbestimmten Gesten in Richtung Tscheka begleitet.

1921

Ilja Ehrenburg

Der VKM

Gut werden's spätere Geschichtsschreiber haben: Sie werden der Ordnung halber die Dokumente numerieren, sie auf einem großen Tisch zu verschiedenen Stapeln aufhäufen, und die »historische Unausweichlichkeit« wird, den Setzern zum Trost, ihren Lauf nehmen. Doch hier bei uns in Moskau gibt es viele, die die Kommunisten noch heute nicht für Menschen halten, sondern für Krokodile mit Scharnieren, zur Strafe derer herabgesandt, die die Leiber bis zum Nabel entblößt und Tauben (Schänder des Heiligen Geistes!) mit Erbsen gefressen haben. Das ist natürlich blanker Unsinn, man hört ihn auch nur gelegentlich bei einem ehemaligen Mehlhändler auf dem Läuseberg. Die Kommunisten sind Menschen wie alle anderen, mit sämtlichen unserer Art eigenen Schrullen. Es gibt kluge Köpfe, Lloyd George würde mit Freuden bei ihnen in die Vorschule gehen, es gibt solche, die das Pulver nicht erfunden haben, aber ehrlich, nach den Direktiven, auf Hochzeiten Klagelieder anstimmen und auf Begräbnissen Trepak tanzen, es gibt regelrechte Glaubenseiferer, die, selbst von der fauligen »Laus« angefault, ähnlich wie Serafim von Sarow ein Schwitzbad inmitten des geistigen Aufschwungs verachten, es gibt auch Snobs, die es nicht für Sünde halten, nach der Arbeit eine Zigarre zu schmauchen, und die Krawatten tragen, um derentwillen selbst ein Brummel nicht abgeneigt gewesen wäre, zum »Sympathisanten« zu werden, und es gibt ganz gewöhnliche Leute – eh so einer keine Dekrete fabriziert, wird niemand ihn für einen Kommunisten halten, ein Mensch wie jeder andere, wenn er auch das RKP-Buch in der Tasche hat.

So einer, dem man nichts ansah, war auch der Genosse Wosow, obgleich er an der Spitze der Staatspyramide stand, dort oben, wo man Tag und Nacht balancieren muß – ein echter Volkskommissariatler! Auf den ersten Blick hätte man gesagt – ein Intelligenzler, höchstwahrscheinlich ein Saboteur. Allein das spärlich sprießende Bärtchen, das in pathetischen Augenblicken energisch hochgezwirbelt wurde – alles, was recht ist, ein ehrbares Volkstümlerbärtchen, so troff es von Gutmütigkeit, Ethik und Nekrassows Versen. Der Schein trügt, denn obgleich Wosow im

Grunde seines Herzens »die Muse des Volkszorns«, das heißt Nekrassow in der Beilage der »Niwa«, allen zeitgenössischen futuristischen Verrenkungen vorzog, obgleich er im höchsten Maße gutmütig war und wie Mohammed keiner Katze grundlos etwas zuleide getan hätte, obwohl er keinen Tag ohne Ethik leben konnte, indem er sowohl nach Höherem strebte, das heißt zehn neue Gebote ins RKP-Buch schrieb, als auch im täglichen Leben auf Redlichkeit hielt und sich auf Sitzungen nie fremder Zigaretten bediente, war er doch kein blaublütiger Sozialrevolutionär, sondern ein Kommunist reinsten Wassers, so daß jeder SR ihn mit Vergnügen umgelegt hätte, hätte deren ZK nicht aufgrund besonderer diplomatischer Erwägungen das Bombenwerfen verboten.

Aber da brach über Wosow ein Unglück herein, und wer weiß, ob nicht die SR diese raffinierten Machenschaften ausgeklügelt hatten. Einfältig, wie sie sind, schwätzen sie in ihrem slawischen Flügel von der Dorfgemeinschaft, doch was sie dabei im Schilde führen, weiß niemand. Kurzum, waren es nun Ränke der SR oder eine unselige Verkettung von Umständen, Wosow jedenfalls widerfuhr etwas sehr Merkwürdiges und Trauriges.

Alles begann am Abend des 23. Februar 1921 in einem Raum des Nikolai-Palais, in dem Wosow sein Arbeitszimmer hatte.

Friedlich schlummerte Moskau, frierend zusammengerollt unter zerschlissenen Steppdecken, geflickten Baumwolldecken und stinkenden Bauernpelzen, unter allem möglichen Plunder, es schlummerte und dachte nicht an den 24. Februar; denn weder Verschwörungen noch Feierlichkeiten, ja nicht einmal beachtliche Sonderzuteilungen standen in Aussicht. Doch an erquickenden Schlaf dachte Wosow keineswegs, obwohl ihm die Lider schwer wurden; die sechste Nacht durchwachte der Mann nun schon und arbeitete ohne Unterlaß. Aber worin eigentlich diese Arbeit bestand, ließ sich aufgrund der komplizierten Vielseitigkeit und der unglaublichen Vermessenheit schwer sagen. Wäre Wosow zum Beispiel Volkskommissar für Vobi, das heißt für Volksbildung, gewesen, hätte er natürlich in sechs Nächten mindestens tausend Schulen umgekrempelt, oder hätte er das Verkehrswesen geleitet, gäbe es ebenfalls keinen Zweifel – die elektrischen Züge würden nur so über seinen Eichenschreibtisch flitzen, aber Wosow hatte keine bestimmten Funktionen, sein allumfassender Geist gab sich mit den wunderlichsten Dingen ab. Was für Projekte und Kostenanschläge mit in die Milliarden gehenden Nullen tanzten doch vor seinen von ewiger Schlaflosigkeit geschwollenen Augen! Er dachte an eine zweckdienliche Erziehung, die das Kind unverzüglich in die Produktion einbezieht, an die notwendige Einmütigkeit aller Menschen, die »Arbeiteropposition« und die Tschuwaschen inbegriffen, an eine künftige Regelung der einstweilen noch planlos verlaufenden Geburten und an vieles andere, wahrhaft Titanische, so daß man in biblischer Sprache, die im roten Kreml zwar verpönt, für derartige Fälle jedoch durchaus angebracht ist, sagen könnte, Wosow, der das Licht von der Finsternis schied, erschuf schlicht und einfach die Welt.

An jenem unseligen Abend, als Wosow die letzten Gedanken zu Ende gedacht hatte, verspürte er den Drang, sein angespanntes geistiges Suchen zu einer Synthese zu bringen, und wie jeder ehrliche, Neues schaffende Kommunist machte er sich daran, ein Organisationsschema zu entwerfen. Zeichnen konnte er zwar nicht, die Kreise sahen aus wie Birnen mit Stiel und die Quadrate wie Kreise, das heißt eher wie zerbrochene Kringel. Aber schöne Skizzen brachten ja auch nur Kleinigkeitskrämer zustande, der Direktor der Sektion Malerei der Museen in Pensa zum Beispiel oder der Leiter der Informationsunterabteilung für Schachsport beim Amt für allgemeine Schulpflicht in Twer; dort hatten sie einen ganzen Monat mit dem Reißzeug herumhantiert, nicht mit Farben gespart und ein regelrechtes Gemälde zuwege gebracht, so daß der Direktor in Pensa, unter uns gesagt, sogar versucht war, es mangels anderer Exponate in sein Museum rüberzuholen. Ernsthafte Funktionäre dagegen warfen in aller Eile eine Skizze hin, die Nervosität und Terminnot verriet, nicht um plastische Schönheit ging's ihnen, sondern einzig darum, Entdeckungen von höchster Wichtigkeit festzuhalten.

Und so zeichnete Wosow ein Schema, nicht etwa von einer Institution oder einem neuen Amt, sondern vom Wesen des Seins – vom Leben des Menschen, und zwar nicht eines liederlichen Faulenzers, eines arbeitsscheuen Vagabunden, nein, eines vernünftigen, vorschriftsmäßigen Menschen. Es begann mit einem einheitlichen Zentrum, das bis ins letzte die Verteilung der Kinder nach Gouvernements und Gebieten festlegte, verzweigte sich in Anbetracht der Vielfalt der Funktionen in Hunderte Dreiecke mit je einer Seite für Arbeit, Zerstreuung und Erholung und mündete schließlich in das breite Tor eines im Zuge der allgemeinen Elektrifizierung geplanten grandiosen Krematoriums. Das Ergebnis war erstaunlich: Ohne Stockung, ohne Schliche durchliefen die Menschen sämtliche Etappen, und keiner konnte sich verirren, keiner entwischen. Als Wosow fertig war, dachte er begeistert: Das ist er, der vollkommene kommunistische Mensch, kürzte wie gewohnt die Wörter ab – VKM – und schloß die müden Augen.

Als er sie kurz darauf wieder öffnete, sah er vor sich sein Ebenbild sitzen, gleichfalls mit Bärtchen und sachlicher Miene. Weniger erschreckt als erstaunt über die verblüffende Ähnlichkeit und das unerwartete Auftauchen zu so später Stunde, fragte Wosow das Subjekt: »Wer sind Sie, Genosse?«

Das Subjekt grapschte im Vorbeigehen die Mappe vom Tisch und antwortete: »Ich? Wosow, VKM. Aber jetzt muß ich in den nächsten Rhombus eilen!«

Und da geschah etwas ganz Unwahrscheinliches: Der VKM verschwand mir nichts, dir nichts, ohne daß er zur Tür gegangen wäre oder das Fenster benutzt hätte. Ich bin überarbeitet, dachte Wosow, ich muß mich schonen, um der Sache willen! Nach einem Blick auf den entworfenen Plan flüsterte er noch einmal, schon im Liegen: »Sei gegrüßt, VKM! Wenn bloß die Arbeiteropposition keine Diskussion anzettelt.«

Gut schlief der Genosse Wosow, zwar geisterten durch seine Träume alle möglichen Diagramme, doch in gehöriger Entfernung und durchaus nicht beunruhigend. Das Erwachen jedoch war höchst unangenehm: Um elf Uhr schrillte hartnäckig das Telefon. Verschlafen und in Unterhosen, brummte Wosow: »Hallo!«

Eine wohlbekannte Baßstimme antwortete: »Ist dort das Zimmer des Genossen Wosow? Notieren Sie: Einstimmigkeit geregelt. Arbeiteropposition liquidiert, Rektifizierung der Tschuwaschenschädel in Angriff genommen. Notiert? Wer hat's aufgenommen?«

Schlaftrunken und ohne recht zu begreifen, worum es ging, murmelte Wosow seinen Namen. Ordnungshalber fragte er noch: »Und wer hat's durchgegeben?«

Beflissen und jede Silbe exakt betonend, antwortete die Baßstimme: »Wosow, VKM« und legte den Hörer auf.

Zurück blieben der offensichtlich absurde Text des Fernspruchs und die Erinnerung an irgendwelchen nächtlichen Blödsinn. Wer nahm sich da solche Frechheit heraus? Vielleicht das Telefonfräulein, dachte Wosow gereizt, dann beschloß er, diese Ränke zu durchkreuzen, das heißt, sie einfach nicht zu beachten und zur Sitzung der Sonderkommission zu eilen.

Er eilte hin, kam aber trotzdem zu spät, als die Sitzung gerade zu Ende ging. Der Vorsitzende kündigte eine Pause an, zwecks Abfassung einer Resolution.

Der Genosse Wul trat zu Wosow und sagte schmeichlerisch: »Ich gehöre doch gar nicht zur Arbeiteropposition. Ihr Referat war großartig, wer kann jetzt noch Einwände erheben?«

»Was für ein Referat?« fragte Wosow beunruhigt. »Ich bin eben erst gekommen, Sie verwechseln mich sicher mit jemand.«

Wul dachte, Wosow wolle sich, mit seinem Erfolg zufrieden, einen Spaß machen, und kicherte: »Haha! Verwechseln ist gut! Wie Sie Ihre Thesen durchgeboxt haben...«

»Unsinn! Alles Unsinn!« schrie Wosow. »Was denn für Thesen, ich sag Ihnen doch, ich hab verschlafen, hab zu lange gearbeitet. Worum geht es in der Resolution? Aber reden Sie vernünftig!«

»Um Ihr Projekt, den VKM zu organisieren.«

Wosow ergriff entsetzt die Flucht. Zum Teufel! Irgendwer spielte ihm da einen üblen Streich. Also hatte er gestern doch nicht geträumt, es hatte sich tatsächlich so ein Halunke bei ihm rumgedrückt und die Mappe mit den Projekten geklaut. Aber wie war er ohne Passierschein in den Kreml eingedrungen? Wosow rannte zur Torwache und erkundigte sich, wem am Vorabend ein Passierschein ausgestellt worden war. Das Kremltor hatten passiert: der Offiziersschüler Pleschko, zweiundzwanzig Jahre alt, und die Bürgerin Utschelischtschewa, zum Leiter des Klubs. Zweifel beschlichen Wosow – ob er am Ende krank war, Nervenzerrüttung, Halluzinationen, Sinnesverwirrung? Er mußte sich zusammenreißen. Und nachdem er abermals beschlossen hatte, den Vorfall zu vergessen, begab er sich in die Kantine des Rates der Volkskommissare. Aber von wegen – vergessen; die Kantinenleiterin erklärte ihm nicht nur, daß er bereits Mittag gegessen hätte, sie fügte auch noch hinzu, daß sie seinen Vorschlag, die Klopse und Kartoffeln durch kondensierte Kalorien zu ersetzen, voll und ganz unterstütze (die Leiterin kam von der Hochschule und vermochte sich gewählt auszudrücken). Wosow schämte sich schrecklich. Jetzt dachte sie womöglich, er wolle noch einen zweiten Klops essen, und ohne den leisesten Versuch, sich zu rechtfertigen, lief er schnurstracks nach Hause, in der festen Absicht, sich entweder unverzüglich zu kurieren oder den Verbrecher zu fassen.

Zu Hause schloß er sich ein, nahm den Telefonhörer ab und versuchte sich zu überzeugen, daß es nur einen Wosow gab, Wosow, der die Realschule in Nischni-Nowgorod besucht hatte, aus der sechsten Klasse geflogen und 1907 hochgegangen war, ein tüchtiger, kluger RKPler, einen zweiten gab es nicht, alles andere war Unsinn, er hatte fünf Nächte nicht geschlafen und so weiter.

Als er sich beruhigt hatte, schlief er erneut ein, der Körper forderte sein Recht, und erwachte, von keinem unangenehmen Anruf aufgeschreckt, frisch und gestärkt am späten Abend. »Nun bin ich wieder kuriert«, grunzte er, der morgendlichen Ängste eingedenk, und rekelte sich.

Doch kuriert oder nicht kuriert, als er zur Abendsitzung eilen wollte, mußte er feststellen, daß seine Aktenmappe mit den Projekten verschwunden war. Klar, daß es sich hier nicht um ein dekadentes Spiel mit mysteriösen Doppelgängern handelte, sondern um eine ganz infame Verschwörung. Nachdem Wosow unter den Tisch gekrochen war und alle Ecken abgesucht hatte – vielleicht war ihm ja die unselige Mappe in der Nacht heruntergefallen –, ging er entschlossen zum Telefon und ließ sich über direkten Draht mit der zuständigen Behörde verbinden. Als er dann aber das streng sachliche »Hallo, hier Zentrale der Tscheka« hörte, war er plötzlich so verdattert, daß er kein Wort herausbrachte. Wie sollte er auch erklären, daß der Verschwörer nicht die Tür benutzt hatte, sondern wie im Kino mir nichts, dir nichts verschwunden war, daß er Wosows Mittagessen gefressen und dann noch irgendwas von Kalorien gefaselt hatte? Auslachen würden sie ihn, weiter nichts. Das waren doch ernsthafte, vielbeschäftigte Leute, die würden's am Ende noch übelnehmen! ... Und ohne sich zu melden, legte er den Hörer auf.

Wieder war Wosow drauf und dran, in äußerste Verwirrung zu geraten; aber da kam ihm der rettende Gedanke, Tanja Janschina zu besuchen, die Tochter eines ehrenwerten ZK-Mitglieds, die im Kloster nebenan in den ehemaligen Gemächern der Äbtissin wohnte. Zwar schickt es sich nicht, wenn man von Leuten spricht, die, zum Neid des Schöpfers, in sechs Tagen die Welt erschaffen, gewöhnliche menschliche Leidenschaften zu berühren, aber zur Erklärung des ganzen betrüblichen Zwischenfalls muß hier unbedingt betont werden, daß Wosow Tanja gegenüber nicht nur nicht gleichgültig, sondern daß er regelrecht in sie verliebt war, blind und rasend verliebt, ungeachtet seiner vierunddreißig Jahre und seiner RKP-Zugehörigkeit, genau wie ein Tertianer oder, noch schlimmer, wie ein Turgenjewscher Tagedieb.

Noch eine angemessene Beschäftigung für unsere Enkel: Während der Historiker in aller Ruhe verstaubte Dekrete, harmlos wie kahle Igel, kommentiert und Anmerkung an Anmerkung reiht, sollte sich der Romancier mit dem Bahnhofsleben, dem verborgenen Pathos, den wahrhaft zyklopischen Ränken der großen Epoche befassen. Weiß Gott, welche Schlußfolgerungen er ausbrüten wird: Verfall der Sitten oder unverhoffte Wiedergeburt des von den Asketen gequälten Eros, auf jeden Fall wird vor den Augen der Nachkommen ein neues Moskau erstehen, das nicht nur Pläne skizziert, sondern auch fähig ist, leidenschaftlich zu küssen in den heroischen Zwischenakten, zwischen zwei Salti mortali überraschender Dekrete, Aufstände, Kämpfe, irdischer Hast und anderer Erscheinungen des revolutionären Alltags. Und wer weiß, ob nicht das junge Mädchen des neuen, glücklichen Jahrhunderts, vom Treibhaus des Überflusses betäubt, jene müden, hungrigen, manchmal blutbesudelten oder den Tod erwartenden Menschen beneiden wird, die im chaotischen Moskau die spärlichen, flüchtigen, dreimal geheiligten Blumen nahezu unmöglicher Liebe pflückten?

Aber das alles lag natürlich in ferner Zukunft. Einstweilen lief Wosow, ohne sich derartigen Verallgemeinerungen hinzugeben, über den verödeten Platz zu Tanja, der teuren Herzallerliebsten mit dem Muttermal am Hals und einem so kindlichen Lächeln, daß selbst der ehrenwerte ZK-Mann, sollte man meinen, außer sich vor schlichter, übergroßer Freude, wie ein Narr zu tanzen anfangen oder in Tränen ausbrechen mußte, zu Tanja, die einen Bolschewiken nicht von einem Menschewiken unterscheiden konnte, es aber durch ein einziges Wort fertigbrachte, daß Wosow alle seine Diagramme vergaß, wie ein Kind alberne Kosenamen stammelte, in die Hände klatschte oder einfach still dasaß, ohne sich zu bewegen, damit Moskau nicht zu Staub zerfiele, Moskau, das alte Kloster, Tanja, die Liebe... Die Liebe ist immer und überall zerbrechlich wie ein Streichholz im Wind; aber hier, in diesen Tagen, war sie so unfaßbar, daß nur übermenschlich starke Hände sie vor dem alles verwehenden Schneesturm schützen konnten.

Sobald Wosow das niedrige, freundlich helle Zimmer betrat, in dem Tabaksqualm, Zeitungsstapel und die Porträts von Schwärmern und Fanatikern aus aller Welt sich mit dem noch nicht verflüchtigten Weihrauchduft, dem Geist des Akathistos, dem Geruch nach Lindenblütentee und den Seufzern der Fastenden mischten und zu einem Nebel von Glauben, wilder Raffsucht und Stickigkeit verschmolzen, beruhigte er sich augenblicklich und dachte keine Sekunde mehr an die Aktenmappe und den nächtlichen Einbrecher. Sehnsüchtig blickte er nach der kleinen Seitentür, aus der Tanja schlüpfen würde. Lange mußte er warten. Die Turmuhr schlug elf. Endlich kam Tanja, verweint, gebeugt, die zuckenden Schultern in einen breiten Schal gehüllt. Wie hatte sie sich seit gestern verändert! Als wäre sie bis gestern trällernd herumgelaufen, und plötzlich sei jemand über sie hergefallen und habe ihr eine Last aufgebürdet, die selbst zwei Mann nicht tragen konnten, als sei sie zusammengebrochen, versuche zu gehen, komme aber nicht vom Fleck, wolle hinstürzen und losweinen: Ich kann nicht mehr!

Wosow sprang auf.

»Tanja, meine kleine Goldamsel, was ist mit dir?«

Aber bitter und abweisend antwortete Tanja: »Weshalb sind Sie noch einmal gekommen?«

Noch einmal gekommen! Wosow, der nichts begriff, ahnte Schreckliches, in seinem Kopf begannen Quadrate, Kreise und die schwere Aktenmappe mit dem Schlößchen zu kreisen.

»Jetzt ist mir alles klar. Sie brauchen keine Liebe, Ihnen geht es nur um die Verteilung der Spermien, um chemische Reagenzgläser. Wie fremd Sie mir sind! Vielleicht ist das alles schön und richtig so... Als Sie gegen Abend gegangen sind, bin ich die Treppe hinuntergelaufen, habe Sie gerufen. Sie haben nicht reagiert, aber das war nur Schwäche. Nicht Sie habe ich gemeint, sondern einen anderen, der nur in meiner Vorstellung existiert, den es nie gegeben hat! Sie aber brauche ich nicht. Leben Sie wohl!«

Und noch tiefer gebeugt unter der neuen Last, verließ Tanja das Zimmer. Wosow vergaß seine Mütze am Kleiderhaken und rannte hinaus auf den Platz, bemüht, seinen maßlosen Schmerz und sein Entsetzen nicht in verzweifeltem tierischem Gebrüll zu äußern.

Schnee hüllte den toten, öden Kreml ein. Die blinden Fenster der Büros, hinter denen andere, noch Gesunde, in aller Ruhe hundertstöckige Schemata entwarfen, versuchten dagegen anzukämpfen. Aber die herabwirbelnden dicken weißen Flocken erstickten die spärlichen Lichter. Nur die Steine bäumten sich auf, die Steine der Schießscharten unter den Zinnen der dickwandigen Mauern, und die Kreuze der Glockentürme, die wie das zweifingrige Kreuzeszeichen der Ketzer auf dem Scheiterhaufen aufragten – dem Leben, der Macht, der Sonne, dem Eisen zum Trotz.

Wosow setzte sich auf einen Prellstein vor der Zwölf-Apostel-Kathedrale. Er zweifelte nicht mehr, hoffte nicht mehr auf Heilung, dachte nicht mehr daran, den Feind zu fassen. Nachdem er soeben in der freundlichen, hellen Stube das Teuerste, Unwiederbringliche verloren hatte, begann er still und tränenlos zu weinen, und der Schnee wehte ihn zu, als wolle er dieses fremde Fleckchen Leben inmitten der sonderbaren Ödnis auslöschen, verwischen. Es war, als rückte der alte Kreml gegen Wosow an und erdrückte ihn mit der finsteren Macht der Vergangenheit, der gestrigen ungesühnten Sünde. Aus den kleinen Kapellen, den winkligen Kirchen mit den niedrigen Gewölben, aus den Zaren- und Fürstengemächern mit Mönchen, die bei den Zarinnen Tee tranken, mit Eingemauerten, Geblendeten, in den schmalen Gängen Verbrühten, mit ausladenden stickigen Betten, wo nach dem Tee auf purpurschößigen Leibern die Mönche sich vergnügten, wälzte sich gelber heißer Nebel. Es war Mütterchen Altrußland, das da über den Eindringling hereinbrach – die lüsterne Betschwester, die streunende Zwangsarbeiterin, mit dem Kreuz auf dem vollgefressenen Wanst, die Scheinheilige, die Nonne, die das Schweigegelübde abgelegt hat, die sanfte Ketzerin.

Wosow wuße – ihr konnte er nicht entrinnen. Sie witterte ihn, spürte ihn auf, wälzte sich vollbusig auf ihn. In seiner Angst wollte er, wie der Einsiedler hinterm Kreuzeszeichen, hinter dem Schutz suchen, was noch kürzlich lebendig und unbesiegbar gewesen, hinter der von ihm erschaffenen Welt, hinter seinem gebieterischen »Es werde Licht!«. Er entsann sich seines wunderbaren Schemas, und mit gewaltiger Willensanstrengung zerrte er aus der verschneiten weißen Stadt, in der vereinzelte Schritte hinter der Moskwa wie letzte Atemzüge klangen, das künftige Leben hervor. Aber da begann das Schrecklichste. Riesige gläserne Häuser, gigantische Betonstädte, Menschen auf Sprungfedern, Springer in quadratischen Hemden, verschmolzen mit Äbtissinnen, Klosterzellen und Klosterhöfen, mit dem feisten, buhlerischen, blutigen Getriebe der Vergangenheit... Die Menschen richteten sich flugs in den geräumigen Quadraten ein, die gemütlich und schwül wurden und wie Mönchsklausen stanken. Ungebärdige junge Leute durchbrachen die Dreiecke, und ein behäbiges Weib (vielleicht sogar mit Professorentitel), das einen Verstorbenen beklagte und mit den Fingernägeln die Erde aufkratzte, scharrte den Leichnam schließlich aus und zerstörte dadurch den letzten noch unberührten Kreis des Todes. Das Neue lebte in sichtlichem Einvernehmen mit dem Alten, so daß die Grenzen zwischen Altem und Neuem verwischten und dem Tschudow-Kloster die Doppelgänger der verschiedenen Jahrhunderte entströmten und zu randalieren begannen. Aber der Schnee ebnete alles ein, kaum daß der Kopf des lebendigen Betrachters noch herausragte, des armen Kindes, dessen bunter Luftballon, für einen Fünfer auf dem Jungfrauen-Feld gekauft, zusammenschrumpfte, welkte und zur Erde fiel, des RKP-Mitgliedes, des Genossen Wosow.

Und so wäre er wohl am unziemlichen Orte erfroren, hätte er nicht dicht über seinem Ohr eine spöttische Baßstimme vernommen: »Wohlan, Genosse, jetzt kommt die letzte Etappe, das Krematorium, seien Sie ein VKM.«

»Halt!« schrie da Wosow verzweifelt und stürzte dem garstigen Komödianten nach. Der aber sprang hoch und war genau wie tags zuvor verschwunden, hatte sich im gelben Himmel aufgelöst. Diesmal aber wollte der genarrte Wosow nicht klein beigeben; ohne zu überlegen kletterte er affenartig die kalten, glatten Steine des Glockenturms »Iwan der Große« hinauf und heulte: »Du entkommst mir nicht!«

Doch auf der Höhe der Kuppel der Mariä-Verkündigungs-Kathedrale verlor er das Gleichgewicht, rutschte ab und glitt leise wie ein Klumpen Schnee in die Tiefe.

Was war das? Eine Intrige der SR? Übermüdung infolge beispielloser Arbeit? Oder der beklemmende, giftige Geist der goldbekuppelten, heuchlerischen einstigen Festung, wo die Kundschafter des neuen Jahrhunderts sich einquartiert und am Tor ihre Posten aufgestellt hatten? Alles war möglich...

Auf jeden Fall aber war ein tüchtiger Funktionär und guter Mensch sinnlos zugrunde gegangen. Als man ihn am 26. Februar zu Grabe trug, sagte Genosse Wul teilnahmsvoll: »Es war ihm nicht beschieden, in das Gelobte Land einzugehen, obwohl er ein wahrer Mensch der Kommune gewesen ist.«

Auf einmal hörten sämtliche Anwesenden, wie jemand, einen Kranz schwenkend, hinter dem Sarg mit schluchzender Stimme ergänzte: »Ein VKM!«

1922

Boris Pilnjak

Bräutigam um Mitternacht

Erstes Kapitel

Am Tag vor Pfingsten, am dreizehnten Mai, verließ das englische Schiff ›Francis‹ den Hafen von Portsmouth. Es nahm Kurs auf Afrika, auf Kapstadt. Unterwegs sollte es Nigeria, die englische Kolonie, anlaufen und dort Fracht löschen und übernehmen. Auf der ›Francis‹ fuhr nach Nigeria, in die Stadt Rida, Mister Samuel Garnett, Angestellter der Nigerianisch-englischen Kautschuk-Kompanie.

Der Ozean war ruhig, still und kühl. Die ›Francis‹ war kein Passagierschiff, nur wer besondere Beziehungen hatte, fuhr mit ihr. Mittags, vor dem Lunch, trat der Kapitän ins Rauchzimmer auf dem Spardeck und öffnete selbst die erste Flasche Whisky. Alles war in bester Ordnung. Nach dem Lunch wurden die Liegestühle auf die Kommandobrücke hinausgetragen, und dort trank man den Whisky zu Ende, döste vor sich hin, betrachtete die Möwen, die Delphine und die blauen Wellen. In all den Tagen kam es kein einziges Mal zum Schaukeln oder Schlingern, der Ozean war ganz still.

Mister Samuel Garnett hatte zwei Wochen vor Reiseantritt geheiratet, und seine junge Frau, Mrs. Samuel Garnett, fuhr mit ihm. Mister Garnett war glückselig.

Er war nicht besonders gebildet und keineswegs reich, aber er beherrschte alles, was ein Gentleman wissen muß: Er kannte die Bibel und war auch im Bilde, welcher Schlips zu welchen Socken paßt, was man in einer bestimmten Situation sagen muß, wann ein Witz am Platze ist, wie man sich benimmt. Er sollte mehrere Jahre in Afrika bleiben; er wußte, wie man den Schriftverkehr mit der Direktion der Kompanie zu führen hatte, kannte die Qualitäten verschiedener Kautschuksorten; über Afrika aber wußte er wenig – er kannte es aus dem Baedeker. Er war jung; auf dem Spardeck sitzend, ganz der Entspannung und dem Nichtstun hingegeben, betrachtete er das Meer (man kann es stundenlang betrachten) und überdachte noch einmal, wieviel Paar Socken und Strümpfe er und seine Frau besaßen, wie er sich vom Direktor der

Kompanie verabschiedet hatte, wie er in London ein Konto eingerichtet hatte, wohin monatlich seine Reisegelder überwiesen werden sollten, und auch, wieviel Geld er bei der Rückkehr in die Metropole besitzen würde. Auf dem Kopf trug er einen Korkhelm, um seinen Hals hingen eine Kodak und ein Zeissglas, seine Beine steckten in weißen Breeches.

Seine Frau, Mrs. Samuel Garnett, war nicht so lebenstüchtig wie er, aber sie wußte besser, in welchem Koffer und wie ihre Sachen – die Wäsche, das Service, die Tennisschläger – verpackt waren. Außer Fachbüchern (Buchführung und Kautschukkunde) besaß er nur den Baedeker. Er wußte, daß ihn überall seine Lieblingszeitungen erreichen würden – ›Pall Mall‹, ›Morning Standard‹ und ›Evening Standard‹. Sie aber hatte Bücher: Shelley, Galsworthy, einige Bücher, die in den letzten Wochen erschienen waren, einige illustrierte Magazine und ein dickes, in Leder gebundenes Heft mit der Aufschrift ›Tagebuch und Gedichte von Mrs. Samuel Garnett‹; sie hatte viel Briefpapier und viele Umschläge mitgenommen.

Sie saß meistens in der Kajüte und kramte in den Sachen, und das nicht nur, weil sie wußte, daß es sich, wenn die Männer im Rauchzimmer bei ihren ungezwungenen Männergesprächen sitzen, für eine Frau nicht schickt, dort zu erscheinen. Manchmal ging sie am Abend auf das Achterdeck und schaute zurück über das Heck des Schiffes, dorthin, wo sich das Wasser wie Straußenfedern kräuselte und in der Dunkelheit Medusen phosphoreszierten; Mister Garnett wußte nichts von der Existenz eines Buches, des kleinen Gedichtbandes eines unbekannten Dichters mit einer belanglosen Widmung auf der leeren ersten Seite; dieses Buch war in einer Tasche verstaut, die nicht für die Blicke der Männer bestimmt war, denn sie war mit den Geheimnissen der Frauentoilette vollgepackt. Viele Sachen für diese Tasche hatte Mister Samuel selbst gekauft. Mrs. Garnett durfte man übrigens in keiner Weise für unmoralisch halten: Wer wird schon über eine Frau, die vor zwei Wochen noch ein Mädchen war, dieser geringen Eitelkeit, der kleinen, noch vorhandenen Dummheiten wegen den Stab brechen!

Die Eheleute Garnett liebten einander, und jeden Abend um zehn Uhr gingen sie in ihre Kajüte, um dann nach fünfundzwanzig Minuten, beide in Schlafanzug und Bademantel, das Badezimmer aufzusuchen.

Am fünften Tage der Seefahrt prüfte Mister Garnett sorgfältig die ihm vorgelegte Rechnung und verglich sie mit den Aufzeichnungen in seinem Notizbuch; am Mittag des gleichen Tages zeichnete sich am Horizont der lilafarbene Streifen des Festlandes ab. Um fünfzehn Uhr ankerte das Schiff schon auf der Reede von Akassa, im Nigerdelta.

Aus London war bereits ein Funkspruch eingetroffen. Am Schiff legte ein Zollkutter an. Mister Samuel Garnett wurde von einem Begleiter abgeholt. In der Nähe des Schiffs wimmelte es von nackten Negern – meistens Jungen, die in Kähnen mit hochgezogenem Bug paddelten.

Der Führer nannte Mister Samuel ›Sir‹ und die Mistress ›Lady‹.

Sir Samuel Garnett war ruhig, sachlich und wunderte sich über nichts, so als ginge er nach einem Picknick in Brighton von Bord eines Segelbootes; Lady Samuel aber staunte über die schwarzhäutigen Leute, über das grüne Wasser, die ungewöhnlichen Bäume am Ufer, über Lianen, Palmen und andere Bäume, die sie nie gesehen hatte und deren Namen sie nicht kannte.

Der Kutter nahm sie und ihre Koffer auf.

In einer europäischen Droschke, an der ein Sonnenschirm sehr spaßig angebracht war, wurden sie zur Anlegestelle gefahren.

Mister Samuel sprach gewichtig wie ein Minister, ihm war nicht einmal heiß, aber Mrs. Garnett klagte bald darüber, daß ihr vor Hitze ganz schwindlig sei, sie habe starkes Herzklopfen; der Mister beruhigte sie mit dem Versprechen, daß sie an der Anlegestelle eine Erfrischung zu sich nehmen würden – eine ›Ice-cream-soda‹. Sie fuhren an einem Dorf aus Strohhütten vorbei, das zu dieser Zeit der größten Hitze wie ausgestorben war, wo die Neger, der stürmischen Entwicklung in Europa zuwider, so lebten, wie sie seit je gelebt hatten – nackt, mit Handmühlen und, sehr wahrscheinlich, mit Pfeil und Bogen.

Auf dem Niger-Dampfer war es wieder europäisch komfortabel, die Neger trugen weiße Anzüge und sprachen Englisch. Entlang der Dampferroute erstreckten sich ungewöhnliche Wälder, sehr selten Holzschläge oder die Strohdörfer von Negern. Mrs. Samuel Garnett stand auf dem Deck und wollte gern ein Krokodil sehen: Ihr wurde erklärt, daß es hier zwar sehr viele Krokodile gäbe, man bekomme sie im Zoo aber viel leichter zu sehen als hier.

Einen Tag darauf war das Ehepaar Garnett am Ziel seiner Reise. Die Kompanie hatte Mister Garnett ein kleines Cottage zugewiesen – dreistöckig, möbliert (sogar mit einem kleinen Weinkeller); zu dem Haus gehörten ein zweispänniger Wagen und vier Neger – zwei Frauen und zwei Männer. Das Haus stand am Flußufer, auf einer Waldlichtung in der Nähe eines Holzschlages. In den ersten Tagen trugen Mister und Mrs. Garnett Brownings bei sich, da sie Angst vor Tigern hatten, doch man klärte sie auf, daß Tiger in dieser Gegend Menschen nicht angreifen, da hängten sie die Revolver am Kopfende ihrer Betten auf.

Nachts schrien im Wald (Mister Garnett sagte niemals einfach ›Wald‹, sondern immer ›tropischer Wald‹) unbekannte Tiere, heulten Hyänen; dann flüchtete Mrs. Garnett aus ihrem Bett in das ihres Ehemannes. Am Tage fuhr der Gatte ins Kontor, und sie machte Eintragungen in ihr Tagebuch.

. . . .

Zweites Kapitel

. . . .
. . . .

Zum Unterschied von Millionen seiner Brüder und Schwestern, deren Geschlecht nicht mehr zu erkennen war, hieß dieser Pioniersoldat ›Er‹; er hieß so auch deshalb, weil niemals zu erfahren sein wird, ob dieser Pioniersoldat etwas Persönliches, etwas Besonderes besaß, das ihn von seinen Brüdern unterschied.

In einem unterirdischen Gewölbe, hinter den Labyrinthen von Gängen, Sälen, Vorratskammern, Boxen, Schlafgemächern und Lagern, die mit seinen Exkrementen und denen seiner Brüder und Schwestern ausgelegt waren, über die sich Millionen von Arbeitern bewegten und an deren Kreuzungen Wachsoldaten und Polizisten standen – dort unten war das Gemach der Mutter.

Hätte er irgendwann ein europäisches mittelalterliches Schloß sehen können, so wäre für ihn ein Vergleich zwischen der Lebensweise im Gemach der Mutter und der in diesen europäischen Schlössern möglich gewesen, aber er konnte nicht denken und hatte niemals etwas von europäischen Schlössern erfahren. Das unterirdische Gemach der Mutter war riesengroß, hatte gewölbte Decken und Dutzende geheimer und offener Eingänge. Dort, an jedem Eingang, standen in Reih und Glied leibeigene Soldaten, die Köpfe gesenkt, die Kiefer nach außen. Tausende Arbeiter, von

Hunderten Polizisten angetrieben, machten sich an der Mutter zu schaffen. Die Mutter, ein Ungeheuer, lag in der Mitte des Saals und war so dick, daß ihr Rücken die Decke berührte; sie war grünlich weiß, unbeweglich, blind, feucht, schweißig. Die Arbeiter, Pygmäen neben ihr, säuberten und schrubbten sie, leckten sie ab, krochen auf ihr und um sie herum, saugten ihr den Schweiß ab. Kolonnen von Arbeitern schleppten aus den Vorratskammern Futter herbei und schoben es ihr ins Maul. Von Zeit zu Zeit liefen die Soldaten, um ihren Mist zu beseitigen und sie in Ordnung zu bringen. Jede Sekunde durchzuckte den Leib der Mutter ein Krampf, vom Kopf bis zum Bauch lief eine Preßwehe, und sie legte ein Ei; sogleich eilte ein Arbeiter herbei, säuberte das Ei und trug es in die Kammer.

Jede Sekunde also gebar die Mutter ein Kind; so lebte sie tagelang, wochenlang, monatelang, jahrelang – blind, keiner Bewegung fähig, schrecklich fett, Schweiß ausscheidend, den die Arbeiter vertilgten.

Die Arbeiter, von den Polizeiaufsehern angetrieben, schleppten die Eier in völliger Dunkelheit in die unterirdischen Gemächer, durch die Labyrinthe, die aus den Exkrementen der Pioniersoldaten und Arbeiter gebaut waren.

In der Nähe der Mutter stand der Vater – auch blind, auch mit weggebrochenen Kiefern –, er wurde ebenso von den Arbeitern gesäubert und gefüttert, er konnte sich jedoch bewegen und die Arbeiter und Soldaten schlagen, sie zur Arbeit antreiben.

Dort, in den Kammern, wo die Eier lagern, schlüpfen aus ihnen nach einiger Zeit Millionen Brüder und Schwestern – Soldaten und Arbeiter, die nach der Geburt das Geschlecht verlieren, sich einander angleichen, um zu arbeiten, Labyrinthe zu bauen, sich zu ernähren und zu verteidigen, anzugreifen und Feldzüge zu unternehmen, zu gehorchen, zu sterben, zu töten – niemals zu denken, nur zu gehorchen; und nur Hunderten unter Millionen ist das Glück beschieden, Flügel zu bekommen, fliegende Nymphen zu werden.

Hoch oben, über dem Schloß dieses Staates, kreist am Tage das Himmelslicht, das Er und seine Brüder niemals sehen, nachts leuchtet der Erdtrabant; draußen walten die Naturelemente – Regengüsse, Gewitter, Dürre, Hitze –, dort ist die Welt der Feinde.

Im Zentrum der Stadt befindet sich eine riesige Bogenhalle im gotischen Stil mit vier Pforten und unzähligen Säulen; um sie herum liegen Pilzgärten, Kindergärten, Lebensmittellager und Arbeiterbaracken. In den Pilzgärten, wo kaum Luft zum Atmen ist, wachsen ungewöhnliche, wunderliche Pflanzen – grau, kugelförmig und stark duftend; Kugeln von unterschiedlicher Größe: Kugeln, Riesenkugeln, Kügelchen, Ellipsen, Kugelkartoffeln; auf dem Boden zwischen ihnen breiten sich Wurzeln aus, an denen sich die Kugeln halten; alles ist glitschig; zwischen den Kugeln und über sie hinweg kriechen die Gärtner und die Knirpse. Hinter den Gärten, in den unterirdischen Speichern liegen Süßigkeiten – bernsteinartige Kristalle von Harz, Zucker, Konfitüre und Leim – vergraben und vermauert; an den Eingängen steht eine Wache.

Dort, hinter den breiten Hauptgängen, in Wänden, Türmen und Schießscharten stecken die Köpfe der Panzersoldaten, der Wächter der ganzen Garnison, die die Fremde bewacht und immer bereit ist, in den Kampf zu gehen, mit den Kauleisten zu töten und selbst zu sterben.

Abseits der großen Verkehrsstraßen und Gassen, im Schlachthof, töten die Soldaten Sklaven, alte Arbeiter, alte Soldaten und Krüppel, und dahin gehen die Soldaten, um die Getöteten zu fressen und die Reste als Vorrat in die Speicher zu bringen. Dort sitzen in Gefängnissen Sklaven – Schildläuse, die man fängt und füttert ihres Schweißes wegen, der wie ein Narkotikum, wie Alkohol wirkt; die Sklaven sind überfüttert, unfähig, sich zu bewegen, sie werden hin und her getragen, wenn sie sich vermehren; wenn sie sterben, werden ihre Leichen zum Schlachthof gebracht; ihr Schweiß lagert in den Speichern, sie selbst werden mit Exkrementen gefüttert. Dort, hinter der Stadt, hinter den Festungsanlagen wird Melkvieh eingefangen – die Blattläuse; ihre Herden weiden in den Verschlägen der Festungsanlagen, sie werden bewacht, gefüttert, gemolken, geweidet; sie sterben, aber immer neue und neue werden von den Feldern hinter der Stadt herangeholt.

In der Stadt, in der Festung sind grandiose Bauten im Gange.

Die Mineure, Maurer und Pioniersoldaten errichten immer neue Gebäude; Millionen Arbeiter gehen in die unterirdischen Bereiche, fressen dort Erde und kehren wieder zurück zu den Baustellen; dort steht die Wache, dort kommandieren die Angehörigen der Baubataillone; dort laden die Arbeiter die mitgebrachte Erde ab – sie speien sie aus ihren Mägen aus und befeuchten sie mit ihren Ausscheidungen; die Bausoldaten kneten die Erde und die Exkremente zusammen, kauen das Gemisch noch einmal und errichten immer neue Wände, Türme, Höhlen und Speicher; die Mineure sprengen das Alte, und die Arbeiter – Hunderte auf einmal – schleppen die Brocken der alten zyklopischen Bauten fort.

Die Arbeiter tragen von den Feldern und aus den Kolonien Vorräte in die unterirdischen Speicher. Unter der Erde sammeln sich Millionen Arbeiter und Soldaten zu neuen Feldzügen, Eroberungen, Kriegen und Raubzügen.

Dort, unter der Erde, ist in den Gassen und Straßen stickige, feuchte, schlechte Luft – eine andere kennen sie nicht, und wenn sie einen Feldzug beginnen (die millionenköpfige Menge braucht viel Futter), gehen ihnen die Mineure voraus; sie graben, sprengen in der Erde unterirdische Gänge, bauen auf dem Wege Speicher, Baracken; die Mineure arbeiten nachts, wenn man sie nicht sehen kann, sie arbeiten zügig, geschickt, schnell, beharrlich; und erst, wenn die Straße fertig, wenn die Biwaks, Lebensmittelspeicher und Lagerräume für die Beute gebaut sind, treten die Armeen, Millionen Arbeiter und Soldaten, in Aktion; sie marschieren in geordneten Reihen, und die Mineure gehen voran und immer voran; wenn sie einem Hindernis begegnen, dringen sie hinein und höhlen es von innen aus, bis es zu Staub zerfällt; sie kommen unsichtbar, lautlos im Dunkel zu Millionen (desto schrecklicher sind sie!) – Manchmal aber brechen ihre Gänge zusammen, dann kommen sie als Armeekolonnen ans Licht, die Soldaten vornweg, dicht auf dicht, Millionen auf einmal; dann zischen sie, drohen und wüten, die Wachsoldaten besetzen alle Anhöhen und geben Signale; die Kolonnen ordnen sich zu Armeen, die Kommandeure gehen nach vorn: Kommt ihnen ein Feind in den Weg, weichen sie nicht zurück, sie gehen in den Tod, und jeder Feind, sogar der weiße Mann, flüchtet vor ihnen.

Man kann nicht sagen, daß dieser mächtige Staat ein Imperium wäre, die kaiserliche Macht – die Macht der Mutter und des Vaters – ist unbeweglich, schwach, subordiniert, so schwach und subordiniert wie die Macht und das Leben jedes Bürgers dieses Staates, dem der Begriff ›Tod‹ fremd ist und der für alle in den Tod geht, der stirbt, um seinen Geschwistern und den Sklaven als Futter zu dienen, denn die Sklaven werden mit dem Fleisch der Herren gefüttert. Dieser Staat sieht niemals das Licht, er ist eine Maschine, ohne Individualität, ohne Eigentum, ohne Instinkte.

Er, der Pioniersoldat, hat viele Feldzüge mitgemacht, viele Laufgräben, Gänge und Biwaks für die Armeen – für die Raub- und Feldzüge – gebaut.

Es waren die Tage, in denen der Staat einmal – einmal! – ver- rückt spielte – der Staat, in dem es keine Dummheiten gab, keine geben konnte, machte plötzlich Dummheiten: Das waren die Tage, in denen die Nymphen ausflogen – die einzige Dummheit, die einzige Lyrik und Romantik. Die Nymphen hatten ein Ge- schlecht und waren der Liebe fähig. Der Staat wußte, daß morgen die männlichen Nymphen ausfliegen, und schon in der Frühe flo- gen die weiblichen aus. In der Nacht durchbrachen Er und seine Brüder die Wände ihrer Türme, um einmal – einmal! – das Him- melslicht zu sehen.

Zuerst gingen durch diese Breschen Soldaten, um zu sterben, zu streiten, um mit den Feinden zu kämpfen, die den Nymphen auflauerten und sie töten wollten; der Staat nahm an diesem Tage keine Rücksicht auf den Verlust von Leben, er schritt zur Sonne, er schickte ins Leben und in den Tod.

Und am Morgen, im Licht, im blauen Segen des Tages flogen aus den unterirdischen Kammern silberne, geflügelte, sehende – sehende! – Jungfern zur Sonne, jene, die, so sie am Leben bleiben, Königinnen neuer Staaten werden.

Sie schritten durch die dunklen Labyrinthe, die dunklen Plätze und Seitengassen an den Arbeitern, Soldaten vorbei – zum Licht, und dort oben, auf dem höchsten Turm des Schlosses, nahmen sie Abschied von den Verwandten, denen sie, die Wunderschönen, Geflügelten, so wenig glichen; sie flogen zur Sonne, in das Blau, in den Tag, in die Weite, um dort, im grenzenlosen Raum, zufällig und frei, einen Liebhaber zu finden: Dort, in der blauen Weite, waren sie schutzlos und ganz vom Zufall abhängig; sie flogen, um zu leben oder zu sterben, und die Sonne beleuchtete ihnen den Weg; sie flogen, einem Silberregen gleich, auf der Suche nach ei- nem Partner. (Wenn sie dann ihren Partner gefunden haben, gra- ben sie sich zusammen mit ihm in die Erde ein, um für immer das Licht zu verlassen; sie verlieren die Augen, die Flügel, die Kaulei- sten, die Fähigkeit, selbständig zu fressen, und die Mutter, fett und unbeweglich geworden, wird zur Gebärmaschine, wird viele Jahre ununterbrochen jede Sekunde gebären.)

Jene, die im alten Staat geblieben waren, unter ihnen auch Er, begannen, nachdem die Nymphen ausgeflogen und die Soldaten (die am Leben gebliebenen Soldaten) in das unterirdische Reich zurückgekehrt waren, die Wände zuzumauern und auszubessern, um wieder in die Finsternis und an die Arbeit zurückzukehren: Vielleicht war Er der letzte, der vom Hügel in die Tiefe hinunterging, als letzter blickte er dorthin, wo das segensreiche Himmelslicht erlosch, wo sich die Welt befand, als letzter ging er in die Reglosigkeit und Stickigkeit der Finsternis zurück.

Viele Feldzüge hatte Er mitgemacht und zog in diesen Tagen zu einem neuen aus.

Er schritt vor den Armeen, um ihnen Wege zu bahnen, um unterirdische Kammern, Gänge, Speicher und Biwaks zu bauen. Sein Weg führte zu unverständlichen Holzbauten, die ganz anders rochen als die tropischen Wälder; er minierte Zement tief unter der Erde, drang in Holz und in Dachpappe ein, kapitulierte vor Eisen, errichtete aber selbst darauf Zementbauten mit lichtlosen Labyrinthen; dort, wo Er angekommen war, war es kühl, es gab keine Feinde; dann folgten ihm die Armeen.

Er und die unzähligen Ers, seine Brüder, die Pioniersoldaten, kehrten zurück, aber er erreichte seine Stadt nicht mehr; wahrscheinlich war er schon zu alt: In eine der Biwak-Baracken kam ein Dutzend seiner Brüder, um ihn zu töten und aufzufressen, das war ihm klar; er senkte den Kopf und die Kiefer, und der in seiner Nähe stehende Soldat biß ihm den Kopf ab; er stand ohne Kopf da; dann biß man ihm den Bauch ab; er stand ohne Kopf und ohne Bauch; er fiel erst um, als man begann, ihm die Beine abzufressen, weil das Atemsystem und die Nervenknoten sich bei ihm im Brustteil befanden, das auch seine Beine hielt.

Nachdem die Soldaten ihn aufgefressen hatten, gingen sie zurück in ihren Staat: An seine Stelle traten viele Ers.

Der aus Millionen Brüdern bestehende Staat lebte nach Art einer sehr komplizierten Turbine, wo Millionen Brüder und Schwestern ihr Geschlecht, ihre Individualität, die Sonne verloren hatten. Der aus Millionen Brüdern bestehende Staat baute Schlösser, Festungen und Straßen von unvergleichlicher Stärke.

In diesem Staat gab es keine Zufälligkeiten, konnte es keine Dummheiten geben.

Doch als sie zurückgekehrt waren, ging in der Stadt alles durcheinander: Im königlichen Gemach war die Königin gestorben. Ihre Leiche hatten die Arbeiter schon aufgefressen. Im Staat herrschte keine Ordnung mehr. Alle kehrten in die Stadt zurück:

die Arbeiter von den Feldern, die Soldaten von den Feldzügen; die Armeen errichteten auf den Straßen Biwaks, die Stadt war überfüllt. Die Leiche der Königin war schon aufgefressen; dort unten lag noch der König, dem man Nymphen zuführte, einunddreißig auf einmal. Ein Teil des Schlosses war im Wirrwarr von Feinden eingenommen worden, dort wurde gekämpft: Die Feinde nahmen die gefangen, die nun ohne Königin waren, und machten sie zu Sklaven, zu Nahrung. Stark bewaffnete Soldaten starben und gaben immer neue Zugangswege und Befestigungen preis: In vielen Ecken hausten schon (raubten und zerstörten) die Feinde: Dort war Kampf, dort war Verderben.

Und dennoch wurde in den unterirdischen Räumen ein gewaltiger Feldzug vorbereitet, ein Feldzug von ungeheurer Verwegenheit und Kühnheit, der entweder einen vollen Sieg oder den Tod bringen sollte; vor dem Feldzug wurden die Vorräte nicht geschont, die Speicher mit seltensten Speisen wurden geöffnet, und die, welche in den Kampf gingen, zehrten die Vorräte jahrelanger Arbeit auf, tranken den Alkohol restlos aus.

Dieser Staat bereitete einen Feldzug gegen einen Staat seiner Art vor, um ihm die Königin zu rauben.

Die Mineure, die Baubataillone und die Arbeiter gingen voran; der Plan war waghalsig, der Plan war listenreich, der Plan war kolossal. Die Mineure und Baubataillone gruben Gänge von allen Seiten an verschiedenen Stellen, es wurden Brückenköpfe, Befestigungen und Unterstände für die Armeen gebaut. Durch die Labyrinthe bewegten sich die Armeen dorthin. Sie waren trunken. Alles geschah mit gewaltiger Energie und in völliger Stille.

Als alle Armeen bereit, als alle Zugangswege in Ordnung und alle an ihrem Platz waren, ging ein tausendköpfiger Trupp in den Tod, tausend schwerbewaffnete Soldaten: Die Mineure zerstörten die letzten Hindernisse, und dieser Trupp überfiel eine Stadt mit friedlichen Bewohnern, ihre Straßen und Speicher; er zerstörte alles und tötete alle auf seinem Weg. Den Tausenden folgten die Baubataillone und die Arbeiter: Sie verschütteten den zurückgelegten Weg, vermauerten diesem Trupp den Rückzug, stellten Artilleristen auf. Der tausendköpfige Trupp marschierte vorwärts, er zernagte alles, tötete mit Gift und Giftgasen, zerstörte, drang zum Zentrum, in die engen Gänge vor – und Zehntausende, Hunderttausende von Verteidigern des Staates fielen über dieses Tausend her. Alle Soldaten des Staates kamen, diese tausend zu töten – das Tausend verschwand, getötet, gefressen.

Und nun drangen von der anderen Seite durch eine Reihe gesprengter Löcher die Millionen vor, die dieses Tausend vorausgeschickt hatten; sie marschierten in Kolonnen und besetzten alle Wege, sie plünderten nicht, sie strebten dem Zentrum zu, dorthin, wo die Königin war, und nur in dieser Richtung bauten sie neue Straßen und Brückenköpfe, um hier zu siegen oder zu sterben.

Das Gemach der Königin wurde eingenommen.

Ihre Wache wurde getötet.

Tausende neuer Diener schleppten die Königin durch die Gänge unter der Erde.

Doch diese Wesen waren des Denkens nicht fähig: Während sie einen anderen Staat bekämpften, ihm die Königin raubten, zerstörten andere Feinde ihre eigene Stadt, plünderten die Speicher, zerstörten die Gänge, trieben die Herden fort, töteten die Sklaven, töteten die Brüder, die Soldaten und den König, zertraten die Pilzplantagen. Dort in der Stadt, die in langer beharrlicher Arbeit erbaut worden war, herrschten völlige Verwüstung, Schimpf und Schande, das Sonnenlicht fiel auf Ruinen, ein fremdes Auge konnte alles sehen, denn in diese Arbeit, in dieses Leben hatte sich der *Zufall*, die *Dummheit* eingemischt.

. . . .

Drittes Kapitel

In dem einen Jahr, das Mister Garnett in Nigeria, in Rida verbrachte, hatte er nichts dazugelernt. Wie früher glaubte er, daß kein Ausland existiert, daß es nur England gibt, und wie immer aß er zum Frühstück Porridge und Schinken. Für die Geschäfte der Kompanie interessierte er sich sehr, doch niemand interessierte sich für ihn, niemanden interessierten seine Gespräche darüber, daß er sich zu Pfingsten dies und jenes in der Metropole bestellt hatte – Schuhe, einen Anzug, einen Sattel, Filme für den Photoapparat.

Mrs. Garnett hatte ein anderes Wissen. Sie wußte, daß sie kurz nach Pfingsten ein Baby bekommen würde, daß Samuel in den Monaten ihrer Schwangerschaft ein Verhältnis mit einer Negerin angefangen hatte, daß der Baum unter dem Fenster Baobab hieß.

Am Tage stickte und nähte sie für das Baby – aber nur in der Zeit, wenn ihr Mann zu Hause war oder im Begriff zu gehen oder zu kommen (sie hatte schon lange für ihn sieben Binder gestrickt – für jeden Wochentag einen –, die sie ihm zu Pfingsten schenken wollte); wenn aber ihr Mann nicht zu Hause und nicht zu erwarten war, saß sie über ihrem Tagebuch. Sie schrieb einen Roman, in dem vorkamen: der Mond, Bournemouth, eine Segelbootpartie im Mondschein, Händedrücke, fast ein Ehebruch – der Ring und der Gedichtband mit der Widmung des Poeten, mit dem sie, die Hauptperson des Romans, in Bournemouth gewesen war und einen Händedruck ausgetauscht hatte, den sie als Ehebruch betrachtete. Im Tagebuch gab es eine Aussöhnung mit dem Ehemann, mit der Wirklichkeit in Gestalt der Negerin von der Plantage, wenn er sagte, was für ein Kleid er ihr in einem Jahr zu Ostern schenken, wann er ihr erlauben würde, ihre Mutter aus der Metropole herkommen zu lassen. Auf dem Umschlag des Tagebuches war (ganz zufällig, sicher) mit zerstreuter, unschlüssiger Hand ›Mrs. Garnett‹ gestrichen und statt dessen ›Miss Elsa Daddington‹ – ihr Vor- und Mädchenname – geschrieben.

Unter Elsas Augen zeigten sich kleine Fältchen, ihr Blick wurde zögernder – sicher infolge der Schwangerschaft.

Mister Garnett war ein geachteter Mann in der Kolonie, und zu Pfingsten wurde das Ehepaar für einige Tage vom Präsidenten der Kompanie, der einige Dutzend Meilen von ihnen entfernt wohnte, eingeladen.

Mister Garnett kehrte sehr zufrieden und angeregt von der Reise zurück. Während Mrs. Garnett ins Haus ging, machte er noch lange seine Späße mit dem Kutscher, einem Neger. Dann ging er zu seiner Frau ins Haus. Sie stand am Fenster und sah auf den Baobab hinaus.

»Mistress«, begann der Ehemann in heiterem Ton, setzte sich auf einen Stuhl – und fiel um, denn der Stuhl zerfiel unter ihm zu Staub.

Sogleich erfuhren sie, daß während ihrer Abwesenheit (der Diener, ›dieser Schurke von Neger, war zu faul, diese Zimmer zu betreten!‹) ihr Haus von Termiten, diesen schrecklichen Schädlingen der Länder am Äquator, befallen worden war. Es war gefährlich, den Fußboden zu betreten, er stürzte ein, zerfiel zu Staub; im Zement und auf dem Eisen waren ihre Wandelgänge und Hunderte von Verbindungsgräben gebaut. Die Termiten waren überall.

Das erste Mal seit seiner Kindheit, als sein Vater ihn verprügelt hatte, war Mister Samuel aufgeregt: Sein Schreibtisch zerfiel zu Staub, zu Staub zerfiel auch ein Paket Pfunde – von ihm gesparte und auch solche, über die er Rechenschaft ablegen mußte, zu Staub zerfiel auch sein Scheckbuch.

Mister Samuels Gesicht, ein braungebranntes, gutgeratenes Gesicht, verwandelte sich in einen faulen, welken Apfel.

»Mistress«, sagte er, »vielleicht haben sie schon genagt, als wir noch hier waren? Der Neger sagt, daß sie ganz lautlos sind und niemals ans Tageslicht kommen. Haben Sie vor unserer Abreise keine Spuren ihrer Gänge im Zement bemerkt?«

Mrs. Elsa antwortete nicht, sie weinte: In ihrer Hand hielt sie die Silberspangen von ihrem Tagebuch.

Das letzte Kapitel

Auf dem Markt der Eingeborenen, unter den Palmen verkauften die Neger Leckerbissen: jene Masse aus den Exkrementen der Termiten, aus der die Festung des untergegangenen Staates gebaut war. Die Frauen erwarben sie gegen Bananen, um sie zu kochen und zu essen.

Gaspra, Mai 1925

Michail Bulgakow

Die Rote Insel

Roman des Genossen Jules Verne
Aus dem Französischen ins Äsopische übersetzt
von Michail Bulgakow

ERSTER TEIL
Der Ausbruch des feuerspeienden Berges

Erstes Kapitel
Geschichte und Geographie

In dem Ozean, der seiner Stürme und seines Woganges wegen
von alters her der Stille genannt wird, lag auf dem fünfundvier-
zigsten Breitengrad eine riesige unbewohnte Insel, die von ruhm-
reichen und miteinander verwandten Stämmen besiedelt war –
den roten Äthiopiern, den weißen Mohren und den Mohren un-
bestimmbarer Farbe, von den Seefahrern aus irgendwelchen
Gründen ocker geheißen.

Als der berühmte Lord Glenarvan mit seinem Schiff »Hoffnung« die Insel zum ersten Mal ansteuerte, entdeckte er darauf
eine eigenartige Ordnung: Obwohl die roten Äthiopier die weißen und ockerfarbenen Mohren zahlenmäßig um das Zehnfache
übertrafen, wurde die Insel ausschließlich von den Mohren beherrscht. Auf dem Thron saß, von Palmen beschattet, mit Fisch-
gräten und Sardinendosen geschmückt, der Herrscher Sisi-Busi,
neben ihm saßen der Oberpriester und der Heerführer Rikki-
Tikki-Tavi.

Die roten Äthiopier bearbeiteten die Maisfelder, fingen Fische
und sammelten Schildkröteneier.

Lord Glenarvan tat das, was er immer als erstes tat, wo er auch
auftauchte: Er hißte auf dem Berg eine Fahne und sagte auf englisch: »Dieser Insel ... jetzt meiner ...«

Es kam zu einem Mißverständnis. Die Äthiopier, die keiner
Sprache mächtig waren außer ihrer eigenen, machten sich aus der
Fahne Hosen. Daraufhin ließ der Lord sämtliche Äthiopier unter
den Palmen auspeitschen, sodann trat er in Verhandlungen mit

Sisi-Busi und erfuhr von diesem, daß die Insel ihm, Sisi-Busi, gehöre und »Fahne nix nötig«.

Es stellte sich heraus, daß die Insel schon zweimal entdeckt worden war. Erstens von den Deutschen und dann von anderen, die Frösche aßen. Als Beweis wies Sisi-Busi auf die Sardinendosen hin und ließ eine sanfte Anspielung hören, daß »Feuerwasser sehr gut schmecken, ja«.

»Das haben sie schon ausgeschnüffelt, die Hundesöhne!« knurrte der Lord auf englisch, klopfte Sisi-Busi auf die Schulter und gestattete ihm leutselig, das Eiland auch weiterhin als sein Eigentum zu betrachten.

Dann begann der Warenaustausch. Die Matrosen löschten eine Ladung Glasperlen, faulige Sardinen, Saccharin und Feuerwasser. Frohlockend schleppten die Äthiopier Biberfelle, Elfenbein, Fische, Eier und Perlen zum Strand.

Sisi-Busi nahm das Feuerwasser für sich, die Sardinen auch, die Glasperlen auch, das Saccharin überließ er den Äthiopiern.

Nun waren die Beziehungen in Ordnung. Schiffe liefen in die Bucht ein, warfen englische Kostbarkeiten an Land und nahmen äthiopischen Plunder an Bord. Auf der Insel siedelte sich ein Korrespondent der »New York Times« mit weißer Hose und Tabakspfeife an und erkrankte alsbald an tropischem Tripper.

In den Erdkundebüchern hieß das Eiland fortan Insel der Äthiopier (Isle des Ethiopiens).

Zweites Kapitel
Sisi-Busi trinkt Feuerwasser

Darauf gelangte die Insel zu ungeahnter Blüte. Der Oberpriester, der Heerführer und Sisi-Busi schwammen buchstäblich in Feuerwasser. Sisi-Busis Gesicht sah am Ende wie lackiert und faltenlos rund aus. Die Armee der weißen Mohren, mit Glasperlen geschmückt, ließ um sein Zelt einen Wald von Lanzenspitzen blinken.

Vorüberfahrende Schiffe hörten nicht selten von der Insel Siegesgeschrei herüberdringen:

»Es lebe unser Herrscher Sisi-Busi, es lebe unser Oberpriester! Hurra! Hurra!«

Es waren die Mohren, die da schrien, am lautesten die ockerfarbenen.

Von seiten der Äthiopier drang lautes Schweigen herüber. Da sie keine Zuteilung an Feuerwasser erhielten und schuften mußten, bis ihnen die Hinterbeine lahmten, befanden sich besagte Äthiopier in einem Zustand des Schmachtens, der an dumpfe Unzufriedenheit grenzte. Und da es unter den Äthiopiern wie unter allen Menschen Aufwiegler gab, kam es vor, daß sie auf unsinnige Gedanken verfielen:

»Ist denn das so richtig, Brüder? Das geht doch nicht nach Gott seinem Gesetz? Den Wodka kriegen die Mohren, die Perlen kriegen sie auch, und für uns bleibt ein Nichts mit Saccharin? Und dann auch noch schuften?«

Das Ende vom Lied waren große Unannehmlichkeiten, wiederum für die Äthiopier. Gleich zu Beginn des Gärens der Geister entsandte Sisi-Busi eine Strafexpedition zu den äthiopischen Wigwams, und die brachte die Äthiopier im Handumdrehen auf einen Nenner.

Nach der Auspeitschung verbeugten sie sich tief und sagten:

»Wir werden's auch den Kindern verbieten.«

Auf diese Weise traten wieder helle Zeiten ein.

Drittes Kapitel
Die Katastrophe

Die Wigwams Sisi-Busis und des Oberpriesters standen im schönsten Teil der Insel, am Fuß des vor dreihundert Jahren erloschenen feuerspeienden Berges.

Eines Nachts aber erwachte der Vulkan ganz plötzlich, und die Seismographen in Pulkowo und Greenwich zeigten ein böses Durcheinander.

Dem feuerspeienden Berg entstieg Qualm, dann eine Flamme, danach hagelte es Steine, und zum Schluß sprudelte, wie kochendes Wasser aus dem Samowar, glühende Lava heraus.

Am Morgen war alles vorbei. Die Äthiopier erfuhren, daß sie ohne ihren Herrscher Sisi-Busi und ohne den Oberpriester waren und nur noch den Heerführer hatten. Da, wo die königlichen Wigwams gestanden hatten, türmten sich Lavaberge.

Viertes Kapitel
Der geniale Kiri-Kuki

Im ersten Moment waren die Äthiopier wie vom Donner gerührt, es gab sogar Tränen in der Menge, aber schon im zweiten Moment durchzuckte die Köpfe der Äthiopier und der am Leben gebliebenen Mohren mit dem Heerführer an der Spitze die ganz natürliche Frage:

»Wie soll's nun weitergehn?«

Die Frage zog ein Stimmengewirr nach sich, das zunächst ganz unklar war, dann aber an Lautstärke zunahm, und man weiß nicht, wie das geendet hätte, wäre nicht ein erstaunliches Ereignis eingetreten.

Über der Menge, die wie ein Mohnfeld mit spärlichen weißen und ockerfarbenen Einsprengseln aussah, erhob sich ein abgezehrtes Gesicht mit flirrenden Augen, dann zeigte sich, auf einer Tonne stehend, die gesamte Person des auf der Insel wohlbekannten Saufboldes und Nichtstuers Kiri-Kuki.

Die Äthiopier waren zum zweiten Mal vom Donner gerührt, und der Grund dafür war Kiri-Kukis sonderbares Aussehen. Alle Welt, vom Greis bis zum Kind, war gewohnt, ihn in der Bucht, wo das herrliche Feuerwasser ausgeladen wurde, oder beim Wigwam von Sisi-Busi herumlungern zu sehen, und man wußte genau, daß Kiri-Kuki ein Ockermohr reinsten Wassers war. Jetzt aber zeigte er sich den verblüfften Insulanern von Kopf bis Fuß mit der roten Kriegsfarbe der Äthiopier bemalt. Selbst das erfahrenste Auge würde den zappeligen Spitzbuben nicht von einem gewöhnlichen Äthiopier unterschieden haben.

Kiri-Kuki schwankte auf der Tonne erst nach rechts, dann nach links, öffnete den großen Mund und schmetterte seltsame Worte heraus, die alsbald in das Notizbuch des begeisterten »New York Times«-Korrespondenten eingetragen wurden:

»Wo wir jetzt freie Äthiopier geworden sind, sprech ich euch Dank aus!«

Niemand in der Menge der Äthiopier begriff, warum justament Kiri-Kuki Dank aussprach und wofür. Die ungeheure Menschenmasse antwortete ihm mit einem erstaunten donnernden »Hurra!«.

Dieses Hurra tobte minutenlang über die Insel hin, dann wurde es abgeschnitten von einem neuen Geheul Kiri-Kukis.

»Jetzt kommt her, Brüder, den Eid leisten!«

Und als die begeisterten Äthiopier brüllten: »Auf wen denn?«, antwortete Kiri-Kuki gellend: »Auf mich!«

Diesmal waren die Mohren wie betäubt. Aber die Lähmung hielt nicht lange an. Mit dem Schrei: »Die Kanaille hat genau ins Schwarze getroffen!« stürmte der Heerführer als erster auf Kiri-Kuki los, um ihn auf die Schultern zu heben.

Die ganze Nacht brannten lustige Feuer auf der Insel, deren Lichtreflexe am Himmel spielten. Drum herum tanzten die vor Freude und Feuerwasser trunkenen Äthiopier. Der freigebige Kiri-Kuki hatte es verteilen lassen.

Vorüberfahrende Schiffe furchten besorgt den Äther mit Funkwellen und trafen ordnungshalber Anstalten, die Insel zu beschießen, doch bald wurde die gesamte zivilisierte Welt von einem Kabel des »New York Times«-Korrespondenten beruhigt:

»Holzköpfe auf Insel feiern Nationalfeiertag Bairam stop Gauner ist genial.«

Fünftes Kapitel
Die Meuterei

Die Ereignisse nahmen einen unnatürlich schnellen Fortgang. Gleich am ersten Tag taufte Kiri-Kuki, um den Äthiopiern gefällig zu sein, die Insel um – in Rote Insel, zu Ehren der äthiopischen Grundfarbe –, doch damit tat er den Äthiopiern, die der Ruhm gleichgültig ließ, keinen Gefallen, er verärgerte jedoch die Mohren. Am zweiten Tag wollte er den Mohren gefällig sein und bestätigte einen der Ihren, nämlich Rikki-Tikki-Tavi, im Amt des Heerführers, doch damit war er den Mohren, von denen jeder gern Heerführer geworden wäre, nicht gefällig, er verärgerte jedoch die Äthiopier. Am dritten Tag wollte er sich selbst gefällig sein und bastelte sich aus Sprottendosen einen zottigen Kopfputz, der ganz außerordentlich an die Krone des verblichenen Sisi-Busi erinnerte. Damit war er niemandem gefällig und verärgerte alle, denn die Mohren vermeinten, ein jeder von ihnen wäre der Dosen würdig, die Äthiopier hingegen, vom Feuerwasser demoralisiert, waren überhaupt gegen die Dosen, die sie sehr schmerzhaft daran erinnerten, wie sie auf einen Nenner gebracht worden waren.

Kiri-Kukis letzte Amtshandlung betraf das Feuerwasser, und

damit brach er endgültig ein. Er verkündete nämlich, alle sollten gleichermaßen davon bekommen, und er hielt nicht Wort. Ganz einfach: Wenn alle bekommen sollten, wurde sehr viel gebraucht. Aber woher nehmen? Um Feuerwasser zu erhalten, verscheuerte Kiri-Kuki die Maisernte auf dem Halm. Dafür erhielt er nicht viel, schädigte aber die Bäuche nicht nur der Äthiopier, sondern auch der Mohren, und es kam zu Unzufriedenheit.

Eines schönen heißen Tages, als Kiri-Kuki wie gewöhnlich unbenutzbar in seinem Wigwam lag, erschien beim Heerführer Rikki-Tikki-Tavi ein Äthiopier, dem seine aufwieglerischen Neigungen ins Gesicht geschrieben standen. Rikki-Tikki-Tavi trank soeben Feuerwasser und begleitete seine Tätigkeit mit dem Knuspern eines Spanferkels.

»Was willst du, Äthiopierfresse?« fragte der finstere Kommandeur kalt.

Der Äthiopier ließ das Kompliment an den Ohren vorbeirauschen und kam sogleich zur Sache.

»Ja, wie ist denn das nun?« wehklagte er. »Das geht doch so nicht! Für euch Wodka und Ferkel? Also schon wieder die alte Ordnung?«

»Ach so. Du willst also auch Ferkel?« fragte der Krieger zurückhaltend.

»Wie denn sonst? Ein Äthiopier ist doch auch 'n Mensch?« antwortete der Besucher dreist und setzte frech ein Bein zurück.

Rikki-Tikki-Tavi packte das Ferkel am knusprigen Bein, holte schwungvoll aus und hieb es dem Äthiopier dermaßen vor die Zähne, daß es nur so spritzte – aus dem Ferkel Fett, aus dem Mund des Äthiopiers Blut und aus seinen Augen Tränen, vermischt mit grünen Funken.

»Raus!« beendete Rikki-Tikki-Tavi die Diskussion.

Wir wissen nicht, was der Äthiopier unternahm, als er nach Hause zurückgekehrt war, aber wir wissen genau, daß gegen Abend die ganze Insel summte wie ein Bienenschwarm. In der Nacht sichtete die Fregatte »Chancellor«, als sie die Insel passierte, in der südlichen Bucht der Blauen Ruhe zwei Feuerscheine und scheuchte die Welt mit einem Telegramm auf: »Feuer auf der Insel stop Allem Anschein nach feiern Esel von Äthiopiern wieder stop Hatteras.«

Aber der ehrenwerte Kapitän irrte. Zwar waren dort Feuer, aber keineswegs aus festlichen Gründen. Nein, in der Bucht brannten nur zwei Wigwams der Äthiopier, angezündet von einer Strafexpedition Rikki-Tikki-Tavis.

Am Morgen hatten sich die Feuersäulen in Rauchsäulen verwandelt, und es waren ihrer nicht mehr zwei, sondern bereits neun. In der Nacht verwandelten sie sich wieder in zottige Lohen (sechzehn Stück). Die Welt war aufgestört von Schlagzeilen in Paris, London, Rom, New York, Berlin und anderen Städten: »Was ist los?«

Und dann verblüffte ein Telegramm des »New York Times«-Korrespondenten die Welt:

»Schon sechsten Tag brennen Wigwams der Mohren stop Wolken von Äthiopiern... (unleserlich) Gauner Kiri-Kuki entflo... (unleserlich).«

Einen Tag später knallte wieder ein bestürzendes Telegramm in die Welt. Es kam nicht von der Insel, sondern aus einem europäischen Hafen:

»Äthiopier machen grandiose Meuterei stop Insel in Flammen stop Pest ausgebrochen stop Berge von Leichen stop Fünfhundert Vorschuß stop Korrespondent.«

ZWEITER TEIL
Die Insel in Flammen

Sechstes Kapitel
Die geheimnisvollen Kanus

Im Morgengrauen riefen die Posten an der europäischen Küste: »Schiffe am Horizont!«

Lord Glenarvan kam mit dem Fernrohr heraus und studierte lange die schwarzen Punkte.

»Ich nix verstehn«, sagte der Gentleman. »Sehen aus wie Kanus von Wilde.«

»Blitz und Donner!« rief Michel Ardan und ließ das Zeissglas sinken. »Ich wette einen Washingtoner Dollar gegen einen zerrissenen gelben Rubel von 1923, daß das die Mohren sind!«

»So ist es«, bestätigte Paganel.

Ardan und Paganel hatten recht.

»Was das bedeuten?« fragte der Lord, zum ersten Mal in seinem Leben verwundert.

Statt einer Antwort brachen die Mohren in Schluchzen aus. Es war ein rechter Jammer, sie anzusehen. Nachdem sie sich ein wenig verpustet hatten, stellte sich Entsetzliches heraus: Wolken von Äthiopiern. Verfluchte Aufwiegler hatten die Holzköpfe aufgehetzt. Forderung: Zum Teufel mit den Mohren. Die von Rikki-Tikki-Tavi entsandte Strafexpedition wurde auseinandergeprügelt. Der Schurke Kiri-Kuki entwischte als erster im Kanu. Die Reste der Strafexpedition mit Rikki-Tikki-Tavi an der Spitze – da waren sie, in den Kanus. Sie waren ein bißchen zum Lord gekommen.

»Einhundertvierzig Teufel und eine Hexe!« tobte Ardan. »Die wollen in Europa bleiben. Comprenez-vous?«

»Aber wer sie ernähren?« fragte Glenarvan erschrocken. »Nein, ihr zurückfahren nach Insel.«

»Euer Erlaucht, wir können jetzt keine Nasenspitze auf die Insel stecken«, jammerten die Mohren. »Die Äthiopier schlagen uns allesamt tot. Außerdem sind unsere Wigwams zum Teufel. Wenn man irgendeine Streitmacht hinschicken könnt, die Dreckskerle niederwerfen . . .«

»Danke«, antwortete der Lord ironisch und wies auf das Kabel des Korrespondenten, »bei euch dort Pest. Wir nicht bescheuert. Einer von meine Matrosen wertvoller als eure ganze räudige Insel. Ja.«

»Sehr wohl, Euer Exzellenz«, pflichteten die Mohren ihm bei. »Es ist bekannt, daß wir keinen Dreck wert sind. Was die Pest betrifft, so schreiben der Herr Korrespondent ganz richtig. Sie rafft und rafft. Und dann der Hunger.«

»So«, sagte der Lord nachdenklich. »Na schön. Wir werden sehen!« Und er kommandierte: »Ab in die Quarantäne!«

Siebentes Kapitel
Die Qualen der Mohren

Was die Mohren als Gäste des Lords zu leiden hatten, läßt sich nicht beschreiben. Es fing damit an, daß man sie mit Karbollauge wusch und in ein Gehege sperrte wie Esel. Ihre Verpflegung war sorgfältig darauf abgestimmt, sie nicht Hungers sterben zu lassen. Da es jedoch unmöglich ist, für diese Methode eine genaue

Norm aufzustellen, mußte ein Viertel der Mohren dennoch seine Seele Gott anbefehlen.

Nachdem die Mohren in der Quarantäne hinlänglich mariniert worden waren, schickte sie der Lord zur Arbeit in die Steinbrüche. Dort waren Aufseher, die hatten Peitschen aus Büffelsehnen.

Achtes Kapitel
Die tote Insel

An alle Schiffe erging Order, der Insel einen Kanonenschuß weit fernzubleiben. Sie hielten sich daran. Nachts war schwach verglimmender Feuerschein zu sehen, tagsüber schwelte die Insel in schwarzem Rauch. Hinzu kam ein würgender Gestank. Leichengeruch zog über die blauen Wellen.

»Die Insel ist hin«, sagten die Matrosen, wenn sie durchs Fernrohr den tückischen grünen Uferstreifen sahen.

Die Mohren, die sich bei der Beköstigung des Lords in bleiche Schatten verwandelt hatten, trotteten durch die Steinbrüche und sagten schadenfroh:

»Das geschieht ihnen recht, den Schuften. Sollen sie ruhig allesamt krepieren. Wenn sie abgekratzt sind, fahren wir wieder hin und nehmen uns die Insel. Und diesem Schurken Kiri-Kuki leiern wir eigenhändig die Därme raus, sobald wir ihn erwischt haben.«

Der Lord wahrte gelassenes Schweigen.

Neuntes Kapitel
Die verpichte Flasche

Eine Welle spülte sie an die europäische Küste. Im Beisein des Lords wurde sie unter Karbolvorsichtsmaßnahmen geöffnet. Sie enthielt unleserliche Krakel von äthiopischer Hand. Ein Übersetzer fand sich damit zurecht und präsentierte das Dokument dem Lord:

»Wir sterben vor Hunger. Die kleinen Kinder gehen ein. Die Pest wütet noch immer. Sind wir etwa keine Menschen? Schickt Brot! Eure euch liebenden Äthiopier.«

Rikki-Tikki-Tavi lief blau an und heulte:

»Euer Erlaucht, um Gottes willen! Sollen sie doch verrecken! Wenn wir sie nach der ganzen Meuterei auch noch ernähren sollen...«

»Das habe ich nicht vor«, antwortete der Lord kühl und hieb Rikki-Tikki-Tavi die Reitpeitsche um die Ohren, damit er seine Ratschläge für sich behielt.

»Eigentlich eine Schweinerei«, murmelte Michel Ardan durch die Zähne. »Man könnte ein bißchen Mais schicken.«

»Vielen Dank für Ihren Rat, Monsieur«, antwortete Glenarvan trocken. »Und wer soll den Mais bezahlen? Das Mohrenpack frißt uns sowieso schon die Haare vom Kopf. Ihre dummen Ratschläge können Sie sich sparen.«

»So?« fragte Ardan mit eingekniffenen Augen. »Dann möchte ich Sie fragen, wann wir uns schießen, Sir. Ich schwöre Ihnen, mein teurer Sir, ich treffe Sie auf zwanzig Schritt so sicher, wie ich die Kirche Notre-Dame de Paris treffe.«

»Ich würde Sie nicht beglückwünschen, Monsieur, wenn Sie zwanzig Schritt vor mir stünden«, antwortete der Lord. »Ihr Körpergewicht würde sich um das Gewicht der Kugel vermehren, die ich Ihnen in eines Ihrer Augen nach eigener Wahl schicken würde.«

Phileas Fogg war der Sekundant des Lords, Paganel der Ardans. Ardans Körpergewicht blieb unverändert, und auch Ardan verfehlte den Lord. Er traf einen der Mohren, die aus Neugier im Gebüsch hockten. Die Kugel drang dem Mohren in die Nasenwurzel und trat am Hinterkopf wieder aus. Der Mohr starb, als sie auf halbem Wege war: mitten im Gehirn.

Ardan und Glenarvan wechselten einen Händedruck und gingen auseinander. Aber damit ist die Geschichte der Flasche noch nicht beendet.

In der Nacht flohen fünfzig Mohren in Kanus von der europäischen Küste und hinterließen dem Lord einen frechen Schrieb:

»Danke für die Karbollauge und die Büffelsehnen der Aufseher. Wir hoffen, Ihnen bei irgendeiner Gelegenheit die Beine zu brechen. Wir fahren zurück auf die Insel, um uns mit den Äthiopiern auszusöhnen. Lieber an der Pest zu Hause krepieren als an Ihrem verfaulten Salzfleisch. Achtungsvoll die Mohren.«

Mit sich genommen hatten die Mohren ein Fernrohr, ein kaputtes Maschinengewehr, hundert Dosen Kondensmilch, sechs blanke Türklinken, zehn Revolver und zwei europäische Frauen.

Der Lord ließ die zurückgebliebenen Mohren auspeitschen und trug den Wert der geraubten Gegenstände in sein Notizbuch ein.

DRITTER TEIL
Die Rote Insel

Zehntes Kapitel
Die verblüffende Depesche

Sechs Jahre vergingen. Die isolierte tote Insel war vergessen. Seeleute sahen von Zeit zu Zeit durch ihre Ferngläser das üppige Grün der Küste, die Felsen und den Brandungsstreifen. Sonst nichts.

Sieben Jahre brauchte es, bis die Pest ausgelüftet und die Insel wieder gefahrlos war. Gegen Ende des siebenten Jahres sollte eine Expedition die Insel anlaufen, um die Mohren rückzusiedeln. Die Mohren, zu Skeletten abgemagert, schmachteten in den Steinbrüchen.

Aber zu Beginn des siebenten Jahres erschütterte eine sensationelle Nachricht die zivilisierte Welt. Die Funkstationen von Amerika, England und Frankreich hatten einen Funkspruch aufgefangen:

»Pest vorüber. Gott sei Dank gesund und munter, was wir auch Euch wünschen. Eure geehrten Äthiopier.«

Am nächsten Morgen erschienen die Zeitungen der ganzen Welt mit riesigen Schlagzeilen:

»Insel meldet sich! Geheimnisvoller Funkspruch! Leben die Äthiopier?«

»Bei den Flanellunterhosen meiner Großmutter, das geht nicht mit rechten Dingen zu!« brüllte Michel Ardan. »Nicht daß sie überlebt haben, wundert mich, sondern daß sie einen Funkspruch schicken! Hat ihnen der Satan einen Sender hingestellt?«

Lord Glenarvan nahm die Nachricht versonnen auf. Die Mohren waren total verstört. Rikki-Tikki-Tavi bat schniefend den Lord:

»Euer Eminenz, jetzt gibt's bloß eins: sie schlagen, eine Expedition hinschicken, denn was käm sonst raus? Die Insel gehört doch uns. Wie lange sollen wir hier noch schmachten?«

»Wir wird sehen«, antwortete der Lord.

Elftes Kapitel
Kapitän Hatteras und die geheimnisvolle Barkasse

Eines wunderschönen Maitags stieg vor der Insel am Horizont Qualm auf, und alsbald warf das Schiff des Kapitäns Hatteras, der in Lord Glenarvans Diensten stand, unweit des Ufers Anker. Die Matrosen hingen in den Wanten oder standen an der Reling und spähten neugierig zur Insel hinüber. Ihren Blicken bot sich folgendes Bild: Das Wasser der Bucht war unbewegt, und am Ufer überragte eine unbekannte Barkasse einen Schwarm nagelneuer, sichtlich gerade erst gebauter Kanus. Nun klärte sich auch das Rätsel des Funkspruchs.

Aus dem smaragdgrünen tropischen Wald spießte in der Ferne die Antenne eines ausgesprochen häßlich installierten Senders.

»Tausend Teufel!« schrie der Kapitän. »Diese Holzköpfe haben den krummen Spargel selber aufgestellt!«

Die Matrosen lachten amüsiert angesichts dieser knorrigen Frucht äthiopischen Schöpfergeistes.

Vom Schiff legte ein Boot ab und brachte den Kapitän nebst ein paar Matrosen an Land.

Das erste, was die kühnen Seefahrer beeindruckte, war ein gewaltiger Überschuß an Äthiopiern. Nicht nur Erwachsene, sondern auch ein ganzer Haufen Halbwüchsiger umstanden den Kapitän. Direkt am Ufer saßen angelnd Girlanden von dicken Äthiopierkinderchen und ließen die Beine ins blaue Wasser baumeln.

»Der Teufel soll mich holen, wenn ihnen die Pest nicht prächtig bekommen ist!« sagte Hatteras verwundert. »Die sehen ja aus, als ob sie mit Herkulesbrei gefüttert würden. Nun gut, sehen wir weiter.«

Ferner verblüffte ihn die uralte Barkasse, die in der Bucht lag. Ein erfahrener Blick genügte, um festzustellen, daß sie von einer europäischen Werft stammte.

»Das gefällt mir nicht«, zischte Hatteras durch die Zähne. »Wenn sie die löchrige Galosche nicht gestohlen haben, muß während der Quarantäne eine Kanaille die Insel angelaufen haben. Ich hege den starken Verdacht, die Barkasse ist deutsch!«

An die Äthiopier gewandt, fragte er:

»He, ihr da! Rothäutige Teufel! Wo habt ihr den Kahn da geklaut?«

Die Äthiopier lächelten verschmitzt und zeigten dabei perlweiße Zähne, gaben aber keine Antwort.

»Ihr wollt nicht antworten? Gut.« Der Kapitän runzelte die Stirn. »Ich mach euch schon gesprächiger.«

Mit diesen Worten ging er auf die Barkasse zu, doch die Äthiopier versperrten ihm und seinen Matrosen den Weg.

»Weg da!« bellte der Kapitän und griff mit gewohnter Bewegung nach seiner rückwärtigen Tasche.

Aber die Äthiopier gingen nicht weg. Im Nu waren Hatteras und die Matrosen eingekeilt. Der Hals des Kapitäns lief dunkelrot an. Er hatte in der Menge einen der weißen Mohren entdeckt, die aus den Steinbrüchen geflohen waren.

»Sieh da, ein alter Bekannter!« rief Hatteras. »Jetzt weiß ich auch, wer die Aufwiegler sind! Komm mal her, du Mistkerl!«

Doch der Mistkerl mochte nicht nähertreten. So erklärte er denn auch: »Ich komm nicht.«

Kapitän Hatteras sah wutschäumend um sich, und sein violett angelaufener Hals bildete einen schönen Kontrast zur weißen Helmkrempe. Er hatte nämlich in den Händen vieler Äthiopier Gewehre entdeckt, die deutschen Flinten sehr ähnelten, und einer der Mohren hielt die Glenarvan geklaute Parabellum in der Hand. Die sonst so kecken Matrosengesichter wurden ernst und graubleich. Der Kapitän blickte auf den glühendblauen Himmel und dann zur Reede, wo sich sein Schiff auf den Wellen wiegte. Die an Bord gebliebenen Matrosen sprenkelten die Rahen und beobachteten friedlich das Ufer.

Kapitän Hatteras wußte sich zu beherrschen. Sein Hals nahm allmählich wieder normale Farbe an, was darauf hindeutete, daß der Schlaganfall für diesmal ausfiel.

»Laßt mich zurück auf mein Schiff«, sagte er höflich mit heiserer Stimme.

Die Äthiopier traten auseinander, und Hatteras, gefolgt von den Matrosen, begab sich aufs Schiff. Eine Stunde darauf rasselten die Ankerketten, und nach einer weiteren Stunde war nur noch ein Rauchwölkchen am Horizont des besonnten Meeres zu erkennen.

Zwölftes Kapitel
Die unbesiegbare Armada

In den Baracken der Mohren spielte sich Unbeschreibliches ab. Die Mohren stießen Siegesschreie aus und liefen auf den Köpfen herum.

An diesem Tag hatten sie erstklassige goldgelbe Bouillon eimerweise bekommen. Sie trugen auch keine Fetzen mehr. Man hatte prachtvolle Kattunhosen an sie ausgeteilt und Farbe für die Kriegsbemalung, soviel sie wollten. Vor den Baracken standen Pyramiden von Schnellfeuergewehren und Maschinengewehren.

Rikki-Tikki-Tavi sah am eindrucksvollsten aus. In seiner Nase funkelten Ringe, und er war von bunten Federn umwogt. Sein Gesicht strahlte wie bei einem Popen der Lebendigen Kirche zu Ostern. Wie behämmert lief er herum und sagte immer wieder dasselbe:

»Schön, schön, schön. Jetzt lehr ich euch das Hüpfen, meine Lieben. Bißchen Zeit noch, dann sind wir bei euch. Laß uns bloß erst dort sein.« Dabei machte er Fingerbewegungen, als risse er einem Unsichtbaren die Augen heraus.

»Antreten! Stillgestanden! Hurra!« schrie er und sauste vor der Front seiner bouillonschweren Mohren hin und her.

Drei Panzerschiffe im Hafen sollten die Bataillone der Mohren an Bord nehmen. Hier kam es zu einem Zwischenfall. Vor der Front erschien eine abgerissene, ausgemergelte Gestalt mit kurzgeschorenem Kopf. Die verdutzten Mohren sahen genauer hin und erkannten niemand anders als Kiri-Kuki, der sich die ganze Zeit irgendwo herumgetrieben hatte.

Er besaß die Frechheit, vor die Front der Mohren zu treten und mit einschmeichelndem Lächeln Rikki-Tikki-Tavi anzusprechen:

»Mich habt ihr wohl schon ganz vergessen, Brüder! Ich gehör doch zu euch. Bin auch ein Mohr. Nehmt mich mit auf die Insel. Werdet mich gebrauchen können.«

Er konnte nicht zu Ende sprechen. Rikki-Tikki-Tavi lief grün an und zog ein breites, scharfes Messer aus dem Gürtel.

»Euer Gesundheit«, sagte er mit bebenden Lippen zu Lord Glenarvan, »der da... ja, der, das ist Kiri-Kuki, wegen dem hat der ganze Kuddelmuddel angefangen. Erlauben Sie mir, Euer Durchlaucht, ihm eigenhändig die Gurgel durchzuschneiden?«

»Von mir aus. Mit Vergnügen«, antwortete der Lord gutmütig.

»Aber mach schnell, damit die Einschiffung nicht verzögert wird.«

Kiri-Kuki konnte nur noch einmal piepsen, da hatte Rikki-Tikki-Tavi ihm schon mit einem meisterlichen Hieb die Kehle von Ohr zu Ohr durchgeschnitten.

Sodann traten Lord Glenarvan und Michel Ardan vor die Front, und der Lord hielt die Abschiedsrede:

»Auslaufen, Äthiopier niederwerfen. Wir wird helfen, vom Schiff schießen. Ihr nachher Geld dafür kriegen.«

Unter Musikgeschmetter gingen die Mohrenbataillone an Bord.

Dreizehntes Kapitel
Überraschendes Finale

Wie eine strahlende Perle stieg die Insel an einem blendendhellen Tag aus dem Meer. Die Schiffe warfen Anker und setzten die bewaffneten Schlachtordnungen der Mohren an Land. Rikki-Tikki-Tavi, voll von Kampfgeist, sprang als erster ans Ufer und kommandierte säbelrasselnd:

»Kühne Mohren, mir nach!«

Die Mohren eilten ihm hinterher.

Dann geschah folgendes: Aus der fruchtbaren Erde der Insel erhob sich eine unübersehbare Streitmacht, den ungebetenen Gästen entgegen. In dichten Reihen rückten die Äthiopier heran. Es waren ihrer so viele, daß die grüne Insel im Nu rot wurde. Riesige Mengen kamen von allen Seiten, und über diesem roten Ozean sträubte sich zahnbürstenartig ein dichter Wald von Lanzen und Bajonetten. In den Ozean da und dort eingesprenkelt, waren als Abteilungskommandeure jene Mohren zu erkennen, die aus den Steinbrüchen entwichen waren. Besagte Mohren waren über und über mit äthiopischen Zeichen bemalt, sie schwenkten Revolver. Auf ihren Gesichtern stand deutlich geschrieben, daß sie nichts zu verlieren hatten. Aus ihren Kehlen drang nur eines: der Kampf- und Kommandoschrei »Drauf!«

Worauf die Äthiopier mit einem Geheul antworteten, welches das Blut in den Adern gefrieren ließ: »Schlagt sie, die Hundesöhne!«

Als die Feinde aufeinandertrafen, wurde klar, daß Rikki-Tikki-Tavis Armee nichts anderes war als ein weißes Inselchen im brodelnden Purpurozean, der die Mohren von den Flanken her überspülte.

»Bei den Hörnern des Satans!« ächzte Michel Ardan an Bord des Flaggschiffs. »So etwas habe ich noch nie gesehen!«

»Gebt ihnen Feuerschutz!« befahl Glenarvan und setzte das Fernrohr ab.

Kapitän Hatteras gehorchte. Das vierzehnzöllige Geschütz rumste, doch der Schuß geriet zu kurz, die Granate krepierte genau an der Nahtstelle zwischen Mohren und Äthiopiern. 25 Äthiopier und 40 Mohren wurden in Stücke gerissen. Die zweite Granate hatte noch größeren Erfolg: 50 Äthiopier und 130 Mohren. Die dritte Granate blieb aus, denn Lord Glenarvan, der die Schießergebnisse durchs Fernrohr beobachtete, packte Kapitän Hatteras an der Kehle und zerrte ihn von der Kanone weg.

»Hören Sie doch auf, der Teufel soll Sie holen!« heulte er. »Sie ballern ja auf die Mohren!«

Unter den Mohren erhob sich nach den ersten beiden Geschenken des Kapitäns Hatteras ein unwahrscheinliches Brüllen und Heulen, und ihre Reihen wankten.

Es brüllte selbst Rikki-Tikki-Tavi, den ein rasender Strudel umwirbelte. Aus dem Strudel tauchte plötzlich das verzerrte Gesicht eines einfachen Mohren auf. Er sprang auf den verdutzten Anführer zu und röchelte, wobei ihm Schaum aus dem Munde quoll mitsamt den Worten:

»Was? Erst hast du uns in die Steinbrüche gebracht und uns an die sieben Jahre lang mariniert, und jetzt soll's weitergehn? Willst uns den Rest geben? Von vorn die Äthiopier, von hinten Granaten? Aaaah!«

Er riß sein Messer heraus und stieß es Rikki-Tikki-Tavi mit nachtwandlerischer Sicherheit zwischen die fünfte und sechste Rippe links.

»Hil...«, ächzte der Anführer, »...fe!« schloß er bereits im Jenseits vor dem Thron des Allmächtigen.

»Hurra!« dröhnten die Äthiopier.

»Wir ergeben uns! Hurra! Wir machen Frieden, Brüder!« heulten die verwirrten Mohren, die sich in den tobenden Wassern der unübersehbaren äthiopischen Heerscharen drehten.

»Hurra!« antworteten die Äthiopier.

Und alles vermischte sich auf der Insel zu einem unvorstellbaren Brei.

»Satan, Pest und Wolkenbruch!« schrie Michel Ardan, dessen Augen am Zeissglas klebten. »Ich lasse mich hängen, wenn diese Holzköpfe sich nicht versöhnt haben! Sehen Sie doch, Sir, sie verbrüdern sich.«

»Seh ich«, antwortete der Lord mit Grabesstimme. »Es wäre für mich sehr interessant, zu wissen, wie wir jetzt zu einer Entschädigung kommen für all die Verluste durch die Fütterung dieser Horde in den Steinbrüchen.«

»Hören Sie auf, teurer Sir«, sagte Ardan auf einmal herzlich. »Hier ist nichts für Sie zu holen außer einer tropischen Malaria. Überhaupt rate ich Ihnen, unverzüglich Anker zu lichten. Aufgepaßt!« schrie er plötzlich und duckte sich. Der Lord duckte sich mechanisch mit. Genau rechtzeitig.

Wie eine Windsbraut fegte eine funkelnde Wolke von Äthiopierpfeifen und Mohrenkugeln über sie hinweg.

»Gebt es ihnen!« brüllte der Lord Hatteras zu.

Hatteras schoß, doch ohne Erfolg. Die Granate krepierte hoch in der Luft. Das vereinigte Mohren-und-Äthiopier-Heer antwortete mit einer zweiten Wolke, die etwas tiefer lag, und der Lord sah mit eigenen Augen sieben Matrosen sich krümmen und im Umfallen purpurrot anlaufen.

»Zum Henker mit dieser Expedition!« donnerte der weitsichtige Ardan. »Legen wir ab, Sir! Sie haben vergiftete Pfeile! Fahren wir, wenn Sie nicht die Pest nach Europa einschleppen wollen!«

»Gib ihnen doch eins zum Abschied!« zischte der Lord.

Der betrunkene Artillerist Hatteras feuerte zum Abschied einen krumm und schief laufenden Schuß ab, dann lichteten die Schiffe die Anker. Die dritte Wolke von Pfeilen landete unschädlich im Wasser.

Eine halbe Stunde später furchten die Schiffe, den Horizont verräuchernd, den glatten Ozean. In der gischtigen Hecksee trieben die sieben Leichen der vergifteten und über Bord geworfenen Matrosen.

Die Insel umhüllte sich mit Dunst, in welchem der sonnenüberglänzte, smaragdgrüne Uferstreifen verschwand.

Vierzehntes Kapitel
Endsignal

In der Nacht erglänzte der tropische Himmel über der Roten Insel im Feuerschein, und Schiffe jagten an alle Funkstationen die Nachricht:

»Auf der Insel Bairamfest ungewöhnlichen Ausmaßes stop Die Teufel saufen Kokosschnaps!«

Sodann fing der Eiffelturm grüne Blitze auf, die sich in den Apparaten zu einem unglaublich frechen Telegramm zusammenfügten:

»An Glenarvan und Ardan! Vom Vereinigungsfest schicken wir Euch (unleserlich) Scheiß (unleserlich). Mit Hochachtung Äthiopier und Mohren.«

»Empfänger abschalten!« brüllte Ardan.

Der Turm verstummte. Die Blitze erloschen, und was weiterhin geschah, weiß niemand.

1924

Sigismund Krzyżanowski

Autobiographie einer Leiche

Der Journalist Stamm, dessen »Briefe aus der Provinz« gezeichnet waren mit »U.A.« und anderen Pseudonymen, faßte den Entschluß, nach Moskau zu reisen, seinen Briefen hinterdrein.

Stamm glaubte an die eigenen Ellenbogen und die Fähigkeit eines U.A., Tintentropfen in Rubel umzumünzen, doch quälte ihn die Frage einer Bleibe. Er wußte, daß das hauptstädtische Schachbrett nicht für alle Figuren Felder bereithielt: Leute, die in Moskau gewesen waren, erzählten Schreckensgeschichten: alles überfüllt, bis hinauf zu den Dächern. Man nächtigte in Vorzimmern, auf Hintertreppen und Boulevardbänken, in Asphaltkesseln und Müllkästen.

Deshalb wiederholte Stamm, kaum daß er vom Trittbrett des Eisenbahnwaggons auf den Bahnsteig des Moskauer Bahnhofs getreten war, in tote und lebendige, in menschliche und telefonene Ohren immer wieder das selbe Wort: *Zimmer*...

Doch die schwarze Telefonmuschel hörte an und hängte sich fühllos an den stählernen Haken. Und die Menschenohren suchten Deckung unter Karakulkragen und anderen Pelzen: Frost ließ an jenem Tage den Schnee schneidend knirschen. Das Wort, als gerate es unter immer neue Schichten kopierpapierener Speckigkeit, wurde von Mal zu Mal blasser und lief in hohl klappernden Buchstaben auseinander.

Bürger Stamm hatte schwache Nerven und fiel leicht allen möglichen Eindrücken anheim: Als er sich gegen Abend, ausgedreht wie ein Kreisel an der Schnur, auf drei harten Stühlen niederlegte, die ihn mit ihren Lehnen zu Boden stoßen wollten, trat das Gespenst eines Müllkastens mit einladend zurückgeklapptem hölzernen Deckel überdeutlich in sein Bewußtsein.

Doch nicht zu Unrecht heißt es: Der Morgen ist klüger als der Abend. Und wohl auch wunderlicher. Aufgestanden vor Tau und Tag von seinen Stühlen, die augenblicklich wieder mürrisch in die Zimmerecken rückten, entschuldigte sich Stamm für die Ungelegenheiten, dankte für das Obdach und lief niedergeschlagen durch die fast menschenleeren, in Schnee und Rauhreif gehüllten Straßen Moskaus. Stamm hatte noch keine hundert Schritte getan, da stieß er, beinahe an der allerersten Kreuzung, auf ein eilig dahintrippelndes Männlein in einem abgewetzten, armseligen Übergangsmantel. Die Augen des Menschleins waren unter einer Kappe verborgen, die Lippen fest in einen Schal gewickelt. Dennoch sah der Wicht sein Gegenüber, blieb stehen und sagte:

– Sieh an, Sie auch?

– Ja.

– Wohin so früh?

– Ein Zimmer suchen.

Die Antwort konnte Stamm nicht verstehen: Die Worte blieben in der zwiefachen Schalwicklung stecken. Aber er bemerkte: Der Zufallsbekannte hatte die Hand in den Demisaison geschoben, suchte mit fahrigen Fingern unter dem Stoff lange nach etwas und zog schließlich einen schmalen Notizblock hervor. Eine Weile schrieb er, sich die klammen Finger warmhauchend. Und eine Stunde später sollte sich der kaum vier Zoll lange Papierfetzen, losgerissen von dem Notizheft, auf wundersame Weise zu einem Domizil von knapp fünfzehn Quadratmetern auswachsen.

Die heißersehnte Bleibe fand sich im obersten Stockwerk eines riesigen grauen Hauses, in einer jener Gassen, die ihre krummen Zickzacks von der Powarskaja-Straße zur Nikitskaja-Straße ziehen. Das Zimmer erschien Stamm ein wenig eng und dunkel, doch als das elektrische Licht anging, traten an den Wänden fröhliche sattblaue Rosen hervor, die sich in langen Vertikalen über die Tapete wanden. Die blauen Rosen gefielen Stamm. Er ging zum Fenster: hunderte und aberhunderte Dächer, ganz dicht vor die Scheiben gerückt. Mit zufriedenem Gesicht wandte er den Kopf zu der Vermieterin, einer stillen, bejahrten Frau, deren Schultern in einem schwarzen Wolltuch steckten.

– Sehr schön. Ich nehme es. Kann ich den Schlüssel haben?

Einen Schlüssel gab es nicht. Die Wirtin schlug die Augen nieder, hüllte sich wie fröstelnd fester in das Tuch und sagte, der Schlüssel sei verlorengegangen, aber man könne ja ... Stamm hörte nicht hin:

– Nebensache. Jetzt tut es erst einmal ein Vorhängeschloß. Ich hole meine Sachen.

Und wieder eine Stunde später hantierte der neue Mieter an der Tür und schraubte die Eisenschlinge des Hängeschlosses ein. Wie freudig erregt Stamm auch war, ein nichtiger Umstand beunruhigte ihn: Als er den provisorischen Bolzen einpaßte, stellte er fest, daß das alte Schloß aufgebrochen worden sein mußte. Über dem eisernen Schlüsselgehäuse waren Spuren von Schlägen und tiefe Kratzer zu sehen. Etwas weiter oben, an der hölzernen Türleiste, hatte eindeutig eine Axt gewirkt. Stamm war sehr mißtrauisch und inspizierte mit einem Streichholz in der Hand (der Korridor, der das Zimmer mit dem Vorraum verband, war finster) lange die Tür. Doch außer einer scharfumrissenen weißen »24«, die in der Mitte der braunen Türfläche prangte und offenbar zur Registrierung der Zimmer im Hause diente, konnte er nichts entdecken.

– Nicht so wichtig –, winkte er ab und machte sich daran, den Koffer auszupacken.

In den beiden folgenden Tagen lief alles so, wie es laufen mußte. Einen ganzen Tag – von Schwelle zu Schwelle, von Treffen zu Treffen, sich verbeugen, Hände drücken, reden, zuhören, bitten, fordern. Gegen Abend wurde die Aktentasche, unter den Ellenbogen geklemmt, seltsam schwer und zerrte den Arm herab, die Schritte verkürzten sich, verloren Rhythmus und Tempo, und Stamm kehrte nur in sein Zimmer zurück, um sogleich – kaum daß er mit halb zugefallenen Augen die Ranken der blauen Tapetenrosen betrachtet hatte – in leeren, schwarzen Schlaf zu sinken. Am dritten Abend konnte er sich etwas früher freimachen. Auf dem Zifferblatt der Straßenuhr präsentierte der Zeiger zuckend Viertel vor elf, als Stamm am Eingang seines Hauses ankam. Er stieg die Treppe hinauf, zog – bemüht, keinen Lärm zu machen – den Schnapper des amerikanischen Schlosses an der Außentür zurück. Dann ging er durch den finsteren Korridor zu Zimmer Nr. 24 und blieb stehen, um den Schlüssel in der Tasche zu suchen. In der Wohnung war es bereits dunkel und still. Nur irgendwo links, hinter drei Wänden, summte monoton ein Primuskocher. Stamm fand den Schlüssel, drehte ihn in dem eisernen Schließblech und stieß die Tür auf: In dem Augenblick blitzte etwas als heller Fleck dicht neben seinen Fingern, raschelte, glitt hinab und fiel weich zu Boden. Stamm ließ den Schalter klicken. Auf den Dielen hinter der Schwelle lag, offenbar aus dem aufgesperrten Türspalt geglitten, ein weißes, mit einem Kreuzband verschlossenes Päckchen. Stamm hob es auf und las die Adresse: »An den Bewohner des Zimmers Nr. 24«.

Ein Name stand nicht darauf. Stamm bog die Ecke des Heftes hoch: Scharfgeschnittene hüpfende Buchstaben, nervös zu Zeilen verhakt, lugten daraus hervor. Verständnislos las Stamm noch einmal die Anschrift, doch in dem Moment, als er das Manuskript umdrehte, war es schon aus seiner recht geräumigen Kreuzbandschlinge geschlüpft und rückte von selbst den vierfach gefalteten papierenen Körper gerade. Stamm brauchte lediglich die erste Seite abzuheben, auf der nur drei Worte standen:

»Autobiographie einer Leiche«

»Wer Sie auch sein mögen, Mieter aus Zimmer 24«, begann die Niederschrift, »für mich sind Sie der einzige Mensch, dem ich eine Freude bereiten kann: Hätte ich nicht meine fünfzehn Quadratmeter geräumt, indem ich mich an dem Haken in der linken Ecke neben der Tür Ihrer jetzigen Bleibe erhängte, würden Sie wohl kaum so leicht ein ruhiges Plätzchen gefunden haben. Ich schreibe darüber im Präteritum: Präzise kalkulierte Zukunft läßt sich als eine gewisse Vollendung, beinahe als Vergangenheit denken.

Wir kennen einander nicht, und es scheint auch zu spät zu sein für eine Bekanntschaft, doch das hindert mich keineswegs, alles über Sie zu wissen: Sie stammen aus der Provinz, denn *solche* Zimmer lassen sich am günstigsten an Zugereiste vermieten, die die örtlichen Gegebenheiten und die Zeitungschroniken nicht kennen; natürlich sind Sie hergekommen, ›Moskau zu erobern‹; Sie haben genug Energie und den Wunsch, ›sich aufzubauen‹, ›sich einen Weg zu bahnen‹, kurzum, in Ihnen ist jene besondere Fähigkeit, die ich niemals besaß: die Fähigkeit, lebendig zu sein.

Nun denn, ich bin gerne bereit, Ihnen meine Quadratmeter abzutreten, genauer: Ich, die Leiche, erkläre mich einverstanden, mit weniger Raum vorliebzunehmen. Leben Sie also: Das Zimmer ist trocken, die Nachbarn sind friedliche, ruhige Leute; hinter dem Fenster – Weite. Freilich, die Tapeten waren zerkratzt und schmutzig, doch *für Sie* hat man neue angeklebt; auch hier habe ich, scheint mir, Ihren Geschmack erraten: sattblaue, in dumme Vertikalen eingeplattete Rosen: Solchen wie Ihnen dürfte das gefallen. Nicht wahr?

Als Ausgleich meiner Obhut und Fürsorge Ihnen gegenüber, Mann aus Zimmer Nr. 24, erbitte ich nur die simple Aufmerksamkeit eines Lesers für die nun folgenden Zeilen des Manuskripts. Es kommt mir nicht darauf an, daß Sie, mein Nachfolger und Beichtiger, klug und zartfühlend wären, o nein, ich brauche von Ihnen nur die eine außerordentlich seltene Eigenschaft: *schön lebendig* zu sein.

Sei es drum: Bereits mehr als einen Monat quält mich Schlaflosigkeit. In den nächsten drei Nächten wird sie mir helfen, das zu erzählen, was ich niemals und niemandem je erzählte. Im weiteren mag dann die akkurat eingeseifte Schlinge als radikalstes Mittel gegen alle Schlaflosigkeiten Anwendung finden.

Ein altes indisches Märchen fabuliert von einem Mann, der Nacht für Nacht auf seinen Schultern eine Leiche schleppen muß, so lange, bis diese – tote raschelnde Lippen an das Ohr des Trägers gepreßt – die Geschichte ihres längst verwesten Lebens zu Ende erzählt hat. Versuchen Sie nicht, mich abzuwerfen. Wie der Mann aus dem Märchen müssen Sie sich die Last meiner drei schlaflosen Nächte auf die Schultern laden und geduldig lauschen, bis der Leichnam seine Autobiographie vollendet.«

Als Stamm bei dieser Zeile angelangt war, betrachtete er noch einmal das breite Papierband des Päckchens: Es waren darauf weder Briefmarken noch der Abdruck von Stempeln.

– Das verstehe ich nicht –, murmelte er, ging zur Zimmertür und blieb nachdenklich vor der Schwelle stehen. Das Summen des Primuskochers war längst verstummt. Hinter den Wänden kein Laut. Stamm sah sich nach dem Manuskript um: Es lag offen auf dem Tisch und wartete. Stamm hielt einen Moment inne, kehrte gehorsam zurück, setzte sich und suchte mit den Augen die verlorene Zeile.

»Lange schon trage ich Gläser über den Augen. Von Jahr zu Jahr muß ich die Dioptrien erhöhen: Jetzt sind es achteinhalb. Das bedeutet, fünfundfünfzig Prozent der Sonne existieren für mich nicht. Schiebe ich meine bikonkaven Ovale in das Futteral, wird der Raum – ganz, als habe man auch ihn in eine dunkle, enge Hülle gezwängt – plötzlich kürzer und trüber. Um die Augen graue kriechende Kleckse, Verschwommenheit und die langen Fäden rundlicher, durchsichtiger Punkte. Manchmal, wenn ich mit einem Wildlederlappen meine leicht angelaufenen Gläser poliere, habe ich ein kurioses Gefühl: Auf einmal verschwindet mit den Staubkörnchen, die sich an die glasigen Wölbungen geheftet haben, auch gleich der ganze *Raum,* ex und hopp, wie der klebrige Schmutz auf den Gläsern.

Stets habe ich diesen gläsernen Fortsatz, der sich auf dünngebogenen metallenen Beinen direkt an meine Augen herangepirscht hat, sehr deutlich empfunden. Einmal konnte ich mich überzeugen: Der Fortsatz besaß die Fähigkeit zu brechen, wenn auch nur die Strahlen, die zu ihm in das Oval gelangten. Die Banalität, von der jetzt zu berichten ist, passierte vor ziemlich vielen Jahren: Einige Zufallsbegegnungen mit einem Mädchen, das ich kaum kannte, brachten uns irgendwie näher. Ich weiß noch, das Mädchen war jung, mit einem feinen ovalen Gesicht. Wir lasen die gleichen Bücher, wodurch auch unsere Worte ähnlich wurden. Nach dem allerersten Rendezvous bemerkte ich, daß die krankhaft geweiteten, in schmale himmelblaue Rahmen gefaßten Pupillen meiner neuen Bekanntschaft, die (wie die meinen) hinter den Scheiben eines Pincenez verborgen lagen, zärtlich und unentwegt an mir hingen. Einmal blieben wir allein; ich berührte ihre Handgelenke, die Hände antworteten mit einem sanften Druck. Unsere Lippen kamen zueinander – und genau in dem Moment geschah das Unsägliche: Durch eine ungeschickte Bewegung streiften meine Gläser die ihren, die Scharniere verhakten sich, die Brillen glitten herab und fielen mit einem dünnen, durchdringenden Läuten auf den Teppich. Ich beugte mich nieder, sie zu fassen. In den Händen hielt ich zwei absonderliche glasige Wesen, die ihre kurvigen metallenen Beinchen zu einem widerwärtig vieräugigen Körper verhakt hatten. Zitternde Lichtreflexe vibrierten, von Glas zu Glas hüpfend, wollüstig in den Ovalen. Ich riß sie auseinander: Mit einem feinen Sirren ließen die verpaarten Scheiben voneinander ab.

Jemand klopfte an die Tür.

Ich sah noch, wie die zitternden Finger der Frau versuchten, die unbotmäßigen Linsen zurück vor die Augen zu schieben.

Eine Minute später lief ich die Treppe hinunter. Ich hatte das Gefühl, als sei ich in der Dunkelheit gegen eine Leiche geprallt.

Ich ging. Für immer. Und vergeblich versuchte sie, mich mit einem Brief einzuholen: Die zappelnden Zeilen baten, etwas zu vergessen, und versprachen in naiver Einfalt, ›immer zu gedenken‹. Ja: Ewiges Angedenken hätte ich in meiner neuen Leichenlage gewiß gebrauchen können, aber ... ich durchstöberte den Brief, Buchstabe für Buchstabe, mit den Augen – und spürte, daß die glasig-durchsichtige Kälte in mir nicht wich.

Besonders eingehend musterte ich meinen Namen: auf dem

Umschlag. Ja: neun Buchstaben: Sie rufen. Ich höre. Und antworte nicht.

An diesem Tage begann, wie ich mich entsinne, die Periode der toten, leeren Tage. Auch früher waren sie gekommen. Und gegangen. Jetzt aber wußte ich: für immer.

Darin lag keinerlei Schmerz, nicht einmal Beunruhigung. Einfach Langeweile. Genauer: Langeweilen. In einem Buch vom Ende des 18. Jahrhunderts las ich zufällig etwas über die ›irdischen Langeweilen‹. Das war es. Es gab viele Langeweilen: die Frühlingslangeweile, wenn Gleichartige Gleichartige lieben, die Erde pfützengesprenkelt ist und die Bäume grüne Pickel haben. Und der Reigen der geistlosen Herbstlangeweilen, wenn der Himmel Sterne verliert, die Wolken sich vom Regen trennen, die Bäume Blätter lassen und die ›Ichs‹ sich selbst aufgeben.

Damals wohnte ich nicht in Ihrem, pardon, in *unserem* Zimmer Nr. 24, sondern in der unnumerierten Kammer eines fünffenstrigen provinziellen Seitenflügels. Über die Scheiben spritzte Regen. Doch selbst durch die Spritzer war zu sehen, wie sich die Bäume im Garten gemessen unter den Windstößen bogen, sie sahen aus wie Menschen, die Zahnweh plagt. Ich saß gewöhnlich in einem breitprankigen Sessel, bei meinen Büchern und Langeweilen. Es waren ihrer viele: Man brauchte nur die Augen zu schließen und die Ohren zu spitzen – und hörte, wie sie leise über die knarrenden Dielen kamen, träge die filzbeschuhten Fersen über den Boden schleifend.

Ganze Tage, von Dämmern zu Dämmern, sinnierte ich über mich, das *bikonkave Wesen,* das nicht *hinein* und nicht *heraus,* nicht aus sich und nicht in sich konnte: Jenes wie dieses – gleichermaßen verboten. Außer Reichweite.

Manchmal aber wiegte auch ich mich – wie ein Baum, den der Wind heimsucht – monoton zwischen den eichenen Sessellehnen im Rhythmus geisttötend schwankender Gedanken: Ihnen, den toten Schädelinhalten, winkte vage eine Gedankenkontur: Gut. Kaum daß sie ein wenig verknöchert waren – Deckel drauf: auf den Deckel: Lehm. Auf den Lehm: Rasen. Und aus. Auch hier – kaum rumpelst du los auf dem Leichenwagen, karren sie dich von Schlagloch zu Schlagloch, durch Lenze und Winter, aus Jahrhunderten in Jahrhunderte, dich, den Unbeweinten, Ungebrauchten.

Wenn ich jetzt meinen damaligen Zustand reflektiere, kann ich überhaupt nicht begreifen, wie irgendein unwichtiger, banaler Vorfall mit vier Brillengläsern mich so stark treffen und aus der durch Gewohnheit gewalzten Bahn werfen konnte. Ich verstehe nicht ganz, wie ein solches Stäubchen meine Seele, so ich sie denn damals noch hatte, breitzutreten, kurz und klein zu fasern vermochte. Damals aber nahm ich die Banalität für eine dingliche Lektion, die mir mein ›gläserner Fortsatz‹ erteilen wollte. Versuche, in die Welt vorzudringen, die jenseits meiner bikonkaven Ovale begann, waren auch früher selten und halbherzig gewesen. Heute, ja heute weiß ich, weshalb zwar die Formel ›natura horreat vacuum‹ widerlegt worden ist, ihre Umkehrung – ›vacuum horreat natura‹ – aber noch nicht unter die Hiebe der Kritik geriet. Ich glaube: Selbst wenn, sie wird es überleben.

So oder so, ich stellte sämtliche Versuche ein, in mein *Außen* vorzudringen: All dieses Experimentieren mit der Freundschaft, diese Experimente mit einem fremden »Ich«, diesen Drang, Liebe zu geben oder zu empfangen, mußte man, dachte ich, vergessen und für immer aufgeben. Schon lange hegte ich den Plan, eine quasi *abgeplattete Welt* zu konstruieren, in der *ein Jegliches hier drinnen* wäre, eine kleine Welt, die man in seinem Zimmer einsperren konnte. Der Raum, hatte ich schon in den Jahren meiner frühesten Jugend überlegt, ist unsinnig groß und mit all seinen Umlaufbahnen und Sternen, mit der Aufgeschlossenheit der Parabeln zu Grenzenlosigkeit zerflossen. Wenn man ihn nun in Zahlen und Sinngehalte preßte, fände er in zwei, drei Bücherregalen Platz. Schon lange zog ich die schmalen Bücherfelder den monotonen Meilen der irdischen Fluren vor, stets schien mir ein Buchrücken klüger als das verworrene Moralisieren über irgendwelche ›Wurzeln der Dinge‹; das Auftürmen ebendieser Dinge, die das Auge umgaben, dünkte mich weitaus gröber und sinnentleerter als die feinsinnigen, weisen Verkettungen aus Buchstaben und Zeichen, die in den Büchern versteckt lagen. Haben mir die büchernen Zeilen auch die Hälfte meines Augenlichts geraubt (55 %), bin ich ihnen doch nicht böse: Zu gut verstanden sie es, demütig und leblos zu sein. Sie allein, diese schweigsamen schwarzen Zeichenfitzchen, befreiten mich – wenn auch nicht für lange – von der Macht der lästigen, schlaffen und schläfrigen Langeweilen. Genau zu der Zeit beendete ich mein Studium am Institut für Orientalistik und nahm mit ganzer Kraft die mühselige Arbeit an einer Dissertation zum Thema ›Über den Buchstaben 'T' in den Turksprachen‹ in Angriff.

Noch heute bin ich dem kleinen ›T‹ dankbar für all sein Trachten und für die Hilfe, die es mir in meiner schwarzen, lichtlosen Lebenszone erwies. Das ›T‹ geleitete meine Pupillen von Lexikon zu Lexikon, unendliche Wortkolonnen entlang, ließ dem Schlafe nicht die geringste Chance eines Durchbruchs; der winzige schwarzleibige Buchstabe wirbelte für mich büchernen Staub auf, präsentierte die verschlungenen Absätze uralter Glossarien und Syntagmensammlungen. Manchmal wollte er mich unterhalten und spielte Verstecken mit mir: Ich suchte, mit dem Bleistift über Zeilen und Seitenrand kreisend, bis ich das klitzekleine Zeichendingelchen unter anderen Buchstaben und Darstellungen fand. Ab und zu lächelte ich sogar dabei. Ja, ja, ich lächelte. Doch der Gefährte meiner Mußestunden konnte noch mehr: trösten. Er sprach: ›Auch das Я, welches 'Ich' bedeutet, ist nur ein Buchstabe, ein Buchstabe wie ich. Nicht mehr. Warum ihm also nachtrauern? Ex und hopp.‹

Ich weiß noch, damals beschäftigte ich mich nebenher, zum Spaß, mit der *Philologie* des ›Я‹. Irgendwo in einer Mappe, wenn sie denn nicht verlorenging, müssen noch meine Notizen aus jener Zeit zu finden sein: Aber ich habe keine Zeit zu suchen. So zitiere ich aus dem Gedächtnis (und, wie ich fürchte, ungenau): ›... Das 'Я' hat eine mutable Wurzel, doch stets ein kurzes Phonem. Я – ich – moi – I – ja – yo – ego – as. Es darf ein Prozeß der Verknappung, eine sogenannte Reduktion, vermutet werden, wahrscheinlich infolge der redeüblichen Verkürzungen. Phonetisch ist hier vieles unklar. Übrigens, eine Auszählung des 'ich' bei Stirner ergab: Unter 'ich' fielen fast 25 % des Textes (schließt man alle Ableitungen ein). Noch ein Quentchen – und der ganze Text verwuchert zu einem ununterbrochenen 'Ich'. Sucht man hingegen das Leben ab, wieviel *'ich'* ist dann schon darin zu entdecken?‹

Gegen Abend legte sich das geschäftige ›T‹, müde gerackert, für gewöhnlich unter ein Lesezeichen, ich ließ es in Ruhe, zündete kein Licht an, lief wie ein Pendel von Wand zu Wand. Und jedesmal hörte ich ganz deutlich, wie in der Leere, mit feinem durchdringendem Ton, Tropfen um Tropfen, die Seele verrann. Die Tröpfchen fielen gleichförmig sirrend, und es war darin wieder jener bekannte gläserne Klang. Es könnte eine Pseudohalluzination gewesen sein, ich weiß es nicht: Und heute ist es mir egal. Damals aber benannte ich das Phänomen mit einem eigenen Wort: *Psychorheas*. Was heißt: Auslaufen der Seele.

Manchmal machte mir dieses monotone – Tropfen um Tropfen – Verrinnen in die Leere sogar Angst. Ich knipste das Licht an, verscheuchte Abenddämmern und Pseudoton. Dämmerung, Langeweilen, ›T‹ und Halluzination verschwanden: Und es begann jene letzte Einsamkeit, die nur wenige unter den Lebenden kennen. Jene Einsamkeit, in der man nicht allein ohne die anderen, sondern auch ohne *sich selbst* ist.

Doch halt, ich hatte ja einen *Anderen*, ein fremdes *Etwas*, das meine schwarzen Mußen störte. Suchte mich doch seit recht frühen Jahren ein seltsamer Gedankenfortsatz heim: 0,6 Mensch. Entstanden war dieser Denkfortsatz folgendermaßen: Als ich einmal, fast noch ein Kind, in einem Geographielehrbuch blätterte, stieß ich auf die Zeile: ›... In der nördlichen Zone des Landes kommen auf einen Quadratkilometer Fläche 0,6 Menschen.‹ Die Zeile ritzte sich förmlich in mein Auge ein. Ich kniff die Lider zusammen und sah: Ein ebenes, hinter den Horizont kriechendes weißes Feld; das Feld ist in rechteckige Kilometerquadrate zerteilt. Lustlos träge Flocken Schnee bedecken die Weite. Und auf jedem Quadrat sitzt – in der Kreuzung der Diagonalen – *er:* zusammengekrümmt, arm an Körper, tief über die elende ausgefrorene Erde gebeugt – der 0,6 Mensch. Nicht einfach die Hälfte, kein Halbmensch, nein. Dem ›einfach‹ war hier noch eine nichtige, desymmetrierende Bruchhaftigkeit beigesellt. In die *Unvollständigkeit* hatte sich – so widersprüchlich das auch sein mochte – ein gewisses Übermaß, ein Zuviel geschlichen.

Ich versuchte, die Vision zu verjagen. Nein, sie war zäh. Und plötzlich drehte sich eines der Halbwesen, das ich ganz deutlich auf dem augennächsten Quadrat sitzen sah, langsam zu mir um. Ich wollte die Pupillen abwenden, konnte es aber nicht. Als seien sie mit den leeren leblosen Augenhöhlen des 0,6 verwachsen.

Und nirgendwo ein Grashalm, nicht einmal ein stocksteif gefrorener Stein, ein Fleckchen; die Luft ohne einen Windhauch, und von oben träges, locker herabfallendes Schneegeflock.

Seitdem hat sich der 0,6 Mensch angewöhnt, zu mir in die Tage der Leeren zu kommen. In meine schwarzen Dazwischen. Das war kein Gespenst, kein Geist, keine Traumgestalt. Nein, ganz einfach: ein Denkfortsatz.

Jetzt, da ich versuche, in möglichst präzisen Termini jenen, nun, nennen wir es: Unfall mit dem ›Я‹ zu beschreiben, von dem weiter oben die Rede war, helfen mir die Symbole der mathematischen Logik. Ein Punkt, besagen sie, ist im Raum nur mittels der Verkreuzung von Koordinaten zu finden. Doch kaum entflechten sich diese Koordinaten, wird der Raum gigantisch, der Punkt aber hat keinerlei Größe. Offenbar hatten sich meine Koordinaten entflochten, und mich – psychischer Punkt in der Grenzenlosigkeit – zu finden, erschien unmöglich.

Oder noch deutlicher: Die Kurvenlehre kennt imaginäre Linien, die, sich kreuzend, einen realen *Punkt* ergeben. Seine ›Realität‹ ist freilich von besonderer Art: aus Fiktionen gemacht. Genau das könnte er sein, *mein* Fall.

So oder so, ich unterrichtete weder ›Freunde‹ noch ›Bekannte‹, erbettelte von keinem die mir zustehenden ›Mitgefühle‹ und dachte, ohne mich um den Trauerflor für meinen Namen zu sorgen, nur daran, wie ich den fiktiven psychischen Punkt sicherer und fester in das geschlossene Quadrat meiner Wohnfläche einschließen konnte, möglichst weit weg von den Augen all dieser *schlechten Mathematiker,* die außerstande waren, Reales von Schein, Totes von Lebendem zu unterscheiden. Verwandte und Bekannte, ja selbst Freunde tun sich außerordentlich schwer mit den Nichtoffensichtlichkeiten: Solange man ihnen einen Menschen nicht im Sarg präsentiert, in Gestalt eines cadaver vulgaris unter dreischartigem Deckel, zwei Groschenmünzen auf den Augen, fahren sie fort, ihn in tumber Hartnäckigkeit mit ihren Beileidsbekundungen, Ausfragereien und dem ewigen ›Wie gehts, wie stehts?‹ zu behelligen.

Nachdem ich das Institut beendet hatte, fuhr ich nach Moskau und schrieb mich an der Physikalisch-mathematischen Fakultät, Fachrichtung Reine Mathematik, ein. Zu einem Studienabschluß kam es allerdings nicht. Einmal, als ich mit den vier Bänden des ›Philosophischen Lexikons‹ von Gogotzki unter dem Arm aus der Hauptbibliothek der Universität nach Hause ging und das lange Korridorgewölbe durchquerte, versperrte mir eine dichte Traube Studenten, die den Eingang zu den offenen Hörsaaltüren blokkierte, den Weg. Ganz klar, das war eine Versammlung. Jemandes Kopf ragte aus der Menge hervor und rief, den Hals nach Vogelmanier seltsam aus dem dunkelblauen Kragen gereckt: ›Wer nicht dazugehört, soll gehen. Alle anderen in den Hörsaal.‹ Die Worte ›nicht dazugehört‹ fesselten mir unverhofft die Beine. Mit beiden Händen die von Püffen auseinandergetriebenen Lexikonbände umgreifend, überschritt ich die Schwelle des Hörsaals. Zuerst kamen lange, mir kaum verständliche Reden. Dann das kurze Wort ›Polizei‹. Plötzlich wurde das Lexikon unangenehm gewichtig und zerrte quälend die Arme herab. Man nahm unsere Personalien auf, dann wurden wir – zwischen Bajonetten – in die Manege gebracht. Noch eine Tür hatte sich geschlossen. Ich fühlte mich verständnisloser und verständnisloser. Auch um mich herum war der Aufruhr spürbar abgeflaut. Hie und da machte sich auf den Gesichtern etwas wie Verzagtheit breit.

Ich langweilte mich. Gemächlich krochen die Minuten über das Zifferblatt. Die Tür bekam ihre Angeln nicht auseinander. Ich begann in meinem Lexikon zu blättern. Es war eine Art bibliographische Rarität. Eine Ausgabe vom Anfang des 19. Jahrhunderts. Sofort sprang mir ein Wort in die Augen: *Ethik*.

Da begriff ich: Das alte Wörterbuch war ein kluger Gesprächspartner. Nun freilich: Sie allein, diese unzeitgemäße und schwer zu verstehende *Ethik,* hatte mich mit all den Menschen, die ich überhaupt nicht brauchte, in irgendeinen Saal einsperren können.

Jetzt, wo ich das Gedächtnismaterial prüfe, sehe ich, daß sich in mein Denken ein fataler Lapsus, ein Fehler, eingeschlichen hatte, ein Fehler, der unwandelbar und eigensinnig von Mal zu Mal wiederkam: Alles, was unter meinem Stirnbein geschah, hielt ich für absolut unwiederholbar; die *Psychorheas* dachte ich mir gleichsam in *einem einzigen Exemplar.* Ich vermutete nicht, der Prozeß der psychischen Entleibung könne schleichend sein – von Schädel zu Schädel, von Individuum zu Gruppe, von Gruppe zu Klasse, von Klasse zum gesamten sozialen Organismus. Das eigene Halbsein hinter den undurchsichtigen Schädelwänden verbergend, es verhehlend wie eine peinliche Krankheit, hatte ich das simple Faktum außer acht gelassen, daß Gleiches auch unter anderen Schädeldächern geschehen, in anderen voreinander versperrten Zimmern passieren konnte.

Erst kürzlich blätterte ich im ›Rerum Moscoviticorum Commentarii‹ des Sigmund zu Herberstein, der Rußland in den Anfangsjahren des 16. Jahrhunderts bereiste, und fand die Stelle: ›... Manche unter ihnen‹ – schreibt der scharfäugige Fremdling – ›leiten den Namen ihres Landes von dem aramäischen Wort 'Ressaia' oder 'Resessaia' ab, was meint: in Tropfen zerspritzt.‹

Wenn es diese ›manche‹ damals schon gegeben hatte, mußten

sie mit der Zeit, von Jahrhundert zu Jahrhundert ihre Zahl mehrend, alle Hebel und Signalapparate des damaligen ›Lebens‹ in ihre Hand gebracht haben. Sie dachten und ließen denken – Rußland als Ressaia: in voneinander vereinzelte Tropfen zerspritzt. In jahrzehntelanger lebensverdummender Arbeit vervollkommneten und verfeinerten sie ihre Technik des Zerspaltens der Gesellschaft, bis sie schließlich jenes Bindegewebe, das die Zellen in eins verwachsen läßt, teils ausgemerzt, teils fühllos gemacht hatten. Wir lebten als zertrennte Tropfen. Als Ablöslinge. Irgendein Universitätskodex aus dem Jahre dreiundneunzig zerteilte uns in sogenannte ›Hörer‹. Bereits ein Jahrhundert zuvor konstatierte Tschelyschew das Aufkommen psychischer Zerfallsprodukte: Er schrieb über die ›Rückzieher in die Kabinette‹. Gerade unter uns, aus der Generation der Folglinge, entstand das Philosophem vom ›fremden Ich‹: Das nicht-eigene ›Ich‹ wird als fremd und befremdlich empfunden, unwandelbar in ein ›Du‹. Die Menschenspritzer kennen nicht Flußbett, nicht Strömung. Für sie klaffen zwischen ›Я‹, ›Ich‹ und ›Мы‹, ›Wir‹ ganze ЯМы, unüberwindliche Wirich-Gruben. Und in diese Wirichs warf man, eine um die andere, die Generationen der sozialen Ablöslinge. Bleibt nur, sie zuzuschütten. Und zu vergessen.

Jetzt weiß ich: Kein einziges ›Ich‹ kann, nicht gespeist aus einem *Wir,* nicht nabelschnurverwachsen mit einem mütterlichen Organismus, der sein kleines Leben umhüllt, auch nur im mindesten *es selbst* sein. Auch die Molluske, verborgen in dichtgeschlossenen Schalen, muß sterben, *hilft* man den Molluskenschalen, indem man sie mit einem Metallreifen umschließt.

Damals aber war uns nicht gegeben, diesen Gedanken in seiner Ganzheit anzunehmen und zu begreifen, weil unser Denken selbst deformiert war: die Routen unserer Logik – in der Mitte zerrissen.

Das Denken dachte entweder nicht über das ›Ich‹ hinaus oder nicht näher als bis zum ›Kosmos‹. Angelangt an der ›Schwelle des Bewußtseins‹, an der Scheidelinie zwischen ›Ich‹ und ›Wir‹, blieb es stehen, kehrte um oder tat einen aberwitzigen Sprung in das ›Hintersternige‹ – Transzendente –, in ›andere Welten‹.

Das Sehen besaß entweder einen *mikroskopischen* oder einen *teleskopischen* Radius: Das aber, was dem Mikroskop zu fern und dem Teleskop zu nah war, *fiel einfach heraus* aus dem Sichtfeld.

Die Nacht ist fast vorbei. Zeit für eine Unterbrechung. Ringsum, hinter den Wänden und hinter dem Fenster, war es irgendwie besonders still und reglos. Die Schlaflosigkeiten hatten mich gelehrt, die Bewegungen der nächtlichen Minuten zu ergründen. Schon lange war mir aufgegangen: In der Nacht, an ihrem Ausgang, wo sich Widerlichkeit blaudunkel an das Fenster klebt und die Sterne erblinden, gibt es stets wenige Minuten einer besonders tiefen Stille. So auch jetzt: Durch die zugefrorenen Scheiben – Trübnis, doch ich sehe (die Lampe habe ich gelöscht): im blauen Duster dunkel die steilen Dachschrägen – wie Rümpfe gekenterter Schiffe. Darunter Reihen schwarzer schweigender Löcher. Noch tiefer – starrgefroren die nackten Zweige des niedrigwachsenden Stadtgebäums. Leere Straßen. Und die Luft verströmt Windlosigkeit, Tödnis und Schweigung.

Ja, das ist *meine Stunde:* In einer solchen werde ich wahrscheinlich auch ...«

Der Text brach mitten im Satz ab. Nun folgten sieben sorgfältig ausgestrichene Zeilen. Stamm übersprang mit den Augen die Parallelen der tintenen Linien und fuhr fort zu lesen. Eine Uhr hinter der Wand schlug vier.

»... *zweite Nacht.*

All diese Sterbespielchen hätten dauern und dauern können, wäre da nicht unverhofft das Hämmern der Kanonen aufgekommen. Zuerst bummerten sie irgendwo *dort* auf irgendwelche *Dortigen.* Dann *hier* und auf die *Hiesigen.* Und als die Kanonen ausgeballert hatten, begannen die Stempelgeräte zu pochen. Das Hantieren der Mündungen hatte um die Körper runde schwarze Granattrichter gerissen. Die Stempel droschen nicht auf die Menschen ein: nur auf ihre Namen. Doch einerlei: Um die Namen wie um die gemeuchelten Körper rundeten sich blaue und schwarze Flecken.

Der Zufall verschlug mich auf den südlichen Brückenkopf. Die Stadt, in der ich lebte, war abwechselnd unter dreizehn Mächten. Sie kamen. Und gingen. Kehrten wieder. Und alles von vorn. Jede Macht schleppte herbei: Kanonen und Stempelgerät.

Und genau dort geschah es: Einmal, am Vorabend eines Machtwechsels, während der neuerlichen Durchsicht von Stapeln

alter und neuer persönlicher Papiere entdeckte ich den Verlust…
der Persönlichkeit.

Bescheinigungen – zuhauf. Die Persönlichkeit verloren. Kein
einziges Exemplar. Zuerst der Gedanke: Kann sein, zufällig über-
sehen.

Doch auch bei wiederholtem sorgfältigen Absuchen – Papierfetzen um Papierfetzen – des ganzen zugestempelten Plunders
konnte ich die Persönlichkeit nicht finden. Ich hatte es erwartet:
Je öfter man mich *beglaubigte,* um so *unglaubwürdiger* wurde
ich mir selbst: Die alte, halbvergessen gewähnte Krankheit, die
Psychorheas, kehrte zurück, aufgeschreckt durch die Schläge der
Stempel. Je häufiger die auseinanderdriftenden Remingtonzeilen
mir mit Nummern, federstrichenen Signaturen und Siegelabdrük-
ken versicherten, ich sei *wirklich* dieser und jener, um so unglaubwürdiger wurde mir meine ›Wirklichkeit‹, um so deutlicher
fühlte ich in mir *diesen wie jenen.* Ganz langsam keimte, wuchs,
erstarkte eine Sucht: Ich wollte mehr, immer mehr zugestempelte
Papiere, und so viele sich auch ansammeln mochten – noch zuwenig Glaubwürdigkeit.

Der fast schon vernarbte Prozeß brach wieder auf: Die Kaver-
nen im ›Ich‹ wurden abermals weiter. Von Stempel zu Stempel
sank das Empfinden *meiner selbst* – ›Ich‹ und ›Ich‹, ›Halb-Ich‹,
›Kaum-Ich‹, ›Quentchen-Ich‹ – und schmolz dahin.

Das Gefühl, das mein damaliges ›Ich‹ über dem Stapel seiner
zugestempelten Namen hegte, war kein Gefühl der Verzweiflung
oder der Trauer. Nein: Eher absonderliche gallebittere Freude.
›Da liegt er‹, ging mir durch den Kopf, ›mein erkalteter, lebloser
Name. Ist lebendig gewesen, und nun, im Handumdrehen, voller
blauer Leichenstempelflecken. Nur zu, nur zu.‹

Da sehen Sie, Mensch aus Zimmer Nr. 24, Ihr Vorgänger hat
durchaus Sinn für Humor. Selbst der Gedanke an das bevorstehende Hantieren mit Haken und Schlinge besitzt keine Macht
über mein Lächeln. Ja, ich lächele, und, wer weiß, vielleicht nicht
zum letzten Mal. Doch das ist nur ein Schema: von – bis.

Das Kriegsmaterial erfordert natürlich eine genauere und
ernsthaftere Schilderung. Also fange ich an.

In einer Julinacht des Jahres vierzehn, als ich gerade an dem
Aufsatz ›Die Krise des Axiomatismus‹ arbeitete, rumpelten plötzlich Wagen hinter dem Fenster. Unsere Gasse ist, wie Sie sich
demnächst überzeugen können, ruhig und öd. Der Krach störte

mich: Ich legte das Manuskript beiseite, wollte abwarten, bis der Lärm verebbt war. Doch er hörte nicht auf. Eine endlose Karawane neuer und immer neuer ladungsloser Karren zog irgendwo dort unter den Fenstern vorbei, holperte mit den Rädern über das Kopfsteinpflaster und ließ die Stille nicht zusammenfließen. Meine Nerven waren leicht gespannt von der Arbeit. Schlafen mochte ich nicht. Aber die Arbeit war auch festgefahren. Ich kleidete mich an und ging nach draußen. Die nächtlichen Zickzacks unserer Gassen waren seltsam belebt. An den Kreuzungen standen Gruppen aufgeregter, durcheinanderredender Leute. Das Wort ›Krieg‹, ein ums andere Mal gesprochen, ritzte das Gehör.

An den Häuserwänden hingen hie und da kleine weiße Papierquadrate. Am Tage waren sie noch nicht dagewesen.

Ich ging zu einem hin. Der Schatten des Simses schnitt die oberen Zeilen ab. Unwillkürlich begann ich irgendwo in der Mitte zu lesen:

›... aus den Mitteln der Intendantur werden gezahlt: für Fußlappen – 7 Kopeken, für ein Unterhemd – 26 Kopeken, für ein Paar Stiefel (Mil.form) – 6 Rubel. Des weiteren ...‹

Erst als ich mit einem brennenden Streichholz die oberen Zeilen des papierenen Quadrats abgeleuchtet hatte, begriff ich, daß das Viereck nicht nur Stiefel und Unterhemden sammelte, sondern auch Körper mit dem, was in ihnen war: Leben. Nebenbei, über den Preis des letzteren schwieg das Papier aus irgendeinem Grunde.

Am nächsten Morgen aber hingen über den Einfahrten und Torwegen der Häuser bereits buntspechtige Fahnen. Auf den Bürgersteigen gingen Menschen mit Zeitungen vor den Augen, und auf dem Fahrdamm solche mit geschultertem Gewehr. So teilten vom ersten Tage an Zeitungen und Gewehre uns alle: in *solche,* die starben, und *solche,* für die gestorben wurde.

Freilich, anfangs war das Ganze verworren und schlecht organisiert. Ein Menschenring, der ein klobiges Soldatchen in einem langschößigen, erdfarbenen Mantel umstand, summte freudig erregt:

– Seid ihr für uns?

– Wir sind für euch.

Später wurde die verschwommene Linie, die ›diejenigen, welche‹ von ›denjenigen, für welche‹ schied, deutlicher, und eine

Kluft tat sich entlang dieser Linie auf. Die Kluft ließ ihre Ränder klaffen und gewann Breite.

Doch wie dem auch sei, die ersten Tage des Krieges versetzten selbst mich in gelinde Erregung. Zu viel und zu oft hatte ich mit dem Symbol ›Tod‹ operiert, zu systematisch dieses *biologische Minus* in meine Formeln eingeschlossen, um mich nicht irgendwie erfaßt zu fühlen von dem, was um mich herum zu geschehen begann. Der Tod, eine Dissoziation, die ich mir in den Grenzen meines ›Ich‹ und nur des ›Ich‹ dachte (und deren Weiterungen praktisch außerhalb meines Interesses lagen), zwang dem Denken nun nolens volens größere Maßstäbe und Verallgemeinerungen auf. Unter die Buchhaltung des Todes fiel jetzt die gesamte typographische Farbe, der Tod verwandelte sich in eine programmatische, regierungsempfohlene Idee. Offiziell reglementiert, gab dieser Tod bald auch ein eigenes Periodikum heraus, das ohne Verzögerungen auf den Markt kam, wie es sich für eine solide organisierte Verlagsangelegenheit gehörte. Es war das knappste, sachlichste und unterhaltendste aller mir bislang bekannten Druckerzeugnisse: Ich spreche von den weißen, Zweiwochenschriften ähnelnden Heftchen, die eine ›Komplette Liste aller Gefallenen, Verwundeten und Vermißten‹ präsentierten. Auf den ersten Blick mochte das Todesjournal langweilig scheinen: Nummern – Namen – wieder Nummern – wieder Namen. Doch bei einer gewissen Vorstellungsgabe bekräftigte der trockene, lapidare Stil der Hefte nur den Eindruck des Phantastischen. Die Bücher gaben Anstoß zu den frappierendsten Schlüssen: So wußte ich beispielsweise, als ich die März- und Aprilausgaben des Jahres 15 rein statistisch ausgewertet hatte, daß sich unter den Gefallenen fünfunddreißig Prozent mehr Sidorows als Petrows befanden. Dafür wurden die Petrows häufiger vermißt. Die Sidorows schienen kein Glück zu haben, vielleicht aber waren die Petrows auch nur feige – oder alle in der Etappe untergetaucht. Ich weiß es nicht. Ich weiß nur, daß die ferne, kampfversengte Flur, die Erde, verunstaltet von den Pocken der Einschußtrichter, meine Phantasie stärker und stärker in ihren Bann schlug.

Ich war *hier,* war unter denen, *für die* man starb. Gestorben wurde weit weg, hunderte Werst entfernt, um uns nicht zu behelligen. Und wenn die Leichen denn auch zurückkehrten aus dem DORT in das HIER, dann insgeheim, bei Nacht, so, daß uns nichts erschreckte: uns, für die sich zu sterben gehörte.

Ich erinnere mich, daß ich sogar meine ›Krise des Axiomatismus‹ liegenließ. Die Arbeit ging nicht voran. Manchmal zog ich mich nachts leise an und trat auf die dunklen Straßen. Ich wußte genau, wann die Sanitätsstraßenbahnen neue Partien geschlachteten Menschenfleischs, frisch aus dem geheimnisvollen DORT eingetroffen, zu den Lazaretten karrten.

Gewöhnlich mußte ich nicht lange warten. Hinter einer Biegung hervor rollten, hohl Eisen gegen Eisen scheppernd, die schwarzen, nicht beleuchteten Waggons. Sie hielten vor der Einfahrt. An den Türen flammte Licht auf. Ihre Angeln öffneten sich leise, und während die Sanitäter, Tragen schleifend und miteinander flüsternd, über die Stufen trampelten, ging ich zu den herabgelassenen Zeltbahnen der sommerlichen Sanitätswagen und lauschte, wie sich zwischen Stoff und Dach dumpf, fast unhörbar das zerfetzte, sterbende Menschenfleisch stöhnend wälzte. Dann waren die Waggons geleert, und von hinten kroch, die Schienen entlang, eine neue Ladung heran.

Es fiel mir schwer, lediglich zu schauen. Ich HIER, und da das herbeigeschleifte DORT – so ging es nicht mehr. Einmal paßte ich den Moment ab, wo die Sanitäter, die das zwischen langen Tragestangen hingestreckte Fleisch abluden, aus irgendeinem Grunde den Rhythmus verloren und am Eingang ein Stau entstand: Ich ging zu einer der Bahren, die, nachlässig auf ihre kurzen klappbaren Beinstummel gestellt, quer zum Bürgersteig standen. Die Träger wollten die freigewordene Minute nutzen, waren beiseite gegangen und hatten sich eine Zigarette angesteckt. In der Nähe des ausgeweideten Körpers, den ein grauer Militärmantel von Kopf bis Fuß bedeckte, war niemand. Schnell beugte ich mich hinab und hob das Uniformtuch. Ich sah so gut wie nichts. Nur ein trüber Fleck hüpfte zuckend vor den plötzlich beschlagenen Brillengläsern. Eiter und Schweiß rührten an meine Nasenflügel. Ich neigte mich noch tiefer hinab, dicht an das Ohr dessen, was unter dem Tuch lag:

– Für uns? Für mich? Aber mich, mich *gibt es vielleicht gar nicht*. Nein, gibt es nicht. Das heißt, es …

Kann sein, ich hatte ihm wehgetan, als ich an dem hochgeschlagenen Rand des Mantels zog. Denn unerwartet war von dort, aus dem zuckenden Fleck, ein leises, angestrengtes ›iiiir‹ zu vernehmen. Ich löste meine Finger: Der Mantelschoß fiel herab und verdeckte den Fleck.

Nach Hause ging ich mit hastigen, irgend einem Ziel zueilenden Schritten. Doch an der Türe angekommen, trat ich lange nicht über die Schwelle. Ich wußte: Da, in dem dunklen Gehäuse des Zimmers, zwischen büchernen Zeichen und Zahlen, erwartete mich geduldig der Denkfortsatz – 0,6 Mensch. In dieser Nacht quälte er mich eine Ewigkeit: mit der nicht weichen wollenden Leere seiner Augenhöhlen.

Unterdessen hatten blaue Papierrechtecke die weißen und rosafarbenen Quadrate an den Häuserwänden abgelöst. Die Ziffern der Jahre kletterten die Skala empor und näherten sich mehr und mehr meinem sogenannten Einberufungsjahrgang. Das ferne DORT lockte, von papierenen Blättern blauend, immer lauter und zärtlicher: ›Komm.‹

Mir schien, daß ich es deutlich hören konnte, dieses kurze, simple Vierbuchstabenwort.

Einmal aber traf ich an der Nahtstelle zweier Straßen einen Arzt, den ich kannte. Beim Abschied hielt ich seine Finger in meiner Handfläche fest.

– Sagen Sie . . .

– Ja?

– Mit sechs Dioptrien. Nehmen Sie einen da?

– J-a. Obwohl . . .

– Und mit sieben?

– Nein.

Unsere Hände lösten sich. Der Doktor ging ein Dutzend Schritte, wollte kehrtmachen, schaute mich über die Schulter hinweg an. Und ging weiter. Ich hatte damals siebeneinhalb Dioptrien. Mein gläserner Fortsatz klammerte sich krampfhaft an das HIER. Ohne mich von der Stelle zu rühren, bog ich ihm die enganliegenden metallenen Bügel gerade, hielt ihn in Augenhöhe und sah aufmerksam in seine schrägovalen, zwiefach eingepreßten Riesenaugen. Und ich weiß nicht: War es eine einfache Sonnenspiegelung oder etwas anderes, doch in den Pupillen des Glasfortsatzes funkelte heller, freudiger Glanz.

Damals begannen denn auch meine quälenden Schlaflosigkeiten. Das nächtliche Herumstreunen in den Straßen hatte ich aufgegeben. Jetzt brauchte ich es nicht mehr. Trinken konnte ich noch nie. Die Gesellschaft von Menschen war für mich schlimmer als Schlaflosigkeit. Aber mit irgend etwas mußte ich das leere, lange Wachen doch wenigstens füllen. Ich kaufte mir zweiunddreißig weiße und schwarze Holzfiguren und fing an, in den Nächten Schach zu spielen – gegen mich selbst. Die absolute Fruchtlosigkeit des schachspielerischen Denkens gefiel mir: Nach endlosem Kampf des Gedankens mit dem Gegengedanken, nach konzentriertestem Ringen der Züge mit den Gegenzügen konnte man diese ganze winzige Welt – hölzern und tot – zurück in den Kasten schütten, ohne daß auch nur eine einzige Spur blieb von den Dynastien ihrer schwarzen und weißen Könige, von den verheerenden Kriegen, die all ihre Felder erfaßt hatten. Keine Spur: nicht in mir und nicht außerhalb meiner selbst.

Nebenbei bemerkt, in der Technik des Spiels ›Ich gegen ich‹ gab es eine Besonderheit, die anfangs meinen Verstand beschäftigte: Es siegten bei mir fast immer die Schwarzen.

Mittlerweile hatten lange raupengleiche Züge fast alle Männer mit Gewehren fortgebracht. Geblieben waren Wesen, deren Hände nur für die Zeitungen taugten: Hastig zusammengestellt, strotzend vor Zahlen, heute drohenden und morgen scheinheilig verheißenden, wandelten sich diese Zeitungen von Tag zu Tag. Es gibt (noch) keine psychologische Statistik. Doch läßt sich, schematisch ausgedrückt, behaupten, daß die Dialektik des Krieges alle diejenigen in den Tod schickte, die mehr oder minder *lebendig* waren, und das Recht auf Leben allen mehr oder weniger *Toten* vorbehielt. Und wenn der Krieg sie nur separierte, die Lebendigen und die Toten, so mußte eine neue, dem Kriege folgende Kraft sie früher oder später gegeneinanderschleudern: als Feinde.

Damals war die Nähe dieser neuen, noch völlig namenlosen Kraft bereits zu ahnen. Es schien, als presse ein riesiger Kolben in langsamen Stößen den Sauerstoff aus der Luft. Es wurde unerträglich stickig. Die Menschen des HIER konnten und wollten ihre Feindschaft gegenüber denen des DORT bereits nicht mehr verbergen, den Haß auf jene DORTIGEN, die vergebens trachteten, jeder für sich allein, für zwei Wochen vom Tode beurlaubt, unter den Fremden, von ihnen Separierten, Freude zu finden.

Einmal, als ich die Bücherregale mit einem Lappen abstaubte, glitt mir ein dicker deutscher Wälzer aus der Hand und fiel weich zu Boden. Mein Auge blieb an irgendeiner zufälligen Zeile hängen, und plötzlich langte ich nach den Seiten des Buchs. Ich las, daß in der Sprache der Bewohner der Fidschi-Inseln das Wort ›ich‹ vollkommen fehlt. Diese Wilden verstehen es, ohne das für uns so ungemein wichtige Wörtchen auszukommen, indem sie es durch etwas ersetzen, das unserem »mir« vergleichbar ist.

Ich fühlte mich wie jemand, der eine entscheidende praktische Entdeckung gemacht hat. Was, wenn ich, der ich mit dem ›ich‹ Schiffbruch erlitt, nun versuchte, *im Dativ zu leben*?

Mir: Brot

ein Weibchen

Ruhe

und das Himmelreich. Wenn es da war. Und vielleicht noch …

Allein, die Ereignisse, die mit katastrophaler Geschwindigkeit auf uns zurollten, ließen mein Experiment mit dem ›mir‹ ein wenig verspätet erscheinen.

Es wurde von Tag zu Tag unruhiger. Die Frontlinien rückten heran. Manch einer wollte bereits ferne Kanonaden hören, die es noch gar nicht gab. Als winzige, fetzengleiche Wolken über der Stadt trieben, sagte man: *gerade DORT.* Und erklärte lange und aufgeregt, wie Geschützfeuer die Form der Wolken verändert. Es war ein Gefühl, als lebten wir alle, die wir hiergeblieben waren, in einem riesigen, dickwandigen Haus, das von außen ganze Reihen toter, sogenannter ›falscher‹ Fenster umgaben.

Auf meinem Schreibtisch liegt gerade ein hübsches Denkspielzeug. Ich bekam es von einem Bekannten geschenkt, einem Ingenieur, der in einem Vakuumlabor arbeitet. Es besteht aus einer ganz simplen, hermetisch verschlossenen gläsernen Kugel mit einem bizarr gebogenen, hauchdünnen silbrigen Haar darin. Und um das Haar herum – Vakuum, sorgfältig gefilterte Leere. Sie war für mich der eigentliche Sinn der Kugel.

Der Ingenieur hatte mir erklärt: Die totale Evakuierung, die Erzeugung vollkommener Leernis sei nicht auf Anhieb gelungen. Erst vor kurzem habe man die Technik der Herstellung absoluter Leere – ›hartes Vakuum‹ genannt – meistern können.

Ja. Auch für mich war der Augenblick gekommen, wo ich das Denken in eine zerbrechliche Hülle gesperrt und mich in ein hartes Vakuum eingeschlossen hatte.

Übrigens, als ich das Geschenk zwischen den Fingern hin und her drehte und fragte: ›Und was muß man tun, damit hier wieder

Luft hereinkommt?‹, sah mich der Ingenieur an, wie man einen komischen Kauz anschaut oder ein Kind, und lachte fröhlich:
– Ganz einfach: das Glas zerschlagen.

... dritte und letzte Nacht

Ich beginne erst spät zu schreiben. Bis zum Morgen werde ich es wohl kaum zu Ende bringen. Eine nichtige Nichtigkeit hat sich in die Arbeit gezwängt: Schlaf. Und damit die beinahe reibungslose Abfolge der Schlaflosigkeiten gestört.

Gegen Abend wurden mir auf einmal die Lider schwer, und ich träumte:

... ich bin hier, in diesem Käfig aus platten blauen Rosen. Ich sitze und warte auf etwas. Plötzlich höre ich hinter dem Fenster gedämpftes Räderrattern im Schnee. ›Seltsam‹, denke ich, ›Räder – mitten im Winter.‹ Ich trete an das Fenster und sehe: Vor der Einfahrt steht ein Leichenwagen, schwarz mit weißer Quastenzier. Zwei oder drei Männer, posamentenbesetzte Kaftane über gestrickten Westen, sind zur Seite gegangen und schauen zu meinem Fenster herauf. Ich erkenne deutlich: zu meinem. Einer schirmt sogar die Augen mit der Handfläche ab. Ich trete einen Schritt zurück und gehe dann vorsichtig wieder zum Fenster, aber seitwärts, damit mich die Männer nicht sehen: Sie schauen noch immer. Einer hat den unförmigen, an ein gekentertes Boot erinnernden Hut aus der Stirn gerückt, sich auf einen Prellstein gesetzt und zu rauchen begonnen. Das heißt: Sie wollen warten. Bemüht, unsichtbar zu bleiben, schiebe ich mich an der Wand entlang zur Tür. Kaum bin ich im Flur, dröhnt vor dem Eingang schweres Stiefelstampfen, als würden drei oder vier Personen etwas Unhandliches, Langes auf den Schultern tragen. Die Tür fliegt sperrangelweit auf. Ich sehe: Im schmalen Türrahmen verkeilt sich, hin und her schwankend auf den Schultern, etwas Blaues mit weißer Borte. Ich haste zurück, hinter die Tür, den Schlüssel suchen. Er ist nicht da. Aber das dort, das Dunkelblaue, Weißgesäumte, kommt, ungefüge an Wände und Ecken des Flures stoßend, immer näher heran. Ich stemme die Schulter gegen die Tür und das ausgestreckte Bein gegen den Bettfuß. Zur Sicherheit. Dann ... bin ich aufgewacht. Meine Schulter war unbequem verrenkt, gegen die blauen Rosen der Zimmerwand gepreßt. Das im Schlaf ausgestreckte Bein drückte gegen den hölzernen Bettrücken.

Kaum hatte ich den Schlaf abgeschüttelt, kam ein Gedanke: Sollte das Angst sein? Hatte ich wirklich alles genau bedacht und vorausgeplant? Und wenn nun ... Nein. Kein Und-wenn-nun führt mich mehr hinter das Licht. Zu gut kenne ich ihn, den Allerweltsverwirrer und Spaßvogel Und-wenn. War er es doch, der – sich Grand Peut-Être nennend – den Schalksnarren Rabelais überlistete, indem er ihn »zum nach dem Tode« einlud. Und Rabelais glaubte ihm.

Selbst glaubt Und-wenn-nun an rein gar nichts: nicht einmal an Leichen. Kaum sieht er: auf einem Sarg wird der Deckel zurechtgerückt und daneben warten Männer mit Spaten, hat er schon den Finger zwischen Deckel und Sargrand. Bis man ihm den abklemmt. Bringt bloß die Arbeit durcheinander.

Oder aber: Weihrauchfäden kringeln, die Geistlichkeit singt vom letzten Kuß, bebende Mädchenlippen beugen sich zu dem leblosen, fest verpreßten Spalt, da ist Und-wenn-nun bereits zur Stelle und flüstert dem wächsernen Ohr ein: ›Lassen Sie sich die Chance mitnichten entgehen, Genosse Frischdahingeschiedener.‹ Und dennoch bin ihm dankbar, dem Wirrkopf. Er hat mir einen Tag geschenkt. Einen einzigen Tag. Ich habe mir geschworen, daran zu denken, wenn es zu Ende geht. Also befrage ich mein Gedächtnis:

Die Revolution kam über uns wie ein Blitzschlag. Einen Blitz, seine Energie, kann man in einen Dynamo sperren und zwingen, trübe unter den Schirmen Abertausender Sparlämpchen hervorzublaken, zerstückelt und zermessen auf zahllosen Zählern. Damals aber, in den Tagen ihrer Geburt, hatten wir alle uns, gewollt oder ungewollt, an dem sengenden Zickzack entzündet oder verbrannt. Ein Augenblick: und alle Schwellen fielen – nicht nur die der Wohnstuben, Mönchszellen und Arbeitszimmer, sondern auch die des Bewußtseins. Worte, scheinbar auf ewig zerquetscht von Zensorenstiften, verkleinert und hineingetrieben in Petits und Nonpareilles, erwachten unverhofft zu neuem Leben, lohten und lockten von blutroten Fahnentüchern und Transparenten. Den Buchstaben nach, mit einem Mal meine Schwelle bezwingend, war auch ich hinausgekrochen, den Bannern und Menschenmassen entgegen. Und-wenn-nun hatte mich also überzeugt. Nicht für lange, doch überzeugt.

An diesem *meinem* Tag, dem letzten und einzigen, brandeten bei mir bereits frühmorgens der Lärm und die bunten Lichtreflexe einer vieltausendköpfigen Menschenansammlung gegen Mauern und Hirn. Für einen Augenblick hatte ich sogar meinen unentbehrlichen Sehfortsatz abgenommen: Und die Flecken, die jählings um mich zu kreisen begannen, tanzten einen ausgelassenen, frivolen Tanz. In den Märzpfützen hüpfte die Sonne. Am frühlingsblauen Himmel, blankgewaschen von Regengüssen, wogten weiße Wolkenbäusche.

Das Ungewohnte ließ mich schnell ermüden. Mit vibrierenden Nerven, fast trunken von Getöse und Gedanken, die so neu waren und so wenig die *meinen,* löste ich mich sacht aus der Menge und ging die Straßen entlang. Diese Straßen aber, gleichermaßen laut und aufgeregt, gönnten den Nerven keine Entspannung. Da reckte sich eine lange Friedhofsmauer dem Auge entgegen. Ich ging darauf zu.

Doch seltsam: Auch die zwischen den steinernen Wall gesperrte Ruhe war an diesem Tage irgendwie in Aufruhr. Die Kreuze, zu Boden geduckt und die Streben emporgeworfen, schienen zur Verteidigung zu rüsten; die Mauer selbst glich einer Feste, die eine Belagerung gewärtigt.

Erschöpft setzte ich mich auf eine noch regenfeuchte Bank. Und in diesem Moment sah ich *sie*: die Kleine, ein Mädchen von drei, vier Jahren. Die Allee entlang sie auf mich zu. Anscheinend allein. Ein wenig schwankend und rutschend auf dem glitschigen Lehm, nahmen die noch unsicheren Beinchen beharrlich, Schritt für Schritt, den Raum. Unter der weißen Strickmütze leuchtete ein feines, vertraut anmutendes Oval. Sanfte Windstöße bewegten die goldigen Strähnen des Haares und das rote Band, das sie zusammenhielt. Als das Mädchen am leeren Rand meiner Bank angelangt war, sagte ich:

– Leben.

Und die Kleine verstand, daß sie gemeint war. Inmitten der Kreuze, die ihre weißen toten Arme über das Kind hinreckten, blickte es zu mir auf und lächelte. Ich sah: Die Pupillen waren eigentümlich geweitet in den zarten blauen Rahmen.

Hinter einer Biegung der Friedhofsallee ertönten eilige Schritte. Eine Frauenstimme rief das Kind. Aber nicht mit jenem – meinem – Namen. Hastig stand ich auf und ging in die entgegengesetzte Richtung, schneller und immer schneller. Irgendwo fast schon am Ausgang rannte ich ein Gebete murmelndes Mütterchen um.

– Hol dich der Deibel, du Brillichter –, schrie mir die Alte nach.

– Genosse Brillichter –, korrigierte eine fröhliche Baßstimme und lachte.

Ich auch.

Wieder zu Hause, begann ich sofort nach jenem längst vergessenen Brief zu suchen. Vor allem brauchte ich die neun Buchstaben, die so hilflos und rührend, wie mir jetzt schien, zu meinem Namen zusammengewachsen waren: auf dem Umschlag. Ich durchwühlte all meine Stapel Papier. Alte unnütze Notizen, wissenschaftlicher Plunder aus der Studentenzeit, zerfledderter Kehricht von Büchern, offizielle Schreiben gerieten mir beim Suchen in die Hände. Nur der eine, einzig nötige Brief war nicht darunter: Das kleine schmale Kuvert mit den hüpfenden Zeilen darin war verlorengegangen, anscheinend für immer.

Übrigens, ich hatte Glück an jenem Tage und wirbelte den Staub in den Mappen und Papierstößen nicht ganz umsonst auf. Unerwartet blieb meine Aufmerksamkeit an einer alten Inhaltsübersicht hängen. Am Rande war vermerkt: aus ›Fragen eines gew. Cyriak an Nifont, Bisch. v. Nowgor‹. Und dann:

›Frage 41. Geziemen sich Bestattungen nach Sonnenuntergang?

Antwort. Nein, denn die Krönung für die Toten ist, die Sonne zu sehen in der Stunde ihrer Bestattung.‹

Ich trat zum Fenster und stieß es auf in die Nacht. Stiller geworden, wälzten sich die Geräusche des Tages schläfrig und dumpf zwischen Myriaden Lichtern. Ich rückte einen Stuhl an die Fensterbank und saß die ganze Nacht, den Kopf in die Hände gestützt. Zwischen den Schläfen hämmerte mit nicht nachlassender Kraft immer wieder der eine Gedanke: Mochte ich eine Leiche sein. Was machte das. Doch gleichwohl mußte auch ich *in der Stunde meiner Bestattung die Sonne sehen dürfen.*

Unterdessen war die Märzglut höher und höher emporgestiegen, und viele sahen bereits mit Schrecken ihr stürmisches Lohen. Es kam, was kommen mußte. Anfangs hatten Tote und Lebendige zusammengelebt. Und das Leben, eingepreßt, handschellenumschlossen, in einen leblosen, gleichförmig die Tage abzählenden Mechanismus gezwungen, *schien den Toten zum Vorteil zu gereichen.* Waren sie doch besser geeignet für die *Normen und Formen* dieser Zeit. Dann hatte der Krieg wenigstens teilweise das Tote vom Lebenden separiert: Er, der Krieg, wollte abrechnen mit den Lebendigen, sich ihrer auf ewig entledigen und das Leben dann den galvanisierten Leichen schenken. Die Lebendigen aber, zusammengetrieben in die Umzingelung der Schlachthöfe, waren zum ersten Male *vereint* und konnten so *Gewalt erlangen über das LEBEN*. Sie brauchten es nicht galvanisch herzustellen, zu entführen oder der Natur zu rauben: Es war ja da, in ihnen selbst, in Nerv und Muskel. Die einfache Addition dieser Muskeln ließ die Mauern der so perfekt ausgerüsteten Schlachthöfe stürzen, und es begann der einzige in den Annalen unseres Planeten verzeichnete Kampf, genauer: der Aufruhr *der Lebenden wider die Toten.*

Ja: Die Revolution, wie ich sie verstehe, ist kein Bruderkrieg der Roten und der Weißen, der Grünen und der Roten, kein Heerzug des OSTENS gegen den WESTEN, der einen Klasse gegen die andere, sondern einfach ein Kampf um den Planeten, ausgetragen zwischen LEBEN und TOD. Entweder – oder.

Als die Revolution auf dem Vormarsch war, hängten sich ihr natürlich auch Leichen an: all diese ›unter-anderem-Ichs‹, ›Halb-Ichs‹, ›Kaum-Ichs‹, ›Quentchen-Ichs‹. Und besonders die von mir entdeckte Leichenspezies der ›mir‹. Sie boten Erfahrung, Dienstjahre, Wissen, Passivität, Anteilnahme und Loyalität. Nur eins konnten sie um nichts in der Welt bieten: *LEBEN*. Danach bestand die größte Nachfrage. Ganz allmählich stellte sich heraus, daß auch außerhalb der Friedhofsmauern genug Platz war für Leichen. Die Revolution wußte selbst sie zu gebrauchen. Einmal erzählte mir ein Arzt aus meinem Bekanntenkreis von einigen Phänomenen des sogenannten *Klimakteriums*. Während des Klimakteriums, hatte er erklärt, stirbt das weibliche Geschlechtssystem langsam ab, verliert seine Sensibilität und beraubt die Frau damit des physiologischen Liebesempfindens: Klimakterikerinnen können – rein physiologisch – nicht lieben. Aber *sie lieben* kann man. Ich fasse dieses Beispiel weiter und behaupte: Menschen mit abgestorbenem Sensorium, mit beinahe leichenhafter psychischer Starre können nicht mehr *selber leben*. Aber sie *leben* kann man. Und wie.

Zwar bin auch ich so ein Klimakteriker. Doch einer, der *verstanden hat*. Und bringe es nicht über mich. Zu groß ist die Scham: Denn ich habe, wenn auch nur für einen Augenblick, und dennoch – ich habe in der Stunde meiner Bestattung die Sonne gesehen.

Als ich in diesem Sommer einmal die Uferwege an der Moskwa entlangging, bemerkte ich kleine Jungen, die gerade beim Knüttelspiel waren. Das Knütteln schien in vollem Gange.

– He, Petka, setz mal eine Leiche –, schrie keck eine kräftige Jungenstimme.

Ich blieb stehen und sah genauer hin.

Petka rannte, daß die bloßen Fersen flogen, in ein auf die Erde gezeichnetes Quadrat, hockte sich hin und legte flink die Knüttel aus: zwei nebeneinander – die Bahre, ein dritter quer darüber – die Leiche. Und zwei weitere stellte er hochkant daneben – die Kerzen.

– Gut, und nun mach ...

Petka stob zur Linie zurück und hob das Schlagholz. Eine Sekunde lang fixierte er die ›Leiche‹ aus zusammengekniffenen, ein wenig bösen Augen. Dann sauste der Schläger durch die Luft, und die ›Leiche‹ flog, die auseinanderschießenden Knüttel gespitzt, aus ihrem Viereck. Leichter Staub wölkte auf und sank wieder zu Boden.

Ich dachte: Es ist Zeit. Jetzt ist es Zeit.

Wahrhaftig: Früher war ein Daseinsersatz, waren Surrogate des Lebens möglich gewesen. Heute war das schwieriger: beinahe undenkbar.

Neue Augen kamen auf. Und neue Menschen. Sie schauten anders: kein Anschauen, ein Durchschauen. Vor ihnen ließen sich die Leeren nicht unter Hüllen verbergen: Sie bohrten sich mit ihren Pupillen hinein. Und trat man, wenn man ihnen begegnete, nicht sogleich zur Seite, schritten sie durch einen hindurch wie durch Luft.

Sie taten mir leid, all diese ›auch-Ichs‹ und ›kaum-Ichs‹, die sich immer noch an ihr Halbdasein klammerten. Für sie hieß es jetzt schwer und mühselig leben: *Nein* hatte sich in *Ja* gezwängt; *Links in Rechts* Einzug gehalten, das zerbrochene Oben ihres Lebens sich mit dem Unten bedeckt. Dennoch vergebens: Sosehr sie sich auch ducken mochten, man würde sie ans Licht zerren und öffnen wie alte verrostete, lägerige Konservendosen. Nein, da war es schon besser, *selbst* unter den blauen Deckel mit der weißen Borte zu schlüpfen.

Vor einem Monat hatte ich eine Begegnung. Ich ging den Arbat entlang: Schaufenster. Hinter dem Schaufensterglas Kärtchen mit Zahlen darauf. Und unter den Kärtchen: Waren. Doch in einer

Vitrine waren über den Zahlen zwei Einschußlöcher im Glas, zugekittet mit einer trübgrauen Masse. Das schien mir bemerkenswert, und ich blieb einen Moment stehen. Plötzlich an meinem Ohr eine fröhliche Stimme:

– Interessiert Sie das? Ja, ja, geschickt gestopft. Da haben wir nun ganz Rußland mit Kugeln durchsiebt, und was macht es ... flickt sich wieder zusammen.

Die Stimme brach ab. Ein Pärchen, Arm in Arm geschoben, betrachtete die Zahlen und ging still weiter. Ich hatte einen Blick gewagt: Unter einer ledernen Schirmmütze scharfe, nickelblitzende, ein wenig abgekantete Pupillen; ein rasiertes Gesicht, zwischen starke, leicht hervorstehende Jochbeine gezwängt; stirnüber – eine Schramme.

– Also –, fuhr der Mann fort, – wie gierig auf Sachen doch die Leute sind. Kaufen können sie sie gar nicht, aber sie wollen sie wenigstens mit den Augen anfassen und sich daran freuen. Ich dagegen brauche von dem hier gar nichts –, die kurzfingrige, viereckige Hand machte unverhofft eine Bewegung –, ich bin wie eine Kugel: vorbei oder ins Schwarze. Ich hab da so eine Regel: Mein ganzer Besitz darf nicht mehr wiegen als knapp zehn Pfund.

– Warum knapp zehn? – wunderte ich mich.

– Weil ein Gewehr nach der Vorschrift soviel wiegt, knapp zehn Pfund und basta. Und der ganze Plunder darf nicht schwerer sein als die Flinte. Klar?

Ich nickte mit dem Kopf. Das Gespräch fortsetzend, gingen wir die Straße entlang und traten dann unter das erstbeste grüngelbe Aushängeschild. Die Details sind mir im Gedächtnis geblieben: An der Wand über dem Tisch, an den wir uns setzten, versank in einem quadratischen Rahmen, den Rumpf aus den blauweiß gemalten Meereswogen reckend, ein Schiff. Unter dem Schiff standen auf einem Papierstreifen sechs weit auseinandergerückte Buchstaben. Las man sie vollständig von rechts nach links, ergab das *Ikarus,* sah man nur den Schluß, dann: *Rus.*

Von allen Seiten dies: *Rus.*

Wir bestellten Bier. Meine Lippen rührten nur leicht an den Schaum. Er trank auf einen Zug. Und fuhr dann fort, durch mich hindurchschauend in eine unerfindliche Richtung:

– Dreizehn Löcher trage ich mit mir herum, aber sterben will ich nicht. Das Leben ist mir zu interessant. Als es mich bei Saratow erwischt hat, wo wir uns mit den Tschechen bekriegten, da bin ich fast verblutet, kein Tropfen war mehr in mir. Alle sagen: ›Wirst wohl den Abgang machen.‹ Aber denen pfeife ich was, ich glaube es einfach nicht und basta. Oder ein anderes Mal: Die Weißen haben mich. Sie stellen uns alle akkurat nebeneinander an den Rand einer Schlucht. Ich, kaum daß ich ›Feueee...‹ höre, lasse mich fallen wie ein Stein, rutsche die Böschung hinunter in die Grube und renne los. Sie ballern mir hinterher, ein, zwei Mal. Aber ich renne und renne, wissen Sie, irgendwie fühle ich: Die treffen mich nicht. Das hätte noch gefehlt! Wie sollen die mich auch treffen, wo ich doch so ein Mensch bin, der ohne Leben ganz und gar nicht sein kann.

Die Bekanntschaft (diesen Luxus gönnte ich mir selten) riß nicht ab. Der Mann mit der ledernen Schirmmütze kam sogar in meine Wohnung: Bücher holen. Ich, der Buchbesitzer, interessierte ihn offenbar wenig. Nicht ein einziges Mal fragte er, wer ich war und was ich in mir trug. Auf die Bücher aber stürzte er sich gierig. Anfangs gab ich ihm einen Stapel leichter Lektüre. Ich glaubte, er würde nichts verstehen. Ich lieh ihm andere Bücher, schwierigere. Als er mir den zweiten Stoß zurückgab, sortierte er alles in zwei Häufchen.

– Die da gehen daneben, aber die hier treffen ins Schwarze.

Als der Gast fort war, nahm ich mir, ohne die Bücher durcheinanderzubringen, die beiden Stapel vor: höchst unterhaltsam.

Übrigens, auch Sie können meinen neuen Bekannten kennenlernen (wenn Sie wollen), denn die Ablieferung des Manuskripts habe ich ihm aufgetragen. Bei unserem letzten Treffen teilte ich ihm mit, daß ich verreise. Morgen übergebe ich ihm, wie vereinbart, das Paket, damit er es genau in einer Woche in Zimmer Nr. 24 bringt. Der Mann ist verläßlich. Ich kann beruhigt sein.

In der Übergangsepoche – zwischen den beiden Roms (die heute beide ausgelöscht sind) – war cottabos außerordentlich in Mode. Das ging so: Nach dem Festmahl schleuderten die Gäste, einander übertrumpfend in der Weite, die letzten Tropfen aus den letzten Kelchen. Ganz offenkundig: Die Epochen wie die Spiele kehren wieder. Nun denn: Ich, der Tropfen, nehme das Spiel an. Auf los geht's los. Schleudern Sie: mich. Nur nicht den Kelch. Der leere Kelch muß stehenbleiben, wo er war: So sind nun einmal die Regeln des cottabos-Spiels.

Ja, Zeit aufzuhören: mit der Niederschrift und mit allem anderen. Die hinter der Wand sind schon aufgewacht. Es beginnt zu tagen. Also dann, der Reihe nach: dem Mann das Manuskript übergeben, bestimmen, was mit den Büchern und Sachen geschehen soll, gewisse Papiere vernichten. Das kostet einen Tag und wohl auch einen Teil der Nacht. Gut. Dann die Tür abschließen und den Schlüssel aus dem Fenster, in den Schnee. Danach ... ja, der Haken ist schon eingeschlagen: seit gestern. Dritte Rose waagerecht rechts von der Tür. Das Schicksal des Hakens ist klar wie das meine: Bis zum Tagesanbruch wird er leer sein. Dann nicht mehr. Nebenbei, ich habe bereits die Probe aufs Exempel gemacht, mit einem Stuhl, den ich absichtlich auf den Fußboden poltern ließ. Das erste Mal fragte es noch hinter der Wand: »Was ist los?« Das zweite Mal interessierte das schon keinen. In diesem Punkt habe ich also auch Gewähr. Weiter: Ein Tag und eine Nacht vergehen, vielleicht sogar mehr, und der Haken wird immer noch nicht leer sein. Danach ruft jemand nach mir durch die geschlossene Tür. Und klopft. Zuerst leise, dann lauter. Drei oder vier Leute laufen an der Schwelle zusammen, trommeln gegen die Tür, lassen es. Dreschen dann mit der Axt auf das Schloß ein. Betreten das Zimmer. Prallen zurück. Und treten wieder ein, aber diesmal nicht alle. Machen den Haken frei, reißen ihn vielleicht sogar ganz heraus. Darauf steht das Zimmer Nr. 24 einen Tag leer, einen zweiten und, kann sein, noch einen dritten. Bis es Sie in sich hineinläßt.

Ich fürchte, nun werden Sie unangenehm berührt sein. Keine Angst, ich will Sie nicht mit Halluzinationen schrecken. Das wäre psychologische Billigware. Vielmehr setze ich auf das überaus simple Gesetz der *Assoziation von Ideen und Visionen.* Schon jetzt ist ja alles, von den platten blauen Tapetenklecksen bis zum letzten Buchstaben auf diesem Papier, in Ihr Hirn eingedrungen. Ich habe mich bereits fest genug in Ihre »assoziativen Fäden« versponnen, bin in Ihr »Ich« getröpfelt. Jetzt haben auch Sie Ihren *Denkfortsatz.*

Ich darf Sie warnen: Es ist wissenschaftlich bewiesen, daß jeder Versuch, die assoziativen Fäden zu entwirren, die darin eingewobene fremde Vision zu entfernen, diese nur noch fester im Bewußtsein verankert. Oh, Ewigkeiten habe ich davon geträumt, nach all den fruchtlosen Experimenten mit dem eigenen »Ich« wenigstens in einem fremden Unterschlupf zu finden. Wenn Sie auch nur ein Quentchen lebendig sind, ist mir das *bereits geglückt.* Bis bald.«

Die Zeilen brachen ab. Stamms Augen, an das Lesen gewöhnt, glitten noch ein, zwei Sekunden über die leeren blauen Linien des Hefts. Und blieben dann schlagartig stehen.

Stamm wandte das Gesicht zur Tür. Stand auf. Sieben Schritte waren es bis zur Schwelle. Dritte Rose rechts: Tatsächlich, unter den Fingern spürte er deutlich eine kleine Vertiefung.

Unverhofft riß er die Tür auf und stürzte hinaus. Doch sogleich stießen die Hände gegen eine Korridorwand. Im Flur war es still und dunkel. Nur durch eine halbgeöffnete Tür fiel ein schmaler Lichtstreif. Er half Stamm zu erkennen: Dicht vor seinen Augen schimmerte weißlich die Zahl »25«. Einen Moment stand Stamm reglos da: Er brauchte irgendeinen lebendigen Laut: Und sei es das Geräusch menschlichen Atmens. Hinter der fremden, verschlossenen Tür schlief wahrscheinlich jemand: Stamm preßte das Ohr gegen die »25«, lauschte gierig. Und hörte doch nur sein Blut, das sich an den Adern rieb.

Allmählich kam er zu sich, ging zurück zu der Schwelle. Trat in das Zimmer und schloß die Tür fest hinter sich. Setzte sich wieder an den Tisch. Das Manuskript wartete. Stamm schob es weg, legte ein Buch darauf. Und auf das Buch seine Aktentasche. Dieselbe schwarze nächtliche Stille dauerte. Unvermittelt erwachte – das geschieht manchmal in Moskau – ganz nahe ein Glockenturm und begann, zusammenhanglos, aber voller Inbrunst, seine Klöppel gegen die Stille zu schlagen, was das Zeug hielt. Und brach genauso plötzlich ab. Das in Aufruhr geratene Kupfer gab noch eine Weile ein niedriges, ausklingendes Brummen von sich – und erneut schlug die Stille zusammen. Langsam wurde es hell hinter dem Fenster. Graue Dämmerung kroch, an den Scheiben klebend, gemächlich in das Zimmer. Stamm ging zum Fenster. Seine Erregung legte sich. Jetzt erkannte er durch das doppelte, zugefrorene Fensterglas: die langsam in das Frühmorgenlicht tauchenden Dächer, die eisernen Rümpfen gekenterter Schiffe glichen, darunter die Reihen schwarzer Fensterlöcher und noch tiefer die Windungen der spaltbreiten Gassen: In den Gassenritzen war es menschenleer, tot und schweigendstill.

– *Seine Stunde* –, flüsterte Stamm und hatte das Gefühl, eine Schlinge zöge ihm den Hals zu.

Von ferne, vom Stadtrand her, klang der monotone, langgezogene Baß einer Sirene.

– Interessant, ob der andere, Lebendige, noch einmal kommt?

Nun war Stamm – oder bildete es sich ein – bereits wieder der alte Stamm, ja beinahe U.A.

Erst jetzt fiel ihm auf: Die dunkelblauen Rosen an den Wänden hatten eine fadendünne weiße Borte.

– Was soll's –, murmelte Stamm, in Nachdenklichkeit verfallen? – ein anderes Zimmer ist kaum zu finden. Also muß ich bleiben.

Und überhaupt: Was man nicht alles mußte.

1925

Andrej Platonow

Der Antisexus

Vorbemerkung des Übersetzers

Im folgenden geben wir den Text einer Reklamebroschüre wieder, die von der »Industriale Internationale Revü« in acht europäischen Sprachen in New York herausgegeben wurde.

Eine außergewöhnliche literarisch-werbetextliche Begabung kann man dem Verfasser dieser Broschüre nicht absprechen, ebensowenig wie man der Werbeschrift imperialistischen Zynismus, korrekte Pornographie und eine ungeheuerliche, durch ihre Ausmaße schon bedrückende Banalität absprechen kann. Der Stil der Broschüre hat jedoch etwas an sich, das sie in die geistige Nähe eines Anatole France rückt, sofern wir es wagen dürfen, den großen und ehrlichen Namen hier zu nennen. Das hat uns teilweise auch ermutigt, dieses beispiellose Werk zu veröffentlichen.

Es gibt kein Dokument, das die Epoche des lebendigen Verfaulens der Bourgeoisie in ihrer totalen moralischen Atrophie besser charakterisieren könnte als das im folgenden wiedergegebene. Nicht einmal wir als wohlbewanderte professionelle Leser haben bisher etwas Gleichartiges zu Gesicht bekommen.

Alles haben wir von den heutigen Drahtziehern des Kapitalismus, der Bürokratie, des Faschismus und Militarismus, die sich zu dem hier angepriesenen Gerät äußerten, erwartet, aber doch nicht, daß es ihnen völlig an Verstand und elementarem Taktgefühl fehlen würde.

Gen. Schklowski, der den ganzen Unsinn vermittels der formalistischen Methode mit feiner Ironie bedachte, ist von dieser Regel natürlich ausgenommen.

Wie sich erweist, hat nicht die Physiologie recht (das Gehirn zersetze sich als eines der letzten Organe), sondern die russisch-bolschewistische Redensart: Der Verstand kommt als erstes abhanden – demjenigen, den die Geschichte richten will.

Eben weil das so ist, stinkt das hier vorgestellte anglo-euro-amerikanische Elaborat, dieser Sektor des Imperialismus, durch den ganzen Erdenraum.

Die beste Antisexus-Gegenagitation ist deshalb der Abdruck dieses aufschlußreichen Dokuments, denn dadurch kommt bei den Lesern Bewegung in die Mimik, wird ein rosiges Lächeln in ihren Gesichtern erstrahlen – der beste Freund für Seele und Magen und der schlimmste Feind dieses ganzen erstickenden industriell-moralisch-physiologischen Irrsinns.

Antisexus
Patentapparate
Berkman, Shotluyer and Son, Ltd.

Hauptverwaltung: Berlin – London – Genf – Washington

Generalvertretungen:

London, Paris, Kopenhagen, Brüssel, New York, Warschau, Budapest, Bagdad, Peking, Singapur, Schanghai, Hongkong, Melbourne, Chicago, Frankfurt an der Oder und am Main, Tokio, Lissabon, Sevilla, Rom, Athen, Montevideo, Konstantinopel, Angora, Kalkutta, Rio de Janeiro, Buenos Aires, Mekka, Kairo, Bethlehem, Alexandria, Bangkok. Damaskus; bevollmächtigte Vertreter auf allen Passagierschiffen der Hamburg-Amerika-Linie sowie auf den Fluglinien von Deruluft und Lufthansa.

Herren und Damen!
So verschieden sind die Epochen, so verschieden die geographische Lage der Länder, so verschieden die Kulturen, in denen unsere weltbekannte Firma arbeitet. Doch Nachfrage nach unseren Patenterzeugnissen besteht überall, von der Arktis bis zur Antarktis, die beiden letzteren eingeschlossen, nicht ausgenommen aber auch die wilden Länder zwischen den Wendekreisen des Krebses und des Steinbocks. Die Leidenschaften der Menschheit dominieren über Zeit und Raum, Klima und Wirtschaftsform. Der durch unsere Firma realisierte Vertrieb von Erzeugnissen der metallverarbeitenden Industrie zur Befriedigung dieser Leidenschaften ist ein Werk von kosmischer Größenordnung – in metaphysischer wie in moralischer Hinsicht. Höchst symptomatisch ist, daß sich entgegen der vorherrschenden Meinung die Kurve für den Jahresabsatz unserer Erzeugnisse bei gleichen ökonomischen Bedingungen und gleicher Bevölkerungszahl in den nörd-

lichen Breiten nicht von der Absatzkurve in den südlichen, tropischen Breiten unterscheidet.

Gestatten Sie uns daher die Schlußfolgerung, daß die Physiologie des Menschen nahezu überall gleich ist und in keiner Weise von Raum, Zeit, Rasse und Kulturniveau, vom Vorhandensein des Buchdrucks oder Fehlen eines solchen, von Häßlichkeit oder Schönheit der Rasse und sonstigen Nebenumständen abhängt.

Es liegt daher auf der Hand, daß das Vorliegen von Befriedigung das Vorhandensein eines Bedürfnisses bedingt. Die Welt ist von Natur aus lediglich bestrebt zu konsumieren, nicht zu produzieren, sie produziert nicht einmal den Wunsch nach Genuß, wenn nicht die Möglichkeit besteht, diesen auch zu erreichen. Da wir bereits über weltweite Erfahrungen beim Absatz unserer Erzeugnisse verfügen, unablässig die Konstruktion der gefertigten Apparate vervollkommnen, das Netz der Herstellerwerke erweitern (ihre Zahl erhöhte sich per 1. 1. 1926 auf 224) und die Konstruktion unserer Apparate den individuellen Besonderheiten der Benutzung anpassen, die wir sorgfältig registrieren, haben wir beschlossen, nunmehr auch den Markt Sowjetunion in unseren Export einzubeziehen; seine Aufnahmefähigkeit erscheint uns ausreichend, um die mit der erforderlichen Anpassung an die Besonderheiten dieses neuen Markts zwangsläufig verbundenen Organisationskosten zu rechtfertigen, denn ohne Berücksichtigung aller konkreten Gegebenheiten gibt es keinen kommerziellen Erfolg. Von den namhaftesten moralischen Autoritäten der Welt wird uns bescheinigt, daß unsere Tätigkeit nicht nur über jeden Zweifel erhaben, sondern im Gegenteil staatlicher Förderung und wohltätiger privater Unterstützung würdig ist, welche zu nutzen unsere Firma zu gebotener Zeit nicht versäumte und auch künftig nicht versäumen wird. Der Chef der Firma, Herr Berkman, wurde bereits in den Kreis der Nobelpreiskandidaten aufgenommen, und im vergangenen Jahr verlieh ihm die Sorbonne den ehrenvollen Titel eines Doktors honoris causa der ethischen und ästhetischen Wissenschaften. Um Ihre kostbare Aufmerksamkeit nicht länger in Anspruch zu nehmen, erlauben wir uns nun, in groben Zügen die Prinzipien darzustellen, die der Tätigkeit unserer weltbekannten und in ihrer Art einzigen Firma von ihren Begründern zugrunde gelegt wurden.

Die in der Epoche der Kriege unterdrückten sexuellen Kräfte der Menschheit sind in der Nachkriegszeit unaufhaltsam erblüht.

Teilweise hat das die Auslastung unserer Betriebe und die finanzielle Prosperität der Firma begünstigt. Das unregulierte Geschlechtsleben der Menschheit und die wegen unterlassener Regulierung drohenden schlimmen Folgen waren ein Gegenstand quälender Besorgnis für die Begründer unserer Firma, waren die eigentliche Ursache unserer positiven Tätigkeit. Allgemein bekannt ist auch der Zusammenhang zwischen sexuellem Empfinden und Sittlichkeit.

Allgemein anerkannt ist die Heiligkeit der Ehe als einer uralten Institution, die sich aus der Unverbrüchlichkeit der Gattenliebe und der Beständigkeit des ehelichen Lagers ergibt, welches höchste positive Genüsse und, daraus resultierend, seelische Befriedigung gewährt. In der Ehe ist die Wahrheit durch die Ruhe ersetzt. Jedenfalls wird kein Philosoph der Welt beweisen, was besser ist. Die Menschheit hat als höchste Wahrheit die Ruhe erkannt. Objekt industrieller und kommerzieller Tätigkeit aber kann nur die Menschheit, können nicht die Philosophen sein.

Davon ausgehend hat unsere Firma in allen zivilisierten Ländern Patente auf den elektromagnetischen Antisexus-Apparat angemeldet, der die Geschlechtssphäre regulieren soll – und damit zugleich die höchste Funktion des Menschen, seinen Geist, das verborgene Göttliche in ihm sozusagen, das man endlich offenkundig und allgemeingebräuchlich machen muß als eines von den gewöhnlichen Gütern der Zivilisation. Ein unreguliertes Geschlechtsleben bedeutet eine unregulierte Seele – eine unrentable, leidende und Leiden verursachende Seele, was im Zeitalter der durchgängigen wissenschaftlichen Arbeitsorganisation, im Zeitalter des Fords und des Radios, im Zeitalter des Völkerbunds, Rutherfords und des geplanten interplanetaren Verkehrs vermittels der in Kreuzkopfs »Ziegelstein« gespeicherten lebendigen Kraft nicht geduldet werden kann. Der Fortschritt vollzieht sich als gebrochene Linie, d.h., einzelne Punkte von ihm bleiben kraftlos hinter den anderen zurück. Unsere Firma ist berufen, die Fortschrittslinie zu begradigen, sie ist berufen, die sexuelle Wildheit des Menschen zu beseitigen und seine Natur zur höchsten Kultur der Ruhe und zu einem gleichmäßigen, ruhigen, planvollen Entwicklungstempo anzuhalten.

Im Zeitalter sozialökonomischer Krisen, wo die Ehe materiell erschwert ist, im Zeitalter der Alimente, wo Zeugung nahezu unmöglich ist, wo die Frau durch die Armut der Männer erneut nichts als ein Phantom der Dichter geworden ist, sind wir berufen, das weltweite Problem von Geschlecht und Seele des Menschen zu lösen. Unsere Firma hat die Wollust aus etwas grob Elementarem zu einem edlen Mechanismus kultiviert und der Welt sittliches Verhalten geschenkt. Wir haben das Element des Sexuellen aus den menschlichen Beziehungen entfernt und den Weg für reine Seelenfreundschaft frei gemacht.

Unter Berücksichtigung des hochwertigen Genußmoments, das der Berührung der Geschlechter unbedingt eigen ist, haben wir unserem Apparat jedoch eine Konstruktion verliehen, die mindestens das Dreifache an Genuß gegenüber der schönsten aller Frauen garantiert, selbst bei längerem Gebrauch durch einen nach zehn Jahren strenger Isolierung soeben aus der Haft Entlassenen. Das ist unser Vergleichsmaßstab, das ist das Qualitätsäquivalent unserer Patentapparate.

Ein besonderer Regler erlaubt es ferner, einen Genuß beliebiger Dauer zu erreichen, von Sekunden bis zu Tagen, falls der geschätzte Konsument über genügend freie Zeit verfügt. Eine spezielle Planscheibe gestattet es, den Samenverbrauch in Raumeinheiten zu regulieren und damit einen optimalen Grad seelischen Gleichgewichts zu gewährleisten, d. h. eine übermäßige Erschöpfung des Organismus und das Absinken des Tonus seiner Lebensfunktionen zu unterbinden. Unsere Devise lautet: Das seelische und physiologische Schicksal unseres Kunden bei der sexuellen Verrichtung muß ganz in seinen auf den entsprechenden Reglern ruhenden Händen liegen. Das haben wir erreicht. Auch Greise, die über sexuelle Gefühle längst hinaus sind, werden durch unsere Geräte befähigt, aufs neue an diesen teilzuhaben. Wir arbeiten für alle Altersstufen und Völker.

Schon seit acht Jahren stellen wir nur drei Typen unserer Apparate für Männer und drei für Frauen her. Der Markt erfordert offenbar keine größere Vielfalt, dank den vielfältigen Variationen, die die Ausstattung jedes Typs entsprechend den individuellen Besonderheiten des Benutzers zuläßt. Um unserem neuen Kunden, dem originalen Bewohner der sowjetischen Länder, entgegenzukommen, gewähren wir Sondervergünstigungen wie folgt: für Gewerkschaftsmitglieder bei Kollektivbestellung bis zu 20 % Rabatt vom Festpreis und Ratenzahlung innerhalb eines Jahres. Hier die Preise unserer Apparate per 1926:

1. Typ BS^{3}00042 zur individuellen Benutzung,

ohne Sterilisator. . . . . 20 Dollar
2. Typ BS³001843 zur Benutzung durch eine begrenzte Perso-
   nengruppe (z. B. für den männlichen Teil der Familie), mit
   Sterilisator. . . . . 40 Dollar
3. Typ BS³00000401 zur Benutzung durch eine unbegrenzte
   Personenzahl (aufzustellen in öffentlichen Toiletten, Eisen-
   bahnwagen, Arbeiterwohnbaracken, auf Kundgebungen, in
   Theatern, auf Straßen, in Dienststellen u. dgl.), mit automati-
   schem Sterilisator . . . . 100 Dollar

Die Preise verstehen sich ohne Rabatt, ohne Verpackung und frei
Lager. Für Frauen sind die gleichen drei Gerätetypen zum gleichen Verwendungszweck lieferbar, jedoch mit 15 % Aufschlag
auf die genannten Preise. Indem wir nochmals die in ihrer moralischen Erhabenheit begründete Einzigartigkeit unserer Geschäfts-
prinzipien betonen, Sie ehrerbietigst auf die Notwendigkeit der
Organisierung Ihres wichtigsten Teils, der Seele, hinweisen und
uns in Verfechtung Ihrer ökonomischen Interessen anheischig
machen, dieselben vor den Anschlägen durch Ihre sexuelle Natur
zu schützen, gestatten wir uns, Ihnen zu empfehlen, durch Vor-
nahme der notwendigen einmaligen Kapitalanlage für alle Zeit
den Posten »Ausgaben für sexuelle Befriedigung« aus dem Ausga-
benteil Ihres Budgets zu streichen und damit den Weg finanzieller
und moralischer Prosperität zu beschreiten.

In Erwartung Ihrer geschätzten Aufträge und Anfragen verblei-
ben wir

mit vorzüglicher Hochachtung
Generalvertreter für die sowj. Länder
Jakob Habsburg

Urteile berühmter Persönlichkeiten
über die Antisexus-Apparate

Der Krieg ist eine weltweite Leidenschaft der Menschheit. Er
wird nie unvermeidbar sein, solange es Leben auf der Erde gibt,
was müde Leute und ihre Träumer von Politikern auch immer sagen mögen. Krieg ist Mut: Er wird bestehen, solange das Leben
mutig fortschreitet.

Die Apparate der Firma Berkman, Shotluyer and Son werden,
dessen bin ich sicher, schon im nächsten Krieg eine große Rolle

spielen, wenn Tausende an der Front versammelter junger Männer damit versorgt werden.

Bereits im vergangenen Krieg haben die Heerführer dem Geist der Truppen Rechnung getragen. Erzwungene Keuschheit erzeugt unnötige Nervosität. Ein nervöses Heer – das bedeutet Niederlage. Wir brauchen Armeen von Männern mit seelischem Gleichgewicht, die sich zu jahrzehntelanger Kriegführung eignen. Die obengenannten Apparate sind dazu berufen, den Heerführern bei ihrer schweren Arbeit auf dem Weg zum Sieg zu helfen.

Hindenburg

*

Die Fa. Berkman, Shotluyer and Son hat eine neue glanzvolle Ära im sittlichen Dienst an der Menschheit eröffnet. Zweifellos ist das historische Optimum eine allumfassende Regulierung des Alls durch das menschliche Hirn – eine Regulierung, die wir uns in Form eines Transformators vorzustellen haben, der die Naturkräfte in gesetzmäßig ablaufende Automatismen umwandelt. Seinerzeit, als ich fünfundzwanzig und frisch verheiratet war, stand ich schon einmal vor dieser Aufgabe – der Aufgabe, die eheliche Physiologie in eine exakte Form zu reglementieren, doch mein Denken, das durch die Beschäftigung mit Mechanik abgelenkt wurde, konzentrierte sich damals nicht darauf. Ich bedaure das. Möglicherweise hätte ich damals auf die Einrichtung von Automobilwerken verzichtet und den Weg der Herstellung von Geräten zur Automatisierung und Normung der Sittlichkeit beschritten, was meiner Veranlagung mehr entsprochen hätte.

Aber die Fa. Berkman, Shotluyer and Son hat ihrerseits den Gedanken meiner Jugend aufgegriffen und ihn großzügig zum Nutzen der Gesellschaft in die Tat umgesetzt. Das freut mich von Herzen.

Ich wünsche der von der Fa. Berkman, Shotluyer and Son so glänzend organisierten neuen Industrie weltweites Gedeihen und den wohltätigen Fabrikaten dieser bewundernswerten Firma eine Absatzerweiterung dergestalt, daß sie über die Viehzüchter für die gesamte animalische Bevölkerung des Planeten vertrieben werden und nicht allein für die Menschen, deren Zahl sich durch den Einsatz der Apparate ebendieser Firma drastisch verringern wird. Durch eine solche Maßnahme würden sich die Aktiva der Bilanz der Firma und damit auch die moralische Festigkeit der Welt zweifellos stabilisieren.

Henry Ford

Aus einer Selbstkostenanalyse der Apparate mit der Bezeichnung »Antisexus« haben wir ersehen, daß der Apparat zu teuer ist. Ich habe mein Kalkulationsbüro beauftragt, eine Neuberechnung der Kosten vorzunehmen, basierend auf unserem Materialverbrauch und unseren Ausrüstungen, und die Möglichkeit einer Kostensenkung zu prüfen. Man hat mir berichtet, daß – einstweilen – eine Senkung um 30 % möglich ist. Vom nächsten Jahr an produzieren wir die Antisexusse in unserem Werk in Detroit.

Außerdem haben wir uns erlaubt, Ratenzahlung für bis zu fünf Jahren zu gewähren, wodurch wir den Apparat für jeden Bürger absolut erschwinglich machen werden.

Damit wird die Prostitution für immer und sofort beseitigt, und auch alle Arbeitslosen werden die Apparate erwerben können.

Die jungen Arbeiter befreien wir von der Notwendigkeit zu heiraten, wodurch wir ihr Budget stabilisieren, dies wiederum wird uns gestatten, ohne weitere Lohnerhöhungen auszukommen, die dem weiteren Fortschritt in der technischen Vervollkommnung unserer Betriebe so hinderlich sind.

Ford jun. (Hesekiel)

*

Lieber den Samen in ein Eisending fließen lassen, wenn man ihn nicht in einen Baum der Weisheit verwandeln will, als in einen wehrlosen Menschenleib, der zur Freundschaft, zum Denken und zur Verehrung geschaffen ist. *Gandhi*

*

Die Geräte der Fa. Berkman, Shotluyer and Son erleichtern dem Mutterland das Führen der heißblütigen Rassen in den Kolonien und verringern die Zahl sinnloser gegen die Zivilisation gerichteter Revolten, die ihre Ursache, wie jetzt festzustellen ist, allein in der unbefriedigten Wollust junger Männer haben. Ganz wesentlich erleichtert wurde auch die Entsendung erstklassiger Beamter in die Kolonien, da ihren Frauen nicht mehr die vordem übliche Vergewaltigung droht. Davon abgesehen, werden die Beamtengattinnen, mit den Apparaten der Firma ausgestattet, Vergewaltigungen auch nicht mehr entgegenkommen. *Chamberlain*

*

Ich bin gegen den Antisexus. Hier wird die Intimität nicht berücksichtigt, der lebendige Kontakt menschlicher Seelen – ein Kontakt, der sich bei der geschlechtlichen Vereinigung stets herstellt, selbst wenn die Frau eine Ware ist. Dieser Kontakt besitzt einen vom Geschlechtsakt unabhängigen Wert: jenes momentane Gefühl von Freundschaft und liebevoller Zuwendung, ein Gefühl geschwundener Einsamkeit, das der Antisexus-Mechanismus nicht geben kann. Ich bin für tatsächliche menschliche Nähe, wo Mund in Mund atmet, wo ein Augenpaar tief ins andere schaut, ich bin für seelisches Empfinden beim gröbsten Geschlechtsakt, für die Bereicherung der Seele durch eine andere, ihr begegnende. Deshalb bin ich gegen den Antisexus. Ich bin für das lebendige, gepeinigte, lächerliche, in die Enge getriebene menschliche Wesen, das sich durch Verschwendung seiner spärlichen Lebenssäfte einen Augenblick der Brüderlichkeit mit einem anderen, zweiten Wesen erkauft. Außerdem bin ich noch darum gegen all diese Mechanik, weil ich immer eingetreten bin und eintreten werde für das Konkrete, Bedauernswerte, Komische, aber Lebendige – das einmal mächtig zu werden verspricht.

Charlie Chaplin

Anmerkung der Firma

Unter Beachtung des Protests von Ch. Chaplin – wir scheuen den Abdruck negativer Urteile nicht – gibt die Firma bekannt, daß sie bereits ihre besten Ingenieure beauftragt hat, die rationelle Konstruktion eines neuen, nicht nur auf den Geschlechtsbereich, sondern zugleich auch auf die höheren Nervenzentren einwirkenden Antisexus zu erforschen, um mechanisch die unschätzbaren Momente des Empfindens der Zusammengehörigkeit mit dem Kosmos und einer Freundschaft im höheren Sinne mit allem Lebendigen herzustellen, deren Fehlen Herr Chaplin so erschöpfend bedauert hat.

Die Firma nimmt an, daß es ihr gelingen wird, dieses Empfinden der Zusammengehörigkeit allen Lebens nicht in Form eines abstrakten Gefühls herzustellen, sondern – dem Geschlecht des Verbrauchers entsprechend – in Form einer konkreten hübschen Frauen- oder Männergestalt, die der nervlich-psychischen Beschaffenheit des Verbrauchers in höchste, Maße nahekommt, in höchstem Maße willkommen ist. Allerdings erhofft die Firma sich keine weite Verbreitung der Apparate dieses Typs, da bekanntlich Liebe – und in der Zuschrift von Herrn Chaplin ist offensichtlich die wahre, wenn auch vergängliche Liebe gemeint – ein nicht allen Menschen gemeinsames Merkmal ist und Spekulationen auf sie sich unseres Erachtens kommerziell nicht rentieren können. Die Liebe ist, wie die moderne Wissenschaft festgestellt hat, ein psychopathischer Zustand, der Organismen mit Veranlagung zu nervlicher Degenerierung eigen ist, nicht aber gesunden Geschäftsleuten. Doch wir arbeiten nicht nur für alle Altersstufen und Völker, sondern auch für alle organischen Strukturen, in ihrer ganzen Vielfalt, da unsere Firma zuallererst das Ziel einer harmonischen, sittlichen Weltordnung verfolgt.

Im Auftrag der Firma: G. Berkman

*

Wenn wir den Geschlechtsakt zur Sache des einzelnen machen, indem wir die zweite lebendige Hälfte daraus eliminieren und die sexuelle Verrichtung jedermann ungehindert ermöglichen, sind wir auf direktem Wege zur Keuschheit, zur Herrschaft des verjüngenden Prinzips – zur Nutzung der Absonderungen der innersekretorischen Drüsen im eigenen Körperbereich. *Prof. Steinach*

*

Beim Gebrauch des Antisexus fühlt man sich wieder jung und schläft danach fest. So gut habe ich die letzten fünfundzwanzig Jahre nicht geschlafen. In meinem Organismus sind gewisse, schon versiegt geglaubte Jugendquellen neu entsprungen. Ich bin den Herstellern des Antisexus sehr dankbar. Meine Tochter hat mir vorgeschlagen, ein nach Berkman, Shotluyer und dessen Sohn benanntes Institut der Permanenten Jugend zu gründen. Ich habe zu dem glücklichen Einfall mein Einverständnis und Geld gegeben. *Morgan*

*

Mit der Einführung der Antisexus-Apparate haben wir einen bestimmten Komplex schöner und kraftvoller Bewegungen verloren, die mit der göttlichen Leidenschaft einhergingen. Das ist zu bedauern.

Gewonnen haben wir jedoch einen gewissen sexuellen Komfort, eine eindeutige Zeiteinsparung, die Ausgeglichenheit eines gesunden Organismus und die Unabhängigkeit von weiblichen Launen. Das ist zu begrüßen ... Außerdem, denke ich, wird der moderne Film den verlorengegangenen sexuellen Bewegungskomplex kompensieren, indem er die Bewegungen vom Geruch des Unbewußten und Animalisch-Spontanen befreit und an ihre Stelle ein leichtes Überwinden des Raums durch den kräftigen, jungfräulichen Körper setzt. *Douglas Fairbanks*

Die Zukunft gehört der Zivilisation und nicht der Kultur: Die Zukunft wird sich der seelisch tote, intellektuell-pessimistische Mensch erobern. Im banalen Bereich wahrer Zivilisation ist die Ehe – Geist faustischer Art – nicht denkbar; dort ist allein die mechanische Befreiung von überschüssigen rohen, organischen Kräften denkbar, die sich nicht zu Geist sublimieren lassen. Der Automat »Antisexus« hat nochmals die Epochen markiert, in die wir eintreten – die Zivilisation, das tote, komfortable Gebäude, dessen Fundament sich auf die grünen Gräser einer lebendigen, untergegangenen Kultur stützt.   *Oswald Spengler*

*

Der Automat »Antisexus« ist für weite Reisen unentbehrlich und sehr bequem in der Handhabung. Solche Automaten sollten jetzt als obligate Bestandteile in die Ausstattung jeder wenigstens einigermaßen wissenschaftlich ausgerüsteten Expedition aufgenommen werden. Ihr Vorhandensein ist ein zusätzliches Plus für das Gelingen einer Expedition.   *Sven Hedin*

*

Als ich in Rußland war, hörte ich das Liedchen:

> Gut daran ist der Mann,
> der mit einer Milchfrau lebt.
> Hat's nicht weit – jederzeit
> Quark und Sahne griffbereit!

Heute, wo Europa von Tag zu Tag blasser wird und Rußland noch weit davon entfernt ist, reich zu sein, wo nicht auf jeden Mann eine Milchfrau kommt, wird eine mechanische »Milchfrau« gebraucht. Sie zu ersetzen ist nun der Apparat »Antisexus« bestimmt. Jährlich wendet die Menschheit rund fünfhundert Milliarden Rubel für die Prostitution auf, nicht gerechnet die indirekten Ausgaben für die Gesundheitspflege, den kolossalen Zeitverlust, das Vorhandensein einer ganzen internationalen gesellschaftlich schädlichen Prostituiertenklasse usw. usf.

Von den Einsparungen, die insgesamt rund eine Billion Rubel pro Jahr ausmachen, kann man Milch, Sahne und Quark für alle kaufen, ohne zur Bedingung für solch sättigende Ernährung zu machen, daß jeder mit einer Milchfrau verheiratet sein muß.

Doch diese Einsparung von einer Billion pro Jahr, diese allen zugängliche Ernährung mit Milchprodukten hat der Antisexus gebracht!

Darum ist er wirksamer als jede noch so revolutionäre ökonomische Reform. *Keynes*

*

Ich schreibe nicht, ich handle gewöhnlich. Ich betrachte die Antisexusse als notwendige Ausrüstung für jeden kultivierten Menschen – eine Ausrüstung, die zu Hause ebenso wirksam ist wie an der Front. Unser König hat die Befreiung der Antisexusse von jeglicher Besteuerung und Verzollung dekretiert. Die von sexuellen Pflichten und sexuellen Folgen befreite Frau wird das Aktiv unseres Landes vergrößern. Für Mitglieder des Bundes der Faschisten ist der Antisexus Pflicht – jeder muß ihn haben, vom römischen Bettler bis zu unserm König. *Mussolini*

*

Die Frauen gehen vorüber, wie die Kreuzzüge vorübergegangen sind. Der Antisexus kommt für uns wie das unausbleibliche Morgenrot. Doch jeder sieht: Es geht um die Form, um den Stil der automatischen Epoche und ganz und gar nicht um ihr Wesen, das es nicht gibt. Denn an einem fehlt es in der Welt – an Verwesentlichung. Die wonnevolle Schande wird zur staatlichen Gepflogenheit, ohne ihre Wonnen einzubüßen. Nun läßt es sich schon weniger trübe leben als im Präservativ. *Viktor Schklowski*

*

Anmerkung der Firma: Da es uns nicht möglich ist, alle Beurteilungen hier aufzuführen, beabsichtigt die Firma, drei Bände herauszugeben, die speziell der Bewertung unserer Apparate durch weltbekannte Leuchten des Geistes, des Gefühls, der Poesie, der Wissenschaft, der Wohltätigkeit, des Nützlichen, des Sozialdemokratismus, der Finanzen, der Politik, des Kommunismus, der Technik und des Ästhetizismus gewidmet sind. In den ersten Band werden die Urteile und Meinungen der Herrschaften Awerbach, Semljatschka, Korneli Selinski, Sung Dji-ling, Batschelis, Grossman-Rostschin, Deterding, S. Budanzew, Lawrence Windrower, Ossinki, General Ha Kai-schuans, Tarassow-Rodionow, Prof. Westinghouse, Kirschon und vieler anderer respektabler Autoritäten aufgenommen.

Andrej Platonow, Übersetzer aus dem Französischen

1926

Alexander Tschajanow

Julia oder Begegnungen beim Jungfrauenkloster

Romantische Erzählung,
verfaßt vom Botaniker X aus Moskau

12. April 1837

Zweifellos mußte man Monsieur Mingaud zu den modernen Weltwundern zählen ... Seitdem er das Billardterrain betreten hatte, waren alle euklidischen und archimedischen Gesetze wie Rauch verflogen.

Eine gespielte Kugel beschreibt, statt mit der Bande zu kollidieren, eine Kurve; die kaum sichtbar berührte Kugel streift die Bande, wird von ihr mit unerwarteter Kraft zurückgeworfen und landet nach einem Cross mit drei Bandenberührungen in der Ecke.

Und nun stelle man sich vor, der Schlüssel zu dieser unerhörten Zauberei sei nichts weiter als ein unbedeutendes Stückchen Leder, befestigt am Ende des von Monsieur Mingaud vervollkommneten Queues.

Von nun an gab es für einen perfekten Spieler keinen unmöglichen Stoß mehr. Vom Geiste beseelte Kugeln ...

Aber ich sollte wohl alles der Reihe nach erzählen ...

Kaum war bekanntgeworden, daß Herr Mingaud bereits aus Warschau eingetroffen und bei Schewaldyschew abgestiegen war, schon versammelten sich alle Verehrer seines Talents in den Billardsälen der Handelskammer ... Unser Mentor und Experte Roman Alexejewitsch Bakastow, der Markör dieses ehrenwerten Klubs und gravitätischer Ziehvater des unbesiegten Frippon, versicherte voller Erregung, der Franzose würde Protykin nicht Paroli bieten können. Das junge Volk, des Wartens müde, drängte sich in einem Winkel des Diwanzimmers, wo der soeben aus Sankt Petersburg zurückgekehrte Gardekavallerist Lewaschew behauptete, die Belbrechewa sei den Moskauer Schauspielerinnen überlegen, und damit den Nacken des Majors Abubajew blutrot anlaufen ließ.

Der Held des Tages aber, mein Freund Protykin, hochrot vor Aufregung, stieß, um die meisterliche Hand zu lockern, eine Kugel nach der anderen.

Mingaud ließ beträchtlich auf sich warten. Als unser aller Geduld fast erschöpft war, erschien er in Begleitung der Vorsteher und erklärte in schwülstigen, bis zum Überdruß liebenswürdigen Worten, er sei heute aufgrund der Reisestrapazen nicht imstande zu spielen und bitte darum, am heutigen Abend als einfacher Zuschauer dem Moskauer Spiel, das schon seit 1813 in seiner Heimat berühmt und *si précieux, si delicieux* sei, beiwohnen zu dürfen.

Ein Murren der Entrüstung schlug ihm entgegen.

Einige ebenso unhöfliche wie unreife Hitzköpfe verlangten, der so auf seinen Ruhm bedachte Maestro solle außerhalb einer Partie doch wenigstens einen seiner so gerühmten Stöße demonstrieren.

Es scheint, daß ich, vom langen Warten erhitzt, in der unzufriedenen Menge durch übermäßige Aufregung auffiel, denn Monsieur Mingaud wandte sich ausgerechnet an mich und bat, ihm den Gefallen zu erweisen, mit der ersten Kugel die auf dem Grün des Billards von Bakastow errichtete, weiß schimmernde Pyramide zu zerstören.

Alles Blut stieg mir zu Kopfe, und die Hände zitterten, so überraschend war die mir übertragene Rolle. Ich sah die fünfzehn Kugeln doppelt. Und obwohl ich die Pyramide schon aus lauter Liebenswürdigkeit mit einem Schlag hatte auseinandertreiben wollen, zitterte meine Hand, und beinahe hätte ich gekickst. Die gelbe Kugel traf die rechte Ecke und löste nur drei Kugeln.

»Parfaitement!« sagte Mingaud, griff zum Queue, und schlagartig wurde es ringsum still.

Ich grämte mich meines Ungeschicks wegen, zudem erboste mich aus irgendeinem Grund der unverschämte Ton des Franzosen. Gleichwohl hefteten sich meine Augen wie die der anderen auf die Spitze seines Queues.

In der Grabesstille war ein kräftiger, deutlicher und ungewöhnlich tief klingender Schlag zu hören. Die Kugel schoß gezielt nach vorn und ... passierte die von mir als einfache Doublette geparkte Nummer Sieben.

Zizijanow stieß vor Überraschung einen Pfiff aus.

Einen Moment später schien es, als würde Mingauds Stoß ein Fuchs. Dann plötzlich stoppte der verpatzte Stoß mitten im Feld von selbst ab, nicht weniger als zwei Viertel vor der Bande, kam ungestüm zurück, nahm präzise eine an der Bande preß liegende

Kugel mit, karambolierte mit Contreeffet, versenkte Nummer Fünf in der Tasche und trieb seinerseits die von mir nicht bewältigte Pyramide auseinander.

Ein Aufschrei der Begeisterung belohnte das Billardgenie.

Mingaud war vor Anspannung ganz blaß geworden, er schien den höchst ungewöhnlichen Applaus nicht einmal wahrzunehmen und fuhr fort, eine Kugel nach der anderen zu spielen und das Unmögliche möglich, das Schwierige zum Spiel zu machen und mit jedem Stoß sämtliche Gesetze der Mathematik zum Teufel zu jagen.

Vor unseren Augen plazierte er fünfzehn Kugeln hintereinander und sank vor Erschöpfung auf einen Sessel. Wir waren fassungslos und suchten, als wir uns beruhigt hatten, unser aller Hoffnung, unseren Helden, den Spieler Protykin, doch konnten wir ihn nicht auftreiben.

Auch in den benachbarten Sälen war er nicht.

Der verwirrte Bakastow erzählte, Protykin habe nach den ersten Stößen des Franzosen aus Ärger sein Queue in zwei Teile gebrochen und sei aus dem Fenster gesprungen.

Man lief los, ihn ausfindig zu machen und ihm Mut zuzusprechen. Alle Moskauer Straßen und entsprechenden Plätze wurden abgesucht, doch vergeblich.

Es gibt nun mal solche Menschen, solche Kolosse wie Mingaud!

13. April 1827

Schnell will ich den sonderbaren Vorfall von heute nacht notieren. Als ich aus der Handelskammer nach Hause zurückkehrte, war ich furchtbar aufgeregt, der Schlaf floh mich, und ich schrieb in mein Tagebuch, bis die schon fast heruntergebrannten Kerzen ganz verloschen.

Im Kopf hallte das Aneinanderklicken der Kugeln nach, und sobald ich die Augen schloß, begannen Mingauds verfluchte Kugeln mich zu umkreisen.

Von einem furchterregenden Klopfen an der Fensterscheibe wurde ich munter. Vor dem roten Streif der aufkommenden Morgendämmerung, durch die beschlagenen Scheiben, war ein Mensch zu sehen, der, ans Fenster gelehnt, heftig mit der Faust an den Rahmen klopfte.

Ich sprang auf und lief zum Fenster.

Es war – Protykin.

»Na, mein Freund, das sind ja Geschichten!« sagte er, als er durch das von mir geöffnete Fenster hereinstieg.

»Hast du Madeira?«

Zerzaust, mit einem blauen Auge und von der schlaflosen Nacht entzündeten Pupillen zog er sich in die Sofaecke zurück, ließ Rauchschwaden aufsteigen und begann, seine Erlebnisse zu schildern.

Seinen zusammenhanglosen, bruchstückhaften Sätzen war zu entnehmen, daß er, verzweifelt von Mingauds erstem Stoß und den restlosen Ruin seines Billardruhms vorausahnend, sein Queue zerbrochen hatte und vom Fensterbrett, von wo aus er Mingauds Spiel verfolgt hatte, in die Stille des Klubgartens hinausgesprungen war und beschlossen hatte, sich vor Kummer vollaufen zu lassen.

Doch schon im ersten Wirtshaus ergriff ihn eine solche Wehmut, daß es ihn unablässig zu den Zigeunern zog und er herauszufinden versuchte, ob Steschka nicht irgendwo musizierte. Das Schicksal war ihm aber auch auf den Pfaden der Kunst nicht hold ... Stepanida und ihre Tochter waren nach Swiblowo zu Koschewnikow singen gefahren und hatten fast alle Moskauer Zigeuner entführt. Blieb nur die Hoffnung auf die letzte Zuflucht aller sternhagelbetrunkenen Husaren – auf Zündhütchen-Manka, die, wie man sich bei uns erzählte, vor etwa zehn Jahren mit ihrem frivolen Lied »Liebst mich nicht mehr, pfeif' ich drauf, hab 'nen Vorrat, Kerle zuhauf« auf dem Wagankowo-Friedhof die Erde zum Beben gebracht hatte, weil alle dort begrabenen Husaren nicht an sich halten konnten und in ihren halbverwesten Särgen zu tanzen begannen.

Manka wohnte irgendwo in Sadowniki. Protykin hatte bereits die Ustinski-Brücke überquert und näherte sich dem alten Kommissariat, als er plötzlich erschüttert stehenblieb. Direkt am Ufer der Moskwa stand im trüben Lichtkegel der Straßenlaterne ein junges Mädchen.

Trotz der kühlen nächtlichen Stunde trug es nur ein schulterfreies, ärmelloses Kleid.

Beim Lichtschein der Laterne, die im Wind flackerte, konnte Protykin nur die riesigen Augen, das aschfahle, zu einer etwas altmodischen Frisur aufgetürmte Haar und eine glitzernde Halskette erkennen.

Es war unbegreiflich, was sie hier suchte, um diese Zeit, allein und in einem solchen Aufzug.

Einen Augenblick standen die beiden einander schweigend gegenüber ... Dann streckte das Mädchen ihm die Hand hin.

Protykin verspürte die eisige Berührung zarter Finger auf seiner Hand, und im selben Augenblick brachte ihn ein heftiger Schlag ins Gesicht zu Fall, er stürzte in die Moskwa, und in der Luft schwang ein scheußliches Gefluche ...

Als Protykin wieder das Ufer erklommen hatte, war das Mädchen verschwunden und irgendwo in der Ferne, zwischen den Laternen, lief gebeugten Rückens eine menschliche Gestalt ...

13. April, abends

Der Tag war voller Mißgeschick. Kaum daß der aufgebrachte Protykin gegangen war und ich sein nächtliches Abenteuer in aller Eile notiert hatte, fuhr auf dem Hof mit Getöse die schwarze, über und über mit Schlamm bespritzte Troika aus Dankow vor und Jemeljan, meines Vaters Stallbursche, stürzte, einen Brief vom Vater in der Hand, zu mir ins Zimmer.

Der Brief erfüllte mich mit traurigen Erinnerungen. Väterchen beschrieb mir ausführlich den Tod des Braunen Artaxerxes, der auf Glatteis gestrauchelt war und sich das Bein gebrochen hatte ... Man hatte sich gezwungen gesehen, dem Unglücklichen den Gnadenschuß zu geben.

Der arme Artaxerxes! Wie angenehm war es immer gewesen, im Frühling, aus den stickigen Mauern des Adelspensionats zurückgekehrt in die Penaten von Dankow, auf deinem breiten Rücken aufzusitzen und durch das alte Scheunenviertel zum Jelochowski-Weiher, zur Tränke, zu galoppieren.

Ob ich wohl irgendwann den zarten Fuß von Natascha Chrapowizkaja vergessen kann, der, o Artaxerxes, deine festen Flanken liebkoste während jenes denkwürdigen Ausflugs nach Jablonka ... O weh, o weh, wie lang ist das her, wieviel Zeit ist dahingeflossen seit diesem denkwürdigen Tag, ob die Gräfin Mauros wohl heute noch unserer Kinderschwüre gedenkt? O weh, o weh ...

Väterchen schrieb, er brauche für die Ausritte auf die Frühjahrsfelder schon in den nächsten Tagen ein neues Reitpferd, eines, dem es ebenso leichtfällt wie dem seligen Artaxerxes, seine stattliche Figur zu tragen. Daher bat er darum, zu einem erschwinglichen Preis unverzüglich einen kräftigen Hengst zu kaufen, nicht unter drei Werschok.

Zusammen mit Jemeljan zog ich heute durch alle Moskauer Pferdeställe und sah bei allen Besitzern von Engländern und Russen vorbei ... Bei Bank sahen wir Doppel, aus der Zucht von Coventry und Triton, und bei Jackson führte man uns gar Trompeter von Trumpater vor. Kein Pferd – ein Feuer, ein Fuchs mit wehender Mähne, für Väterchen aber ein bißchen mager.

Wir waren gezwungen, auch die privaten Ställe von Sakrewski, Dawidow und Pantschuladsew aufzusuchen. Am meisten gefiel mir der Hengst »Samir« bei Pantschuladsew. Schwarzbraun glänzend wie geölt, groß von Wuchs, breit, die Beine stämmig, einen Schwanenhals mit schmaler Gurgel, der Kopf klein, spitze Ohren, hervorstehende Augen, und die Zähne konnte er blecken, daß eine Faust ins Nasenloch paßte; auch wenn Schwanz und Mähne etwas rauh sind, so stehen sie doch selbst Trompeter in nichts nach. Er ist ziemlich teuer, doch läßt sich für Väterchen kein besserer denken.

Ich ließ Jemeljan den Preis allein aushandeln und stürmte zur Handelskammer, um mich an Mingauds Großtaten zu ergötzen. Schon unterwegs erfuhr ich durch unser größtes Klatschmaul, Tjufjakin, der in vollem Galopp in einer Mietdroschke angesprengt kam, von seinem kompletten Triumph. Die Klubsäle waren bis zum Gehtnichtmehr überfüllt. Unter den Besuchern konnte ich eine nicht unerhebliche Zahl von Billardspielern des Englischen Klubs ausmachen.

Mingaud versenkte nicht nur bei jedem Stoß die Kugel, sondern offerierte, wenn es der Reihe nach ging, dem Partner solche Bälle, daß sie entweder preß lagen oder höchst kompliziert auf Bande gespielt werden mußten.

Als ich mich zum Billardzimmer durchgezwängt hatte, kündigte der Franzose, der schon nicht mehr wußte, womit er seine Überlegenheit noch demonstrieren sollte, zwei Kugeln mit einem Stoß an und machte daraus einfache Eckstöße. Er war so sehr im Vorteil, daß eigentlich schon keine Partie mehr zustande kam und es sogar langweilig war.

Bakastow versuchte, fünf Kugeln ausschließlich in der Kickszone zu spielen, gab die Partie aber bei der dritten auf.

Protykin war nicht da, doch sein Abenteuer war schon allen

bekannt und rief entgegen meinen Erwartungen keinerlei Erstau-nen hervor, denn im letzten Monat waren auch Korsakow und Rebinder, wenngleich ihnen nicht die Visage poliert worden war, der umherirrenden Dame begegnet.

Alle ergingen sich nur noch in Mutmaßungen darüber, wer sie sein mochte. Mädchen im heiratsfähigen Alter werden aus den Steppendörfern bekanntlich zusammen mit den Spanferkeln nach Moskau gebracht – und zwar zu Weihnachten; der Garderobe und der gesamten Erscheinung nach zu urteilen konnte sie aber nicht aus kleinbürgerlichen Verhältnissen stammen.

Bakastow, finster und ob der Niederlage und des Scheiterns all seiner Theorien verdrossen, in noch größerem Maße aber durch das kursierende Gerücht, sein bester Schüler Protykin nehme schon seit dem Morgen Lektionen bei Mingaud, fluchte und führte alles auf teuflische Intrigen der Freimaurer zurück.

Weil es der Zufall so wollte, erzählte er uns davon, unter wel-chen Umständen er geschworen hatte, nie wieder zu kegeln. Seine Erzählung geriet so denkwürdig, daß ich es für meine Pflicht halte, dieselbe in meinem Heft zu notieren.

Seinen Worten zufolge stand er, als er noch ein kleiner Junge war, in den Diensten von Melchior Groth, im Bahnhof, auf der Kegelbahn, und teilte die Kugeln aus. In Moskau betätigten sich in jenen Tagen Illuminaten, und unter ihnen ein gewisser Baron Schröder. Es ergab sich, daß der spanische Oberst Clepicanus, ein großer Freund des Kegelns, auf der Durchreise in Moskau Station machte. In einer unguten Stunde wettete er mit Schröder um des-sen Meerschaumpfeife, daß er ihn im Handumdrehen besiege. Das Spiel begann. Clepicanus schaffte mit den ersten vier Kugeln alle Neune.

»Dann stellte ich die Kegel für den Baron neu auf«, erzählte Bakastow und ruderte dabei mit den Armen, »aber dieser hatte wohl noch nie eine Kugel in der Hand gehabt. Die erste Kugel ging daneben, die zweite vorbei, die dritte war auch nicht bes-ser ... Tja, denke ich, wirst deine Meerschaumpfeife wohl nicht wiedersehen. Und ehe ich mich's versah, faßte sich unser Baron an den Kopf, und anstelle der vierten Kugel kullert er plötzlich seinen eigenen Baronskopf in die Kegel ... Nur ein Tararam folgt. Alle Neune liegen. Aus seinem Kragen aber steigt Rauch auf. Wie ich zur Kegelbahn laufe, um die Kegel zu holen, sehe ich, du lieber Herrgott, heilige Mutter Gottes – anstatt der Kegel Menschenhände und -füße, und der Kopf dort gehört nicht etwa Schröder, sondern Clepicanus. Ich sah mich um. Baron Schröder steht unversehrt und raucht seine Meerschaumpfeife, Clepicanus fehlt ganz, und die Gäste kriechen vor Schreck auf allen vieren.«

Die Erzählung ist nicht übel, doch muß man bedenken, daß Bakastow sich hin und wieder einen hinter die Binde gießt.

22. April 1827

Heute habe ich mir wieder den gesamten Tag mit den Pferden verdorben. Pantschuladsew wollte nicht unter tausend verkaufen.

Den ganzen Vormittag suchte ich nach einem anderen Pferd. Sogar bei den Zigeunern war ich. Schließlich flehte ich Pjotr Grigorjewitsch an, uns »Samir« für achthundert abzutreten.

Abends ging ich zu einem Diner bei Juri Dmitrijewitsch Dolgorukow, dem früheren Oberbefehlshaber von Moskau. Wenngleich es immer wieder heißt, er sei in früheren Jahren bei den Freimaurern gewesen, so begegnet mir der Alte doch stets freundlich, und Mißmut habe ich an ihm nie bemerkt.

Zum Diner war für achtzig Personen eingedeckt, noch nie habe ich einen derartigen Menschenauflauf gesehen wie heute. Ich konnte Pjotr Chrisanfowitsch Oboljaninow, unseren Adelsmarschall, ausmachen, auch Alexander Alexandrowitsch Pissarew, den Kurator der Moskauer Universität, Stepan Stepanowitsch Apraskin, unseren Mäzen und Wohltäter des Moskauer Spielsalons, und gegen Ende des Diners kam Graf Fjodor Wassiljewitsch höchstpersönlich.

Was auch immer hiesige hämische Kritiker daherreden, ich muß gestehen, daß der Umgang mit derart vornehmen Persönlichkeiten adelt und erhebend wirkt.

Man sprach über verschiedene Dinge, vor allem über die morgige Aufführung des Stückes »Armidas Pavillon«, und Schachowskoi tat sich damit wichtig, daß Madame Hullin-Sourchat sich diesmal selbst übertreffen werde, besonders im *pas de deux* mit Richard junior.

Das Protykinsche Abenteuer amüsierte alle ungemein, und spitze Zungen interessierten sich dafür, wie viele Gläschen es wohl gewesen waren, die meinen Freund zur Sylphide ans Ufer der Moskwa geführt hatten; Ismailow spielte in einem Stegreifvers gar darauf an, es habe nicht nur keine Dame, sondern auch keine Faust gegeben, der betrunkene Protykin habe sich die Stirn einfach an einem Laternenpfahl gestoßen. Schade, daß es mir nicht gelungen ist, diese witzigen Worte zu notieren.

Ich ersticke. Ich komme nicht zum Luftholen. Zum Teufel mit Ismailow, zum Teufel mit unseren Skeptikern.

Ich habe nicht einen Tropfen Wein getrunken, und doch habe ich sie gesehen. Sie war es, zweifellos war sie es – Protykins Unbekannte!

Es war kurz vor Mitternacht, als ich das Petrowski-Theater verließ, tief bewegt von den schwebenden Tanzschritten der Hullin-Sourchat, die soviel Applaus bekommen hatte wie nie zuvor.

Ich hatte keine Lust, nach Hause zu gehen, und in dem Wunsche, meiner Erregung Herr zu werden, lief ich durch die Straßen. Der Mond schien. Einzelne Wolken zogen, getrieben vom Wind, als Schatten über die Moskauer Häuser und Zäune.

Ich war noch nicht einmal bis zur Steinernen Brücke gekommen, als ich im Mondschein eines langsam dahinschreitenden Mädchens ansichtig wurde. Sie trug nur ein schulterfreies, ärmelloses Kleid. Beim Lichtschein der Laterne, die im Wind flackerte, konnte ich nur die riesigen Augen, das aschfahle, zu einer etwas altmodischen Frisur aufgetürmte Haar und eine glitzernde Halskette erkennen.

Ich tat einige Schritte in ihre Richtung und bemerkte im gleichen Moment eine gebeugte Gestalt, die in einiger Entfernung angehumpelt kam. Protykins trauriger Erfahrung eingedenk, wurde mir klar, daß jeder Versuch einer Annäherung für mich mit einer Prügelei enden würde, und ich hielt inne. Inzwischen hatte das Mädchen mich bemerkt, streckte mir die Hände hin und winkte mir gleichsam hilfesuchend mit einem Tuch. Alles Blut stieg mir zu Kopfe, ich musterte den schon nähergekommenen Zwerg, der bedrohlich mit den Fäusten fuchtelte, und stürzte mich zwischen sie. Nachdem ich einem für mich bestimmten Hieb ausgewichen war, wollte ich meinem Gegenüber aus Leibeskräften einen Schlag ins wutverzerrte Gesicht versetzen, doch meine Faust … traf ins Leere, und ich schlug auf dem Gehweg der Länge nach hin.

Der Zwerg kicherte, verschwand im Dunkel und ließ das kostbare Tuch, das die Unbekannte verloren hatte, in meinen Händen zurück. Das Mädchen war fort. Mehr als eine Stunde hatte ich alle Kreuzungen abgesucht, dann blieb ich stehen. Mein Herz hämmerte. Ich preßte das kostbare Tuch an die Brust und schleppte mich, nachdem ich einige Minuten in den Böen des immer stärker werdenden Windes ausgeharrt hatte, nach Hause.

Fest verriegelte ich die Türen und Fenster meines Zimmers. Ich warf allen Trödel aus Großmutters Schatulle und legte das mir vom Himmel gesandte Unterpfand der Liebe hinein. Dann zog ich mich in die Sofaecke zurück und rauchte eine Pfeife nach der anderen, wobei ich mir einen Schlachtplan überlegte.

Nicht ein Gedanke bewegt meine Seele, nicht eine Idee, nur ein Bild, ein so liebliches, zärtliches Bild wohnt meinem Herzen inne. Die riesigen grauen Augen blicken durch die Wände hindurch, und aschfahle Locken wehen im Wind.

. . . .

Schrecken erfüllt meine Seele, der Verstand schwindet, und mir wird schwindlig ... Als ich die soeben eroberte Trophäe beim Licht der aufgehenden Sonne betrachten wollte, trat ich ans Fenster, öffnete Großmutters Schatulle und erschauderte vor Schreck. Sie war leer, und aus ihrer Tiefe stieg ein übler Dunst auf, der mich an den Qualm englischen Knasters erinnerte. Mir brach der kalte Schweiß aus, und aus irgendeinem Grunde mußte ich an Bakastows Erzählung von der Teufelskegelbahn denken.

Was soll ich nur tun?

8. Mai 1827

Mehr als zwei Wochen habe ich mein Tagebuch nicht aufgeschlagen, und es gab auch nichts aufzuschreiben. Nur Ärger ...

Die Freunde halten mich für einen Wahnsinnigen, und lediglich Protykin, der nach seinen Lektionen bei Monsieur Mingaud Mut gefaßt und seine Billardehre wiederhergestellt hatte, drückt mir zum Zeichen seines Verständnisses freundschaftlich die Hand.

Vergebens jage ich der Unbekannten nach. Ich habe die Moskauer Straße platt- und zwei Paar Schuhe schiefgetreten ... Doch, weh mir, ohne Erfolg. Ich hätte meine Torheiten schon längst aufgegeben, doch schwöre ich beim Haupte Bacchus', daß ich sie zweimal gesehen habe.

Das eine Mal saß ich vor Abfahrt zum Baschilowski-Bahnhof mit Rebinder und Kostja Tiesenhausen in der Konditorei Pedotti und stritt wie von Sinnen über die Vorzüge der Stimme der Sinezkaja gegenüber dem gerühmten Timbre der Kolossowa aus Petersburg, als ich plötzlich mitten im Wort stockte … Auf dem Trottoir gegenüber schritt meine Unbekannte dahin. Ich warf den Tisch um und stürzte zum Ausgang … Die Straße war leer.

Das andere Mal jagte ich ihr auf der Poljanka nach. Sie hatte mich bemerkt, wandte sich um, streckte mir flehend beide Arme entgegen und war plötzlich verschwunden.

Seltsam war nur, daß sie eigentlich nirgends hätte verschwinden können. Sowohl links als auch rechts erstreckten sich die Zäune der Gärten am Moskwa-Ufer, und sosehr ich diese auch absuchte – es war keine Pforte zu finden.

Auch verwirrte mich, daß sie diesmal bedeutend größer zu sein schien als bei unseren ersten beiden Begegnungen.

Aber sie war es, zweifellos. Dieselben aschfahlen Locken, dieselben riesigen grauen Augen, dieselbe glitzernde Halskette.

Jetzt habe ich sie schon seit mehr als einer Woche nicht gesehen. Betrübt durchstreife ich tagsüber alle Moskauer Straßen und Cafés, und zu meinem Entsetzen bin ich vollends dem Tabak verfallen.

Ganze Nächte hindurch leide ich an Schlaflosigkeit, ich lese und qualme erbarmungslos eine Pfeife nach der anderen.

Ich fange sogar an, mich in den Feinheiten des Tabakgeschmacks auszukennen. Anfangs holte ich bei den Griechen in der Nikolskaja-Straße, meistens bei Cordi, stets arabischen und türkischen Tabak, der mir, wenn ich ihn eingesogen hatte, dünn vorkam. Nachdem ich irgendwann bei Madame Demoncy mit Honig versetzten englischen Knaster gekauft hatte, ging ich zu amerikanischem und vor allem zu holländischem Tabak über, die es stets und in bester Qualität bei Pirling zu kaufen gibt, im alten Nierenberg-Laden, der sich in der Iljinka-Straße im Haus des Kaufmanns Wargin befindet.

Jakobson hat mich mit Meerschaumpfeifen ausgerüstet, und ich gebe mich in blauen Schwaden holländischen Tabaks der Verzweiflung hin. Die Welt ist von mir abgerückt, und ausgesprochen selten dringen die Nachrichten, die Moskau erbeben lassen, bis zu mir; erst eine Woche später erfuhr ich vom mysteriösen Verschwinden des Monsieur Mingaud, der unserem Moskauer Oberpolizeimeister, dem guten Dmitri Iwanowitsch Schulgin, so viel Sorgen bereitet hatte, und daß Triller-Warka aus dem Sokolowsker Chor dem höchst ehrbaren Stepan Stepanowitsch die Gitarre über den Kopf geschlagen hatte, kam mir erst heute zu Ohren. Ich finde kümmerliche Freuden in all den Qualen, träume von einer gut eingerauchten Pfeife aus Königsberger Bernstein und will mich am Sonntag zum Smolensker Markt aufmachen ... Vielleicht werde ich dort bei den Trödlern fündig.

12. Mai 1827

Wieder bin ich voller Unruhe, wieder zittern mir die Knie. Ich habe, wie es scheint, den roten Faden gefunden ... Aber der Reihe nach.

Auf der Suche nach einer gut eingerauchten Bernsteinpfeife ging ich heute, wie beabsichtigt, auf den Smolensker Markt, zu den Ständen mit altem Trödel.

Lange wühlte ich ohne jeden Erfolg zwischen allem möglichen Eisenkram, blauen gläsernen Weinmaßen und von Mäusen zerfressenen Büchern herum, als mir ein interessantes Büchlein über ägyptische Sitten ins Auge fiel, das den Titel »Crato repea« trug und von dem verstorbenen Nowikow herausgegeben worden war.

Bernstein gab es nicht, und ich wollte schon gehen, als ich auf dem Bastgewebe zwischen zwei Säbeln, einer alten Patronentasche und diversem Kram eine Porzellanpfeife mit erstaunlicher Bemalung erblickte. Auf dem bläulichen Porzellan waren Tierkreiszeichen kompliziert ineinander verschlungen und umgaben ein vergoldetes, glitzerndes Wappen oder vielleicht auch magisches Pentagramm.

Ich griff nach ihr und begann sie zu betrachten. Nichts dergleichen fand sich in meiner Kollektion.

»Was kostet das, Meister?« fragte ich den Orientalen, der im Schneidersitz vor dem Bastteppich saß und auf einen halben Kilometer Entfernung Knoblauchgeruch ausströmte.

»Der Mindestpreis ist fünfzehn Rubel«, forderte er mit der üblichen Impertinenz.

»Ich zahle zwanzig!« hörte ich eine Stimme hinter meinem Rücken.

Ich wandte mich um und erstarrte vor Überraschung. Vor mir stand mein Widersacher, dem ich an jenem denkwürdigen Abend das seidene Schaltuch meiner Unbekannten abgejagt hatte.

»Dreißig!«

»Vierzig!«

»Fünfzig!«

»Fünf dazu!«

»Siebzig!« erklärte ich erregt.

»Junger Mann«, wandte sich der Zwerg an mich. »Was stellen Sie sich hier dumm! Ich brauche diese Pfeife unbedingt, und für Sie ist sie nutzlos. Nun, wenn Sie es so wünschen, können wir um sie spielen: Wappen oder Zahl.«

Ich hatte kaum mehr als siebzig Rubel in der Tasche, der Alte brauchte nur einen Zehner höher zu gehen, und ich wäre aus dem Rennen. Daher blieb mir nichts anderes übrig, als das Angebot anzunehmen.

»Nur, wissen Sie was«, wandte ich mich an den Alten, der sich anscheinend allmählich an mich erinnerte, »warum gehen wir nicht ins Wirtshaus und spielen dort Billard um die Pfeife.«

Mir schien, Protykins Lektionen würden mir nicht zum Nachteil gereichen.

»Wie es Ihnen beliebt. Warum nicht?« lächelte mein Gesprächspartner. »Hoffentlich bereuen Sie das später nicht, junger Mann.«

»Um so besser für Sie! Wir sollten nur darin übereinkommen, daß Sie, falls es mir bestimmt sein sollte zu verlieren, sich nicht weigern zu erzählen, was diese Pfeife eigentlich so bemerkenswert macht und warum sie Ihre Wertschätzung findet.«

»Mit dem größten Vergnügen.« So sprach der Alte, und wir betraten den Billardsaal des Wirtshauses.

In der vom Tabakqualm verpesteten Luft erstand auf dem grünen Billardtisch vor meinen Augen die Pyramide aus Kugeln, sie vibrierte in ihren ungewöhnlich deutlichen Umrissen und verschwamm im selben Moment im Nebel ... Mein Rivale jagte sie mit einer für seinen schwachen Körper unerwarteten Kraft beim ersten Stoß auseinander und legte mir die Kugeln in komplizierten Winkeln und als einfache Eckstöße vor.

Ich nahm das Queue, nagte an meiner Unterlippe und begann, der Instruktionen Protykins eingedenk, die Kugeln in Taschennähe fast in der Kickszone zu schneiden. Eins, zwei, drei ... fünfmal plazierte ich die Kugel, und erst mit der sechsten geriet ich in den Korb und produzierte einen Fuchs. »Nicht übel, junger Mann, gar nicht übel fürs erste«, meinte der Zwerg, der sich irgendwie extrem aufgebläht hatte, seitlich ans Billard herantrat, blinzelte und Nummer sieben spielte.

Zwei Bandenberührungen, ein Cross und in die rechte Tasche, zudem mit derartiger Kraft und solchem Getöse, daß alle Gäste zusammenfuhren und zu unserem Tisch eilten und ich augenblicklich spürte, daß ich verloren war.

»Voilà, junger Mann!« Und abermals ein Stoß ins Doppelapproché und zwei Kugeln in die Tasche.

»Voilà!« und abermals eine völlig saubere Kugel.

Ringsum stand die begeisterte Menge der Stammgäste des Wirtshauses wie eine Wand, selbst der beleibte Schankwirt, ein Goldkettchen an der Weste, war hinter dem Tresen vorgekommen und heftete seine Augen auf die Kugeln.

»Voilà, junger Mann!« und abermals ein Stoß, irgendwie sehr speziell, von unten, nach Zwergenart. Stoß um Stoß, Kugel um Kugel, und plötzlich lief mir ein Schauer über den Rücken. Der ominöse Lauf der Kugeln kam mir furchtbar bekannt vor, so als wäre er mir, unwiederholbar, irgendwann kürzlich erst begegnet.

Noch einen Augenblick, noch ein ominöser Konter mit doppeltem Effet, und ich konnte nicht mehr daran zweifeln, daß ich den auf so mysteriöse Weise verschollenen Monsieur Mingaud höchstpersönlich in Zwergengestalt vor mir hatte.

Ein leichtes Zittern überkam mich, und feurige Kreise begannen vor meinen Augen ihre Bahnen zu ziehen, als mein furchteinflößender Widersacher unter einem Raunen der Verzückung die letzte Kugel spielte und mit blinzelndem Auge zu mir herantrat.

»Das war's, junger Mann! Ihre Pfeife ist futsch. Sie hätten sich doch besser beim Münzenwerfen mit mir messen sollen.«

Er hatte die Pfeife schon in der Hand und wollte gerade gehen, als ich aus meiner Erstarrung erwachte und ihn mit einer Handbewegung aufhielt.

»Einen Moment, Verehrtester, die Pfeife haben Sie ohne Frage gewonnen, doch vergessen Sie nicht, daß sie Ihnen nach unserer Absprache erst gehört, wenn Sie von ihren Qualitäten erzählt haben.«

»Mit dem größten Vergnügen, mein Teuerster, mit dem größten Vergnügen!« So erwiderte mein Gesprächspartner, zog sich einen Stuhl an meinen Tisch, blinzelte und begann.

»Ist Ihnen zu Ohren gekommen, junger Mann, daß im letzten Sommer in Fili ein Tabakraucher lebendig in den Himmel gekommen ist?«

Auf meine verneinende Antwort hin rückte der Alte dichter zu mir heran und erzählte eine erstaunliche Geschichte. Seinen Worten zufolge war Anfang letzten Sommers, unklar woher, entweder ein Franzose oder ein Deutscher in Fili aufgetaucht und hatte bei Feognostow ein Häuschen gemietet, auf einem Hügel an der Straße nach Masilowo.

»Ein normaler, guter Deutscher, ruhig ... Man hatte eben erst begonnen, ihn zu beobachten; anfangs wohl die kleinen Jungen und später dann, als aller möglicher Schabernack bei ihm entdeckt wurde, auch das andere Volk.«

»... das andere Volk« tönte in meinen Ohren in einem gemeinen Falsett, und ich wäre vor Überraschung fast umgefallen – auf dem Stuhl vor mir saß nicht mehr der Zwerg und fuhr lebhaft in der Geschichte fort, sondern der Schankwirt, der hinter dem Tresen hervorgekommen war. Seine Wangen blähten sich beim Erzählen vor Aufregung auf, das Goldkettchen an der Weste pendelte gleichmäßig hin und her, und hinter ihm, auf die Stuhllehne gestützt, stand der furchteinflößende Billardspieler, paffte seine Pfeife und schwieg.

Ich konnte nicht begreifen, wie und wann dieser Wandel vonstatten gegangen war. Weshalb? Auf welche Weise? In meinen Schläfen hämmerte es, der Schankwirt wiegte sich hin und her und fuhr unterdessen in seiner Erzählung fort.

»Man hatte bemerkt, daß er, also der Deutsche, es mochte, wenn man ihm an klaren, wolkenlosen Tagen den Tee im Gärtchen zwischen den Himbeersträuchern servierte, und er ging dann in einem blauen Hausmantel und mit Pfeife zum Tee hinaus. Dann also setzte er sich in den Sessel, stopfte die Pfeife und fing an, diverse Kringel und Kinkerlitzchen aus Tabakrauch zu blasen. Dann strengt er sich etwas mehr an, und ehe man sich's versieht, kommt der Qualm so aus der Pfeife heraus, als ob es ein Kalatsch wäre oder eine Flasche oder Glasperlen und was sonst noch alles ... Er quillt heraus und schwebt im Kreise, wird größer, bläht sich auf und steigt dann plötzlich wie eine Wolke geradewegs zum Himmel auf und schwebt dahin wie eine echte Wolke des Herrn.

Es kam vor, daß dieser Deutsche zwei Stunden beim Tee sitzt und, so ein Hundesohn, den ganzen Himmel besudelt. Der ganze Himmel flimmert vor seinen Wolken. Einmal aber paffte er mit seiner Pfeife den ganzen Tag, und gegen Abend fiel aus seinen verfluchten Wolken gar gelber Regen, schmierig wie Rotz, und nach diesem Regen stank es aus allen Pfützen kilometerweit nach Tabak … Doch kam ihm das teuer zu stehen … Er hatte wohl zu viele dieser Wölkchen aus sich herausgeblasen, sein Inneres verschlissen, und während der Fasten zu Mariä Himmelfahrt also, genau an einem Freitag, erhob sich ein stattlicher Wind, und schon fegt es diesen Deutschen von seinem Stuhl, weil ja keinerlei Gewicht mehr in ihm ist, und wie eine Feder treibt es ihn nach oben. Der Deutsche rudert mit den Armen und Beinen. Aber nichts da, es zieht ihn höher und höher … Die Leute liefen zusammen; sie wollten Sturm läuten, doch untersagte ihnen Priester Wassili, die heiligen Kirchenglocken mit solch einer üblen Angelegenheit zu schänden, und meinte, daß ein ›Hund den Hundetod‹ verdiene. So also ist der Deutsche in die Lüfte entschwunden.«

»Tja, junger Mann«, es war diesmal wieder mein furchteinflößender Widersacher, der dies sagte, wobei er die Pfeife aus dem Mund nahm und Rauchschwaden aufsteigen ließ, »genau diese Pfeife hier ist es, um die es geht.«

Ich erstarrte und war nicht sicher, ob ich das Gehörte für bare Münze nehmen oder für einen Teufelsspuk halten sollte, doch der Zwerg lief lachend zur Tür hinaus.

Zum Glück hielt meine Erstarrung nicht lange an, und als ich auf die Straße gerannt war, konnte ich gerade noch sehen, wie der Alte links um die Ecke bog.

Eine Minute später kam ich an die Ecke und bemerkte in der Ferne einen gebeugten Rücken, den davonlaufenden Zwerg. Ich schlich im Schatten des Zaunes dahin und verfolgte mit Herzklopfen meinen Widersacher, darauf erpicht, wenigstens irgendein Fädchen ausfindig zu machen, das zu der wunderbaren Unbekannten führte.

Von einer Ecke zur anderen huschend, in der Furcht, entdeckt zu werden, schien ich ihn des öfteren, mal in den verwinkelten Gassen um Pljuschtschicha, mal in der Uferstraße in Richtung Potylicha, verloren zu haben. Stets jedoch bemerkte ich dann in der Ferne einen gebeugten Rücken und nahm abermals die Verfolgung auf.

Wir kamen zu den Brachen hinter dem Jungfrauenkloster. Es wurde Abend. Der graue Dunstschleier des Nebels, der von den Wasserlachen an den Klostermauern aufstieg, verhüllte die Festungstürme. In der Luft, am vom Sonnenuntergang rot gefärbten Himmel, kreisten krakeelend gigantische Schwärme tausender Krähen ... Mir schien, daß jetzt, eben jetzt, etwas Unerwartetes, Entsetzliches, Ungewöhnliches geschehen würde ... Die krumme Gestalt des Greises, der sich mühsam den Weg durch das Unkrautgestrüpp gebahnt hatte, begann vor meinen Augen zu tanzen ...

Doch es geschah nichts, und kaum daß wir das Ufer gegenüber der Setunmündung betreten hatten, näherte sich der Alte einer kleinen Häusergruppe, blieb stehen, zog einen Schlüssel aus der Tasche, öffnete die Tür und trat ins Haus. Einige Minuten später war in einem der Fenster im ersten Stock Licht zu sehen.

Ich trat ganz dicht an das kleine Haus heran, und um niemandes Aufmerksamkeit zu erregen, versteckte ich mich in einem Brennesselgestrüpp, wobei ich mir heftig die linke Hand verbrannte. Ich lag da, ohne die Tür und das erleuchtete Fenster aus den Augen zu lassen. Man konnte sehen, wie eine menschliche Gestalt durchs Zimmer ging und ihr Schatten an der Decke entlanghuschte. Dann wurde der Vorhang zugezogen.

Es dämmerte immer stärker. Bald war es ganz dunkel. Ich lag in meinen Brennesseln wie verhext, hatte keine Kraft aufzustehen und harrte der Dinge, die da kommen sollten.

Ich weiß nicht, ob ich noch lange bei diesem mysteriösen Haus geblieben wäre, hätte mich nicht eine Frauenstimme, die ganz dicht neben mir ertönte, aus meiner Erstarrung gerissen.

»Schau nur, Tante Arina, beim Tabakhändler brennt Licht.«

»Er soll sich zum Teufel scheren, der Widerling!«

Zwei alte Frauen gingen, mit Eimern scheppernd, zur Moskwa hinunter. Ich erhob mich und lief nach Hause, kraftlos und außergewöhnlich erregt.

Jetzt sitze ich und notiere die Ereignisse dieses wahnsinnigen Tages in mein Heft, und mir scheint, als ob mich aus der dunklen Ecke der Zwerg anschaut, mit einem Auge blinzelnd und an der Pfeife ziehend.

Es ist unheimlich und wonniglich. Morgen gehe ich in aller Frühe dem Zwerg auflauern.

13. Mai 1827

Schamröte überflutet meine Wangen, und dennoch empfinde ich nichts ... Als ob irgendeine Saite in meiner Brust gerissen ist und nichts mehr existiert ... Als ich gestern nach Mitternacht vom Jungfrauenkloster nach Hause kam, völlig verschmutzt und erschöpft, setzte ich mich in den Sessel und war fest entschlossen, mich nicht auszukleiden und die Morgendämmerung abzuwarten. Nachdem ich jedoch einige Seiten in meinem Heft notiert hatte, übermannte mich die Müdigkeit.

Am Morgen erwachte ich durch ein Klopfen an meiner Tür und erblickte Jemeljans zottigen Kopf und neben ihm barfuß ein Mädchen mit einem Brief in der Hand.

Der Brief kam von Verotschka, und ich erbebte, als ich das vertraute violette, mit einer grünen Oblate verschlossene Couvert erkannte ... Doch anstelle von Freude empfand ich eher einen gewissen Verdruß, da meine Absichten zunichte gemacht wurden.

Verotschka schrieb, daß Gerüchte von meiner Krankheit bis zum Dankow-Gut gedrungen seien, diese hätten sie beunruhigt und so sei sie mit ihrer Mutter nach Moskau geeilt, zumal die Wäsche für die Aussteuer schon fertig gesäumt sei und sie beschlossen hätten, das Brautkleid in Moskau bei Madame Demoncy am Kusnezki-Prospekt fertigen zu lassen.

Vor einem Monat noch hätten mich die Erwähnung meiner Heirat und das Eintreffen meiner Braut mit unendlicher Freude erfüllt, jetzt aber ...

Ich stand mit der Mütze in der Hand neben ihrem Sessel und wußte nicht, wohin mit meinen Händen und was ihr sagen... Zunächst errötete sie über und über vor Glück und zwitscherte wie ein Kanarienvogel, dann erlosch ihr strahlender Blick nach und nach... Sie faßte mich an der Manschette und verstummte ... Anstatt ihr, wie ich es sonst immer tat, die rosigen Fingernägel zu küssen, fing ich aus irgendeinem Grund an, auf Madame Demoncy zu schimpfen und darauf zu beharren, daß Herrenmäntel gewöhnlich bei Lebourg gefertigt würden...

... Ihr traten Tränen in die Augen. Sie wollte irgend etwas von dem Gutshaus erzählen, das als Mitgift für sie erbaut worden war, sprach aber nicht zu Ende, brach in Tränen aus und lief hinaus. In der Tiefe der Räume war ihr Schluchzen zu hören... und im selben Moment kamen jemandes schlurfende Ziegenlederschuhe näher... Ich wartete nicht erst, bis deren Besitzerin auftauchte, winkte ab und verließ das Haus... In der Diele bemerkte ich aus irgendeinem Grund nur die vertraute Hutschachtel von Verotschka und daneben einen kleinen Honigtopf ... Aus irgendeinem Grund erschütterten sie mich tief, ich habe sie auch jetzt vor Augen, in der Seele aber herrscht Leere. Ich lief wie versteinert ... Wie versteinert streunte ich beim Jungfrauenkloster umher, wie versteinert lag ich am Haus des Zwergs in den Brennesseln vergeblich auf der Lauer, und auch jetzt schreibe ich und empfinde nichts ... wenngleich mir klar ist, daß etwas Abscheuliches, nicht Wiedergutzumachendes geschehen ist.

Jemeljan sagt, die Gorelins hätten unmittelbar nach dem Mittagsmahl anspannen lassen und seien nach Dankow abgereist.

Aber was kann ich denn tun, alle Gedanken und Gefühle meiner Seele beherrscht sie, sie allein ... Arme, arme Verotschka! Besonderes Mitleid mit dir empfand ich, als mir deine Hutschachtel einfiel, die ganz verstaubt war und nun wahrscheinlich ungeöffnet geblieben ist... Aber was kann ich denn schon tun, was?

5. Juni 1827

Ich bin wie besessen, ich merke selbst, daß ich langsam den Verstand verliere ... Krampfhaft presse ich die Hände zusammen und greife mit den Fingern ins Leere. Schon fünfmal habe ich sie gesehen, aber was hat mich das gekostet, wohin hat mich das geführt...

Meine Angehörigen machen sich Sorgen und halten mich unter Kontrolle. Anfangs kam des öfteren Onkel Jewgraf, bis mich seine grüne, mit Schnüren besetzte Husarenjacke, die grauen Barthaare in den Mundwinkeln und der nur noch an einem Faden baumelnde Knopf der oberen Tasche zur Raserei brachten und ich ihm lauter Unverschämtheiten sagte.

Ehe ich mich's versah, tauchte auf meinem Sofa die dauernd seufzende Jewpraxija Dmitrijewna auf, eine nicht alternde Schönheit von zweieinhalb Zentnern, ebenjene, der wir als Kinder vor dem Zubettgehen gerne Sahnebonbons mit Pflaumengeschmack und türkischen Rahat-Lokum unter die Decke legten. Dann stieg aus den Wolken des Moskauer Olymp Fürst Boris höchstpersönlich herab... Und wie zufällig, fast täglich, kam der herzensgute Karl Augustowitsch, unser Medicus, eine Koryphäe, auf zwei Züge Tabak vorbei.

Da ich aus Gründen der Subordination keinerlei Möglichkeit hatte, die ungebetenen Gäste loszuwerden, fing ich an, durch das

Fenster des Speisezimmers Ausflüge zu unternehmen, auf den Hof der Jewsegnejews und durch die Gärten zum Siwzew Wraschek hin, doch damit ruinierte ich meinen Ruf endgültig; man kam mir auf die Schliche und befahl Jewsegnejew, Polkan von der Kette zu lassen.

Die Fluchtwege wurden immer enger, und ich kam bei weitem nicht täglich zu meinen trauten Brennesseln. Und auch wenn ich in den Brennesseln lag, war ich zu Verzweiflung und Pein verdammt ...

Oft lungerte ich tagelang zwecklos herum, die Tür wurde nicht geöffnet, das Haus stand anscheinend leer, und abends ging in den Fenstern kein Licht an.

Bisweilen zeigte sich hinter den beschlagenen Scheiben unvermittelt, oft erst am späten Abend, ein Lichtschein, und ich konnte sehen, wie Schatten sich bewegten ... Wessen nur? Mein Herz versuchte, dies zu enträtseln.

Bisweilen aber, und dann kannte mein Glück keine Grenzen, ging die Tür auf. Der bucklige Zwerg trat ohne Mütze und mit feuersprühenden Augen heraus, blieb erwartungsvoll stehen, und eine Minute später trat ... sie heraus, so, als ob sie ihn nicht bemerkte, stets unerwartet, stets wunderschön ... stets in demselben Kleid mit der glitzernden Halskette.

Sie ging vorüber, ganz dicht bei meinen Brennesseln, lächelte jemandem zu, und der Zwerg begleitete sie in einiger Entfernung, überquerte in nervösen Schritten die Straßen, wandte sich atemlos um ...

In dem Wunsch, das Geheimnis enträtseln, und voller Furcht, entdeckt zu werden, spürte ich ihnen mit außergewöhnlicher Vorsicht nach, verfolgte aus einem Winkel heraus ihre Schritte und lief ihnen erst dann nach, in eine neue Nische, wenn sowohl das Mädchen als auch der Alte hinter der Straßenbiegung verschwunden waren.

So liefen wir von Straße zu Straße. Und je mehr wir uns dem Zentrum näherten, um so komplizierter wurde meine Verfolgungsjagd, und ich blickte mit einem Zittern auf die Passanten, in der Angst, Bekannten zu begegnen und sie mit meinem Ungestüm in Erstaunen zu versetzen.

Einmal, ich überquerte just die Snamenka-Straße, packte mich eine Hand fest an der Schulter. Ich drehte mich um, um den Angreifer von mir zu stoßen, und erblickte Fürst Boris höchstper-

sönlich, der dunkelrot war vor Zorn und seine französischen
Flüche zwischen den Zähnen hervorzischte.

Aber was war das alles im Vergleich zu dem, was ich bei meinen Nachstellungen gesehen hatte, was mir Furcht einflößte und
was mein Verstand nicht zu fassen vermochte.

*Meine Nachstellungen endeten, sofern ich sie zu Ende bringen
konnte, stets auf ein und dieselbe Weise.*

Wenn ich an die letzte Straßenbiegung gekommen war, sah ich
stets den Rücken des verwirrt innehaltenden Zwerges und *weiter
nichts* ... Die Unbekannte war spurlos verschwunden. In irgendein Haus konnte sie nicht gegangen sein, denn ihr Verschwinden
vollzog sich in ganz unterschiedlichen Moskauer Stadtteilen. Und
was noch verwunderlicher war – ihr Verschwinden kam offenbar
selbst für ihren Beschützer unerwartet.

Der Alte stand gewöhnlich wie angewurzelt, hielt dann eine
Weile inne, ehe sich sein Rücken noch mehr krümmte und er mit
finsterem Blick umkehrte ... ich aber lief los, damit ich ihm auf
der Straße nicht in die Quere kam. Ich zog mich in irgendeine
Schänke zurück und gab mich, in einer grauenvollen Stimmung
aus Entzücken und Verzweiflung, was das Zeug hält, dem Wein
hin und suchte im Rausch die zarte Linie des Halses und die im
Wind wehenden Locken vor meinem geistigen Auge festzuhalten ...

13. Juni 1827

Ich kann nicht mehr ... Mein Verstand schwindet dahin ...
Vor den Augen ist alles von Rauch verhüllt ... Ich muß dieses Geheimnis lüften oder sterben, weil ich schon bis an die Grenzen
gegangen bin.

Heute gegen fünf Uhr ist es mir zum ersten Mal in dieser Woche gelungen, die Wachsamkeit meiner Aufseher zu besiegen –
nachdem ich meinen Cousin Kondaurow, der mir zusammen mit
dem herzensguten Karl Augustowitsch als Wache beigegeben
war, zum Trinken animiert hatte, lief ich gleich durch den Haupt-
eingang auf die Straße, sprang auf eine vorüberfahrende Mietdroschke und schlug so lange auf den unglückseligen Kutscher
ein, bis jegliche Gefahr einer Verfolgung gebannt war.

Vor mir stand eine neue Aufgabe ... Ich hatte beschlossen herauszufinden, was der Alte tut, *nachdem* das Mädchen verschwunden ist.

Ich hatte Glück. Kaum daß ich aus meinem Graben in die Brennesseln gekrochen war, knarrten in dem einsamen Haus die Stufen, die Tür wurde geöffnet, und der vornübergebeugte Alte ließ Julia – ich war heute davon überzeugt, daß er sie so nannte – passieren.

Ich folgte ihnen, diesmal in Richtung Pljuschtschicha, wir gingen zur Moskwa hinunter, liefen die Sadowaja-Straße entlang, passierten Kretschetniki, und bei der Erlöserkirche unweit vom Haus der Kokowinskis verschwand das Mädchen.

Der Alte blieb wie gewöhnlich eine Weile an dieser Stelle stehen und kam dann mit gesenktem Kopf langsam zurück. Ich versteckte mich hinter der Kirchentreppe, und als er vorüberging, hörte ich, wie er stöhnend seufzte und mit den Zähnen knirschte … Während ich ihn verfolgte, wurde mir schnell klar, daß er geradewegs nach Hause ging, und tatsächlich, bald darauf öffnete er mit dem großen Schlüssel die Tür des einsamen Häuschens, eine Minute später wurde das Fenster hell, und Schatten bewegten sich … Ich verkroch mich in die Brennesseln, da mir die Kraft fehlte, um fortzugehen, und ich von der Bewegung der flackernden Schatten wie verzaubert war … Eine halbe Stunde später verlosch das Licht plötzlich … die Stufen knarrten, der Zwerg trat auf die Straße hinaus, und (mein Verstand schwindet, meine Hände beginnen wieder zu zittern) in der offenen Tür zeigte sich abermals die Unbekannte. Abermals glitzerte die Halskette, abermals lächelte sie jemandem zu, als sie an meiner Höhle vorüberging.

Ich folgte den beiden nicht lange, in den Rostower Gassen verschwand sie, und eine Stunde später trat sie im Mondlicht der Herbstnacht ein drittes Mal aus dem einsamen Häuschen beim Jungfrauenkloster und ging zur Moskwa hinunter … Mir fehlte die Kraft, dem teuflischen Paar weiter nachzuspüren, und so lief ich, die Fäuste schüttelnd und den Himmel als Zeugen anrufend, die ganze Nacht durch die Straßen von Moskau, bis ich mit Kondaurow zusammenprallte, der auf der Suche nach mir gleichfalls durch ganz Moskau gelaufen war.

14. Juli 1827

Ich habe Ihnen alles erzählt … Ich konnte es nicht mehr für mich behalten. Wir kochten Punsch, schickten nach Protykin, und zitternd vor Aufregung, die ausgedörrte Kehle immer wieder mit dem heißen Naß befeuchtend, erzählte ich ihnen von meiner Pein, Tag für Tag, Schritt für Schritt, und Protykin schwor, daß jedes meiner Worte die reinste Wahrheit war.

Karl Augustowitsch klopfte sich dauernd auf die Schenkel und rief »Ach! Mein Gott!« Und Kondaurow, der eine Kavalleristenpfeife qualmte, schritt, daß die Dielenbretter knarrten, von einer Ecke in die andere und fluchte wie zwei Schwadronen über schlechtes Logis.

Gegen Morgen schworen sie, mich aus meiner mißlichen Lage zu befreien und, wenn es sein muß mit Gewalt, den Teufelsspuk aufzudecken ... Es wird hell ... Ich lösche die Kerze und werde vor den entscheidenden Ereignissen wenigstens noch ein klein wenig ruhen ...

16. Juli 1827

Soweit mir die stürmisch sich entwickelnden Ereignisse im Gedächtnis geblieben sind, ist alles folgendermaßen geschehen... Wahrscheinlich ... Protykin und Wanka Kondaurow sprangen aus ihrem Hinterhalt unmittelbar auf den Zwerg zu. Julia wandte sich, als das Geschrei anhob, nicht einmal um, sie lief wie eine Schlafwandlerin, sie lächelte, ohne daß klar war, wem das Lächeln galt, und setzte ihren Weg fort.

Mit zwei Sätzen war ich neben ihr ... Ein Zittern erfaßte meinen ganzen Körper, und ein teuflisches Beben erfüllte die Seele ... Sie war so schön wie nie zuvor, die glitzernde Halskette hob und senkte sich auf der gleichmäßig atmenden Brust, und durch die Falten des leichten Kleides waren die Umrisse des Körpers zu erahnen ... Ich riß meinen Zylinder vom Kopf und warf ihn weit von mir ... Ich lief fast neben ihr, und alles ringsum war erfüllt von meinem Herzklopfen ... Anfangs schwieg ich, dann begann ich zusammenhanglos und stockend zu reden. Sie bemerkte mich, neigte den Kopf und lächelte.

Wir kamen zur Mauer des Jungfrauenklosters, dorthin, wo die Lindenalleen zu den Weihern hin abfallen ... Irgendwelche Vögel kreisten zwischen den Ästen... Ich ergriff ihre Hand, die kalt war wie Eis ... Sie blieb stehen, sah mich aus tränenerfüllten, nichts sehenden Augen an, lächelte und streckte mir ihre Hände hin.

Ich vergaß mich, riß sie in meine Arme und berührte mit dem Mund ihre kalten Lippen.

Im selben Augenblick, wie von einem Windstoß, wurden ihre Haare in irgendeiner Richtung aufgewirbelt; die Augen, die unmittelbar vor den meinen gewesen waren, zuckten krampfhaft zur Seite, meine Hände fielen ins Leere, und auch ich wäre wahrscheinlich gestürzt, hätte nicht jemandes Hand mich am Kragen gepackt.

Als ich zu mir kam, stand mein Vater vor mir und schüttelte mich am Schlafittchen ... Und ein Stück weiter hinten konnte Jemeljan den schnaubenden »Samira« kaum halten.

Und jetzt bin ich, schon den zweiten Tag, eingesperrt ... Mein Vater zürnt ... Zitternd vor Angst setzt Karl Augustowitsch mir im Nacken Schröpfköpfe, und hinter der Tür ist zu hören, wie Jewpraxija Dmitrijewna von einer Zwangsjacke spricht. Fieber schüttelt mich.

Aber ich schwöre bei allen Heiligen, daß ich diese Teufelsränke zerstören und Julia retten werde. Meine verhexte Braut. Meine einzige, mein auf ewig ...

18. Februar 1828

Ich kann schon den zweiten Tag im Bett sitzen und sogar schreiben. Ringsum ist alles still ... Es ist bereits Februar. Durch das Fenster kann man sehen, wie die Dohlen über die Schneewehen hüpfen, und die Stille in unseren Dankower Gefilden kuriert, wie ein heilsamer Balsam, meine Seele.

Verotschka weicht nicht von meiner Seite ... Rückt mir die Kissen zurecht, bringt Tee und liest mir Telemachs Abenteuer vor ... Das liebe Ding hatte alle Gerüchte und das Moskauer Gerede ignoriert und als meine Verlobte bei ihrem Vater um Erlaubnis nachgesucht, mich ins Dorf Dankow begleiten zu dürfen. Und nun, dank ihr, genese ich ... Man hört, wie im Eßzimmer das Pendel der englischen Uhr tickt und die Dielenbretter knarren, wenn jemand den Saal durchschreitet.

Ich weiß, daß es genügt, an der Klingelschnur zu ziehen, und Verotschka würde ihr Strickzeug auf den Tisch legen (sie sitzt im Eßzimmer am Fenster), die Tür öffnen und zu mir kommen ... deshalb ist alles so ruhig, so friedvoll ... Du liebliches Ding, mein liebes Täubchen, wie bin ich dir dankbar.

Heute habe ich sie um meine Hefte gebeten und bin, als ich das Tagebuch meiner schrecklichen Zeit fand, erneut zusammengezuckt. Doch ich will diese traurige Geschichte trotzdem zu Ende bringen, und so schreibe ich denn.

Wenn ich doch nur die Kraft hätte, mich zu konzentrieren. Meine Aufzeichnungen brechen genau an dem Tag ab, als ich, vom Vater eingesperrt, in meinem Moskauer Zimmer saß und darüber nachsann, wie man Julia aus der Macht des Alten, dessen Tragödie ich damals in ihrem ganzen Ausmaß nicht einmal ahnte, befreien konnte.

In derselben Nacht schnitt ich mit Hilfe eines Diamanten aus dem Ring, den ich schon als Kind von meinem verstorbenen Großvater geschenkt bekommen hatte, das Glas aus dem Fensterrahmen, öffnete den Fensterladen und war, einen Dolch und eine langschäftige Pistole in den zitternden Händen, noch weit vor Mitternacht am Jungfrauenkloster.

Im Haus war kein Licht, alles war leer. Ich zitterte in den Brennesseln wegen der stechenden herbstlichen Kälte, ich wollte schon die Tür aufbrechen und mit Gewalt in Julias Haus eindringen, als ich in der nächtlichen Stille plötzlich das bekannte stöhnende Seufzen vernahm ... Der Alte kehrte nach Hause zurück, offenbar von einem Spaziergang durch Moskau auf den Spuren der schwindenden Julia ... Knarrend wurde das Türschloß geöffnet und wieder verriegelt. Bald schon leuchtete Licht im Fenster auf. Ich erhob mich aus den Brennesseln, nahm das schmale Brett von der kleinen Brücke, die über den Graben führte, lehnte es an die Treppe und kletterte, nachdem ich die Pistole in den Gürtel gesteckt und die Schneide des Dolches zwischen die Zähne geklemmt hatte, so leise wie möglich das Brett hinauf und heftete meine Augen auf das Fenster.

Durch das beschlagene Glas bot sich mir ein sonderbarer, unvergeßlicher Anblick. Das ganze Zimmer war von Büchern, kupfernen Instrumenten und Tabakspfeifen überhäuft. Der Alte saß auf einem niedrigen Sofa in der Ecke und rauchte verbissen ... Aus der Tiefe seiner Pfeife stieg in einer Spirale, wie ich sie noch nie gesehen hatte, ungewöhnlicher Rauch auf – dick, leuchtend.

Mit einer krampfhaften Anspannung der Wangen blies der Alte große Rauchschwaden aus der Pfeife, die sich entweder kreiselnd durch das Zimmer drehten, in Ringen durch die Luft schwebten und sich spurlos auflösten oder sich als Rauchsäulen auf dem Fußboden drehten.

Plötzlich bemerkte ich, wie die Rauchschwaden, die sich verschlangen und wieder voneinander lösten, in ihrem rasenden

Kreisen die Form einer menschlichen Gestalt anzunehmen begannen ... In einem wahnsinnigen Kreisen begannen sich Kopf,
Schultern anzudeuten. Aber sie behagten dem Alten offenbar
nicht. Er nahm einen Tschubuk und schlug auf die Statue aus
Rauch ein... Sie zerfiel, und nur kleine Fetzen von Rauchschwaden trieben noch über den Boden.

Der Alte stopfte abermals die Pfeife, und abermals begannen
Rauchschwaden zu kreisen, abermals entwuchs ihnen, immer
deutlicher, eine Tabakstatue ... Noch einen Augenblick und ich
fing an, am ganzen Körper zu beben – aus den Rauchfahnen traten Julias Umrisse hervor –, die vertraute Schulter gewann Konturen, die Halskette blitzte auf, die Haare bewegten sich im Lufthauch des Windes. Julia zuckte zusammen und begann zu leben.

Ich war nahe daran, ins Zimmer zu stürzen, doch plötzlich
lachte der Alte wie wild auf und schlug ihr seine Pfeife über den
Kopf. Das Traumbild zerfiel, und zitternd vor Entsetzen rutschte
ich vom Fensterbrett ab und stürzte in die Tiefe.

Vermutlich verlor ich im Fallen die Besinnung, denn an alles
Folgende erinnere ich mich nur bruchstückhaft und undeutlich.

Durch ein Klopfen an der Tür kam ich zu mir ... Wie beim letzten Mal, wie bei den letzten zwanzig Malen, trat Julia heraus und
ging in Richtung Moskwa, und der alte Zwerg hinkte ihr hinterher.

Bald schon waren sie hinter der Hausecke verschwunden. Ich
folgte ihnen nicht, sondern kletterte abermals nach oben, zerschlug die Scheibe und drang in einem Anfall von Wahn in das
Zimmer ein. Ich fing an, die Pfeifen zu zertrümmern, Buchseiten
zu zerreißen, Instrumente zu zerbrechen, sie mit Füßen zu zertrampeln, wobei ich unbändig kicherte und mir Haare ausriß ...
Meine Raserei endete erst, als es an die Tür klopfte und auf der
Treppe eilige Schritte zu hören waren. Ich sprang aus dem Fenster
und verlor, als ich auf dem Boden aufschlug, wahrscheinlich
abermals die Besinnung.

Als ich wieder zu mir kam, brannte das Haus lichterloh, und in
der Ferne, zwischen den Weiden, lief in Richtung Jungfrauenkloster, stark vornübergebeugt, die vertraute greisenhafte Figur.
Hinkend folgte ich ihm, denn ich hatte mir beim Sprung das Bein
verletzt.

Der Alte lief geradewegs zum Pretschistenka-Turm, weithin
war sein Stöhnen zu hören, doch ging er nicht die Lindenallee

hinauf, die vom Teich zu den Mauern führte, sondern lief schnurstracks zum Wasser. Ich nahm an, er wollte sich ertränken, und beschleunigte die Schritte, soweit es mein nachschleifendes Bein erlaubte.

Es tagte bereits. Der Nebel der Morgendämmerung hing wie ein weißliches Tuch über dem Wasser, die letzten Blätter von den Bäumen antworteten den Windstößen mit einem Rascheln... Der Alte war wie vom Erdboden verschluckt... Lange suchte ich ihn am Teich und schließlich, als es schon fast ganz hell war, sah ich, daß seine Spuren zu einem steinernen Wasserabfluß führten, der aus dem Inneren der Klostermauern kam... Die Öffnung des Abflußrohrs war sehr breit, und so konnte ich den Spuren auf allen vieren mühelos folgen... Der faulige Gestank des Abflußrohrs nahm mir den Atem, die Knie glitten in irgend etwas Glitschiges, doch ich kroch weiter...

Verotschka verwehrt mir das Schreiben, sie behauptet, meine Augen seien entzündet und ich hätte Fieber. Was tun, so sind nun mal die Gesetze meines bezaubernden Arrests. Ich füge mich, werde Telemachs Abenteuern lauschen und dösen...

22. Februar 1828

Ich fahre fort. Als ich dem Abflußrohr entstieg, befand ich mich auf einem Friedhof. Da ringsum nur vertrocknetes Gras war, sah man von dem Alten keine Spur. Ich begann, zwischen den Gräbern umherzulaufen, durch das Fieber und die durchlebte Aufregung zitternd ... Die Schmerzen im Bein wurden stärker, die Schulter tat weh ... Ich war verzweifelt und wollte den Ausgang suchen, als ich plötzlich ein unterdrücktes Schluchzen vernahm. Ich lauschte und ging den Geräuschen nach ... Bald schon konnte ich seine Gestalt erkennen ... Er lag, von Weinkrämpfen geschüttelt, auf einer großen Grabplatte ... Ich trat näher ... Der bedauernswerte Alte hielt mit beiden Händen seinen Kopf, preßte sein Gesicht an den alten, moosbewachsenen Stein und weinte in äußerster Verzweiflung.

Ich trat dicht an die Grabplatte heran, das Blut stockte mir in den Adern. In der Mitte der Platte war ein rundes Medaillon in den Stein eingraviert ... Es war ein in seiner Kunstfertigkeit erstaunliches Basrelief, das ein weibliches Profil zeigte... Ich erbebte in meinem Innersten – es war das Porträt jener, die soeben erst aus Rauchschwaden erstanden und auf den Kreuzungen Moskauer Straßen verschwunden war. Ich begriff alles und fiel in Ohnmacht.

Am Morgen fand mich der Vater inmitten der Gräber des Jungfrauenklosters fast leblos neben einer Grabplatte, deren Inschrift und Basrelief ausgekratzt und vernichtet waren, von einer Axt, die gleich in der Nähe lag ..., neben dem Grab stand eine große alte Ulme, und an einem ihrer Äste hing, im Winde schaukelnd, der Alte, der sich erhängt hatte.

Und wie sehr er auch stö ... Verotschka verlangt, daß ich all diese Papiere verbrenne und meinen Alten und Julia vergesse ... Ich gehorche dir, mein liebes Mädchen, meine liebe Frau, und lege mit diesem Heft mein ganzes künftiges Leben in deine Hände.

1928

Anhang

Anmerkungen

Seite 18 *Reid:* Thomas Mayne R. (1818-1883), irisch-englischer Schriftsteller, schrieb Abenteuerbücher für Jugendliche

Seite 26 *Akaki Akakijewitsch Baschmatschkin:* Figur aus Nikolaj Gogols Novelle »Der Mantel« (1842)

Seite 31 *Sankt-Annen-Orden:* 1735 in Holstein, 1742 auch in Rußland eingeführter Orden, der für zivile und karitative Verdienste verliehen wurde

Seite 62 *Krafft:* Richard K.-Ebing (1840-1902), deutscher Psychiater, u.a. Forschungen auf dem Gebiet der Kriminalpsychologie

Seite 68 *Arschin:* altes russ. Längenmaß, 0,71 m

Seite 77 *Mariä Schutz und Fürbitte:* 14. Oktober
Ikone der Gottesmutter von Kasan: 1579 erschien der Legende nach einem neunjährigen Mädchen in Kasan dreimal im Traum die Heilige Jungfrau und befahl ihm, unter einem abgebrannten Haus die Ikone der Gottesmutter auszugraben. Die dort gefundene wundertätige Ikone, für die ein eigener Feiertag eingerichtet wurde, befand sich zunächst in Kasan, ab 1612 in Moskau und ab 1710 in St. Petersburg, ab 1811 in der ebd. eigens erbauten Kasaner Kathedrale an der Hauptstraße Newski Prospekt.

Seite 78 *Marientag:* 29. Oktober

Seite 83 *Sinowjew:* Grigori Jewsejewitsch S. (eigtl. Hirsch-Apfelbaum, 1883-1936, hingerichtet), seit 1917 Vorsitzender des Petrograder Sowjets; bildete später zusammen mit Lew Kamenew und Lew Trotzki die sog. »Vereinigte Opposition«

Seite 89 *Piter:* umgangssprachliche Bezeichnung für St. Petersburg
Tscheka: Abk. für Außerordentliche Kommission für den Kampf gegen Konterrevolutin und Sabotage, gegründet im Dezember 1917; erfüllte 1918-1922 Funktionen einer politischen Polizei, stellte eigene bewaffnete Verbände auf. Vorläufer der berüchtigten GPU (Staatliche Politverwaltung, ab 1922) und der OGPU

OGPU (1923-1934), die in den Jahren des »Roten Terrors« dem berüchtigten Volkskommissariat für Innere Angelegenheiten NKWD unterstellt wurde; ab 1953 Komitee für Staatssicherheit (KGB)

Seite 97 *Sowdep:* Abk. für Rat der Deputierten

Seite 103 *Trepak:* russischer Volkstanz

Seraphim von Sarow: 1903 heiliggesprochener Mönch aus der im 17. Jahrhundert im Gouvernement Tambow gegründeten Einsiedelei, die durch das asketische Dasein der dort lebenden Mönche bekanntgeworden ist; gilt als der Heilige der patriotischen Gefühle

George Bryan Brummel (1778-1840), gefeierter Modeheld der vornehmen Londoner Gesellschaft

RKP: Abk. für Russische Kommunistische Partei (Bolschewiki); die Sozialdemokratische Arbeiterpartei Rußlands (Bolschewiki) benannte sich 1918 in RKP (B) um und trug diese Bezeichnung bis 1925, als der offizielle Name in KPdSU (B) geändert wurde (bis 1952)

Volkskommissariat: die nach der Oktoberrevolution eingeführte Bezeichnung für Ministerien

Volkstümler: russ. Narodniki; Bewegung russischer Intellektueller ca. ab 1860; hielten die bäuerliche Dorfgemeinschaft für die Basis sozialistischer Entwicklungen; setzten nach 1876 auch terroristische Methoden ein

Nekrassow: gemeint ist Nikolai Alexejewitsch Nekrassow (1821-1878), revolutionär-demokratischer Lyriker und Publizist

Seite 104 *Niwa:* dt. Die Flur, illustriertes Wochenblatt, das vor allem für seine Literaturbeilagen – billige Massenausgaben der russischen Klassik – bekannt war

SR: Abk. für Sozialrevolutionär (die Abkürzung wird zu einem selbständigen Wort, ›Es-Er‹); die Sozialrevolutionäre Partei entstand 1901/02, baute auf den Ideen der Volkstümler auf und strebte im Unterschied zu den Marxisten einen Sozialismus durch Agrar- und Volksrevolution an. Sie existierte zunächst illegal, war nach der Februarrevolution 1917 in der Provisorischen Regierung vertreten und wurde nach dem

Putschversuch am 6.7. 1918 von den Bolschewiki verfolgt

Seite 105   *»Arbeiteropposition«:* 1920 im Zuge der Gewerkschaftsdiskussionen entstandene Fraktion der RKP (u.a. A.G. Schljapnikow, M. Kollontai), deren Programm die Leitung der Wirtschaft durch die Gewerkschaften vorsah und vom 10. Parteitag der RKP als theoretisch mangelhaft und politisch schädlich abgelehnt wurde

Tschuwaschen: Turkvolk im Gebiet der mittleren Wolga, oft abfällig gebrauchte Bezeichnung

Seite 108   *Turgenjew:* Iwan Sergejewitsch T. (1818-1883), russischer Schriftsteller; gemeint sind Figuren aus den »Aufzeichnungen eines Jägers« (1846-52)

Seite 109   *Menschewiken:* politische Strömung innerhalb der russischen Sozialdemokratie, entstanden auf dem 2. Parteitag 1903 in London

Akathistos: Kirchengesang

Seite 112   *Tschudow-Kloster:* 1365 von Metropolit Alexej gegründetes Mönchskloster im Moskauer Kreml, das nach der Revolution liquidiert wurde

Jungfrauen-Feld: früher Freifläche zwischen dem Gartenring und dem Neuen Jungfrauenkloster, auf dem die Tataren während der Besatzungszeit junge Russinen als Tribut für den Chan auswählten; später Lunapark

Glockenturm »Iwan der Große«: 1505-1508 im Kreml erbauter Glockenturm, der um 1600 auf 81 m erhöht wurde, daher der Beiname

Mariä-Verkündigungs-Kathedrale: Hauskirche der russischen Zaren und Großfürsten im Kreml

Seite 113   *Bräutigam um Mitternacht:* vgl. Matthäus 25, 1-13, die Parabel von den Klugen und Törichten Jungfrauen, ein Gleichnis für das Jüngste Gericht

Seite 139   *Lebendige Kirche:* Bewegung zur Erneuerung der russisch-orthodoxen Kirche zwischen 1922 und 1945, die auf eine Modernisierung des christlichen Glaubens und der kirchlichen Rituale abzielte

Seite 154   *Gogotzki:* Silvester Silvestrowitsch G. (1813-89), russischer Philosoph, 1815-86 Professor der Kiewer Universität. Autor des ersten mehrbändigen philosophischen Wörterbuchs (1857-73)

Seite 155   *Sigmund zu Herberstein* (1486-1566), Diplomat, der als Geheimer Rat im Auftrag von Maximilian I., Karl V. und Ferdinand I. 1517 und 1526 Rußland bereiste und mit »Rerum moscovitarum commentarii« (1549) einen Reisebericht vorlegte

Seite 160   *Werst:* altes russ. Längenmaß, 1,066 km

Seite 166   *Petits und Nonpareilles:* Schriftgrade in der Typographie

Seite 176   *Gen. Schklowski:* gemeint ist Viktor Borissowitsch S. (1893-1984), Prosaiker, Literaturwissenschaftler, prononcierter Vertreter der russischen Formalen Schule

Seite 179   *Kreuzkopf:* Zentralfigur aus Platonows Erzählung »Mondbombe« (1926)

Seite 185   *Prof: Steinach:* gemeint ist der österreichische Physiologe Eugen S. (1861-1944), dessen auf eine Verjüngung abzielenden Arbeiten und Experimente seinerzeit in Sowjetrußland heftig diskutiert wurden und u.a. Bulgakows Erzählung »Hundeherz« (1925) beeinflußten
Douglas Fairbanks: amerikanischer Filmschauspieler (1863-1939)

Seite 191   *Swiblowo:* Vorort von Moskau
Sadowniki: Dorf südöstlich von Moskau, heute zum Stadtgebiet gehörend
Kommissariat: seit dem 18. Jahrhundert bis etwa 1860 eine Militärbehörde, die für die Versorgung der Armee zuständig war

Seite 193   *Werschok:* altes russ. Längenmaß, 4,4 cm

Seite 194   *Illuminaten:* Angehörige eines Geheimbundes (Illuminatenorden), 1776 in Deutschland gegründet

Seite 199   *Nowikow:* Nikolai Iwanowitsch N. (1744-1818), russischer Aufklärer, Schriftsteller, Publizist, Verleger, der in Moskau Druckereien, Bibliotheken, Schulen und Buchhandlungen einrichtete. Stand nach 1770 den Freimaurern nahe und edierte deren Literatur.

Seite 201   *Fili:* Dorf westlich von Moskau, heute zum Stadtgebiet gehörend

Zu den Autoren

Brjussow, Valeri Jakowlewitsch (1873-1924)
Entstammt einer begüterten Kaufmannsfamilie. 1892-99 Studium der Geschichte an der Universität Moskau. Dichter, Übersetzer, Literaturhistoriker. 1904-09 Herausgeber der Zeitschrift »Wessy« (»Die Waage«), wodurch sich sein Ruf als Oberhaupt des Moskauer Symbolismus festigt. Ab 1900 Hinwendung zur Antike und westeuropäischen Klassik, nach 1905 verstärkte Beschäftigung mit Literaturgeschichte und Verstheorie. Verfaßte zudem surrealistisch-utopische Erzählungen und historische Romane. Nach der Oktoberrevolution Mitarbeit in verschiedenen Kulturinstitutionen. 1921 Gründer und erster Direktor der Hochschule für Literatur und Kunst zur Ausbildung von Dichtern.

Sologub, Fjodor Kusmitsch (eigentl. Teternikow, 1863-1927)
Sohn eines früheren Leibeigenen und Schneiders in St. Petersburg. Bis 1882 Studium am dortigen Lehrerseminar, dann fünfundzwanzig Jahre als Lehrer tätig. Ab 1884 Veröffentlichung von Gedichten, ab 1896 auch teils phantastische Erzählungen und Romane sowie Dramen. Theoretiker des Symbolismus. Nach der Oktoberrevolution, die er ablehnte, weniger Schaffensmöglichkeiten. 1918 im Bund der Literaturschaffenden zum Ratsvorsitzenden gewählt. 1921 Ausreisegenehmigung verweigert. 1920-23 Publikation einiger kleiner Gedichtbände zu symbolistischen Themen und Motiven. Lebte von Übersetzungen (u. a. Voltaire, Baudelaire, Rimbaud, Verlaine, Heine, Wilde).

Andrejew, Leonid Nikolajewitsch (1871-1919)
1891-97 Jurastudium in St. Petersburg und Moskau. Danach kurze Zeit als Anwalt tätig. 1898 erste Veröffentlichungen (Feuilletons und Gerichtsreportagen). Bekanntschaft mit Maxim Gorki, der seine Werke im Verlag Snanije edierte. Zahlreiche Erzählungen und Stücke. Zunächst Thematisierung alltäglicher Probleme, dann – bedingt durch das Erlebnis des Russisch-Japanischen Krieges 1904/05 – verstärktes Interesse für die ethische und philosophische Dimension des menschlichen

Seins, dessen irreale Seiten durch groteske und hyperbolische Elemente im Geiste des Existentialismus gestaltet werden. Einer der beliebtesten Autoren seiner Zeit, büßte jedoch durch seine Unterstützung des Weltkrieges an Popularität ein. Nach der Revolution Emigration nach Finnland.

Grin, Alexander (eigentl. Grinjewski, A. Stepanowitsch, 1880-1932) Sohn eines polnischen Adligen, der wegen seiner Teilnahme am polnischen Aufstand von 1863 als Sechzehnjähriger nach Sibirien verbannt wurde. Vier Jahre Schulbesuch, danach ab 1896 abenteuerliches Wanderleben. Aufgrund illegaler Tätigkeit für die Partei der Sozialrevolutionäre nach 1903 mehrfach verhaftet und verbannt. Flucht. Die erste, anonym veröffentlichte Erzählung (1906) wird konfisziert. Neben kurzen, realistischen Erzählungen zu politischen und alltäglichen Themen romantische Novellen, die in einem zunehmend phantastisch-exotischen Ambiente (später als »Grinland« bezeichnet) angesiedelt sind. In den 1914-17 entstandenen Werken herrscht – geprägt durch persönliche Krisen und die Erfahrung des Krieges – das Böse, Irreale, Rätsel- und Wahnhafte. Nach 1917 heftige Attacken der dogmatischen sowjetischen Kritik gegen die phantastischen, von aktuellen Bezügen freien Geschichten. 1923 Roman »Purpursegel«. 1927-30 Publikation von neun Bänden einer auf fünfzehn Bände konzipierten Werkausgabe. Lebte ab 1924 am Schwarzen Meer und erlag dort 1932 einem Krebsleiden.

Sosulja, Jefim Dawydowitsch (1891-1941) Entstammt der Familie eines kaufmännischen Angestellten. Kindheit in Łódź und Odessa. Ebd. ab 1911 als Journalist tätig. 1914-18 in Petrograd ansässig (mehrere Jahre als Redaktionssekretär in der Zeitschrift »Nowy Satirikon«), ab 1919 in Moskau. Dort 1922 an der Gründung der Zeitschrift »Ogonjok« (»Feuerchen«) beteiligt. Hielt sich abseits von literarischen Gruppierungen, engagierte sich jedoch beim Aufbau des sowjetischen Presse- und Verlagswesens. Ab 1923 zunehmendes Interesse der Öffentlichkeit für sein Werk, u. a. für die 1918/19 entstandenen phantastisch-grotesken Kurzgeschichten und satirisch-sozialphilosophischen Märchen. 1933 Biographie von Jonathan Swift (zusammen mit Alexander

Deutsch). Ab Mitte der 30er Jahre weniger eigene Werke; Nachdichtungen georgischer, armenischer und kasachischer Dichtungen. 1938 Gründung einer »Produktionsberatung der Novellisten«. 1941 als Freiwilliger an die Front, wo er schwer erkrankte und starb.

Samjatin, Jewgeni Iwanowitsch (1884-1937)
1902-08 Studium der Schiffbautechnik am Polytechnischen Institut St. Petersburg. 1905 als Mitglied der bolschewistischen Fraktion der russischen Sozialdemokraten verhaftet. Ab 1908 literarische Veröffentlichungen; 1913 aufgrund der antimilitaristischen Tendenz des Kurzromans »Am Ende der Welt« vor Gericht. 1916-17 als Schiffbauingenieur in England tätig. 1919-22 Leiter von Kursen des Literaturstudios im Petrograder »Haus der Künste«; wesentlicher Einfluß auf die Gruppe der »Serapionsbrüder«. Wiederholt publizistische Kritik an der Stagnation der Gesellschaft (»Entropie«) und der Tabuierung bestimmter Themenbereiche. Sein Hauptwerk, die Antiutopie »Wir«, erscheint in der Sowjetunion erst 1988. Auch Stücke (u. a. »Der Floh«, 1925, nach Nikolai Leskows »Linkshänder«). 1929/30 neben Pilnjak Opfer einer heftigen offiziellen Kampagne aufgrund der Publikation von »Wir« im Ausland. Ersucht 1931 in einem Brief an Stalin um die Bewilligung zur Emigration, die ihm dank Gorkis Fürsprache gewährt wird. Ab 1932 bis zu seinem Tod in Paris ansässig.

Kosyrew, Michail Jakowlewitsch (1892-1942)
Geboren in der Nähe von Twer. Studium der Ökonomie an der Polytechnischen Hochschule Petrograd. Ab 1914/15 Publikationen in Petrograder Zeitschriften (Verse, später Erzählungen). 1920 in Odessa als Buchhalter, Lektor im Literaturstudio eines Rotarmistenklubs sowie als Redakteur der Literaturbeilage der Zeitung »Proletarij« (»Der Proletarier«) tätig. Ab Herbst 1920 in Moskau ansässig. Publikationen in den Zeitschriften »Dom iskusstw« (»Haus der Künste«) und »Utrenniki« (»Morgenfröste«) und hört dort u. a. Bulgakow. 1923 zusammen mit ihm sowie Sosulja, Pilnjak, Juri Sljoskin und Andrej Sobol Arbeit an einem Kollektivroman. Ende Januar 1923 Lesung aus der 1921 entstandenen und 1991 erstmals veröffentlichten Erzählung »Das Krokodil«. Später auch – im damaligen

Trend – Abenteuerliteratur. Der satirische Blickwinkel auf die sowjetische Wirklichkeit dominiert. 1925 entsteht »Leningrad«, ein – seinerzeit unveröffentlicht gebliebener – satirisch-antiutopischer, den Werken von Samjatin und Platonow vergleichbarer Roman (1991 erstmals erschienen). In den 30er Jahren wenig Möglichkeiten zur Publikation. 1940 Arbeit an dem Roman »Wachstum«, der in seiner Darstellung der russischen Geschichte gängigen Propagandaschemata folgt. 1941 verhaftet, stirbt bald darauf im Gefängnis von Saratow.

Ehrenburg, Ilja Grigorjewitsch (1891-1967)
Verlebte seine Jugend in Moskau. 1908 wegen revolutionärer Aktivitäten Emigration nach Paris. Dort 1910 erste Veröffentlichung (Lyrik) sowie ab 1913 journalistische Arbeiten für russische Zeitungen. 1917 Rückkehr nach Rußland. 1921-41 für längere Zeit und in zunehmend offizieller Mission in Westeuropa (Berlin, Paris, 1936/37 Spanien). Seit 1921 Publikation zahlreicher Romane, meist zuerst in russischen Auslandsverlagen. Im Frühwerk originelle satirisch-ironische Elemente und sprachlich expressive Gestaltung (»Das bewegte Leben des Lasik Roitschwanz«, 1928, in der Sowjetunion verboten); später linientreue Werke der Fünfjahrplan- und Kriegsliteratur, in denen die Grenze zwischen Belletristik und agitatorischem Journalismus fließend ist. Im Zweiten Weltkrieg journalistisch-propagandistische Arbeiten. Engagierte sich ebenso in der Friedensbewegung der Nachkriegszeit wie in der nach seinem Roman benannten, auf Liberalisierung abzielenden »Tauwetter«-Periode nach 1956. 1960-65 Publikation der Memoiren, die ein breites Panorama des kulturellen und politischen Milieus der Jahre bis 1950 zeichnen.

Pilnjak, Boris Andrejewitsch (1894-1938)
Vater Veterinärmediziner in der russischen Provinz. 1913-20 externer Student am Moskauer Handelsinstitut (später Marx-Institut für Ökonomie). 1915 erste Veröffentlichung. Wird durch seine Erzählungen über die Revolution und den formal exzentrischen Montageroman »Das nackte Jahr« (1920) schlagartig berühmt. 1922/23 Reisen nach Deutschland und England. 1924 Roman »Maschinen und Wölfe«. Bis 1924 in Kolomna, südlich von Moskau, ansässig, dann Übersiedlung in

die Metropole. Schillernde Figur des Literaturbetriebs, abseits von literarischen Gruppierungen. 1926 attackiert wegen der Erzählung »Die Geschichte vom nichtausgelöschten Mond«. 1929 neben Samjatin Opfer einer heftigen offiziellen Kampagne wegen der im Ausland veröffentlichten Erzählung »Mahagoni«. Danach Reiseskizzen, Kurzprosa und 1936-37 der Roman »Der Salzspeicher« (veröffentlicht 1990). Im Umfeld der Moskauer Schauprozesse 1937 verhaftet, 1938 unter falschen Anschuldigungen zum Tode durch Erschießen verurteilt.

Bulgakow, Michail Afanasjewitsch (1891-1940)
Geboren in der Familie eines Professors der Geistlichen Akademie Kiew. 1909-16 ebd. Studium der Medizin. Bis 1918 Arzt in der russischen Provinz und in Kiew. Ab 1919 literarisch tätig. Publizierte 1922-24 in der prosowjetischen Zeitung »Nakanune« (Vorabend) und – u. a. zusammen mit Isaak Babel und Juri Olescha – in der Eisenbahnerzeitung »Gudok« (»Signalpfeife«) Feuilletons, Glossen und kurze Erzählungen. 1924 (unvollständige) Veröffentlichung des Romans »Die weiße Garde«. 1925 Entstehung der zu Lebzeiten unveröffentlichten satirisch-phantastischen Erzählung »Hundeherz«. Ab 1926 Arbeit für das Theater, die durch wiederholte Aufführungsverbote torpediert wird. Zahlreiche epische und dramatische Werke bleiben unveröffentlicht. Ersucht 1930 in einem Brief an Stalin um ungehindertes Arbeiten oder die Bewilligung der Ausreise, die verweigert wird. 1930-36 Regieassistent am Moskauer Künstlertheater. Auch Opernlibretti und Übersetzungen. 1936/37 Theaterroman. Schreibt bis zu seinem Tod an dem Roman »Der Meister und Margarita« (1928-40, veröffentlicht 1968). Erblindete 1939 und starb 1940 an einer erblichen Nierenerkrankung.

Krzyżanowski, Sigismund Dominikowitsch (1887-1950)
1907 Abschluß des Gymnasiums in Kiew, dann sechs Jahre Studium an der Juristischen Fakultät. Außerdem Bildung in klassischer Philologie, Geschichte, Astronomie und Mathematik. 1912/13 Studienaufenthalt in Westeuropa (Paris, Mailand, Dornach, Heidelberg); ernsthafte Beschäftigung mit philosophischen Strömungen (Buddhismus, Nietzsche, Avenarius, Anthroposophie, Marburger Schule). Ab 1914 Mitarbeiter bei

Gericht. 1922 Übersiedlung nach Moskau; lebt dort die ersten Monate in existentieller Bedrängnis – ohne Geld, Wohnung, Arbeitsstelle. Dann Annäherung an das literarische Milieu und Publikation einiger Werke. Angebote zur sozialen Integration (z. B. die Vermittlung einer Stelle im Verlag Enziklopedija) scheitern an Krzyżanowskis Unfähigkeit und Unwillen zur sozialen Mimikry. Zahlreiche unveröffentlichte philosophische, satirische, lyrische Phantasmagorien und Parabeln. 1939 Aufnahme in den Schriftstellerverband; dennoch Existenz am Rande der Gesellschaft. 1939 letzte Veröffentlichung zu Lebzeiten (»Der ungebissene Ellbogen«). Ab Ende der 80er Jahre Edition der Hauptwerke durch Wadim Perelmuter.

Platonow, Andrej Platonowitsch (eigentl. Klimentow, 1899-1951) Ab seinem dreizehnten Lebensjahr Hilfsarbeiter, Schlosser, Gießer. 1918-24 Studium am Polytechnischen Institut Woronesch (1919-21 unterbrochen, um in der Roten Armee zu kämpfen); nach Abschluß des Studiums u. a. Meliorationsingenieur und leitender Ingenieur beim Bau eines Wasserkraftwerkes am Don. Ab 1918 Publikation von Lyrik und Prosaphantasien. 1927 Übersiedlung nach Moskau. Zunächst im Volkskommissariat für Landwirtschaft, ab 1928 ausschließlich als Schriftsteller tätig. 1929 scharfe offizielle Kritik an der phantastisch-grotesken Erzählung »Makar im Zweifel«. Im gleichen Zeitraum entstehende Werke wie »Tschewengur« und »Die Baugrube« werden nicht veröffentlicht. Ab Mitte der 30er Jahre vor allem literaturkritische Essays (»Gedanken eines Lesers«, u. a. über Puschkin, Achmatowa, Grin, Hemingway, Čapek). Wegen der Kriegserzählung »Die Rückkehr« (1946) aus dem Schriftstellerverband ausgeschlossen und seiner materiellen Existenzgrundlage beraubt. Starb 1951 verarmt an Tuberkulose.

Tschajanow, Alexander Wassiljewitsch (1888-1939) Entstammte einer Kaufmannsfamilie. 1906-10 Studium am Moskauer Landwirtschaftsinstitut. Bereits als Student Reisen nach Westeuropa. Ab 1909 zahlreiche wissenschaftliche Publikationen und Teilnahme an landwirtschaftlichen Kongressen. Ab 1913 Professur am Landwirtschaftsinstitut in Petrowskoje-Rasumowskoje (später Timirjasew-Landwirtschaftsakademie).

In den frühen 20er Jahren zahlreiche Auslandsreisen. Mitbegründer der ersten sowjetischen Landwirtschaftshochschule und 1922-28 deren Leiter. Parallel zur wissenschaftlichen Arbeit intensive Beschäftigung mit der Moskauer Regionalgeschichte. Sammelte und archivierte Antiquitäten (Stiche, Ikonen, Bücher, Porzellan). Zudem seit der Studentenzeit auch schriftstellerisch tätig (u. a. Prosa). 1912 erste literarische Veröffentlichungen (zumeist unter Pseudonym, z. B. Botanik X, Moskauer Botaniker und Iwan Kremnjow). Zwischen 1918 und 1928 mehrere romantisch stilisierte, von E.T.A. Hoffmann und Alexander Odojewski inspirierte phantastische Erzählungen sowie »Die Reise meines Bruders Alexej ins Land der bäuerlichen Utopie« (1920). 1982 erste Publikation einer Sammlung der – zumeist im Eigenverlag und in kleiner Auflage veröffentlichten – belletristischen Werke. Während der »Säuberung« der Landwirtschaftsakademie im Juli 1929 verhaftet und in einem der ersten Schauprozesse zu fünf Jahren Haft verurteilt. Anschließend nach Alma-Ata verbannt, dort 1937 verhaftet und zum Tode durch Erschießen verurteilt (1939 Vollstreckung des Urteils).

Quellennachweis

Valeri Brjussow, Im Spiegel (*V zerkale*). Deutsch von Margit Bräuer. Aus: Valeri Brjussow, Die Republik des Südkreuzes, Phantastische Bibliothek, S. 7-16. © Rütten & Loening, Berlin 1987.

Fjodor Sologub, Der kleine Mensch (*Malen'kij čelovek*). Deutsch von Eckart Thiele. Aus: Fjodor Sologub, Der vergiftete Garten. Phantastisch-unheimliche Geschichten, S. 117-137. © Der Morgen, Berlin 1988.

Leonid Andrejew, Gullivers Tod (*Smert' Gullivera*). Deutsch von Wolfgang Staerkenberg. Aus: Leonid Andrejew, Gullivers Tod, S. 232-243. © Reclam Verlag, Leipzig 1979.

Alexander Grin, Die vergiftete Insel (*Otravlennyj ostrov*). Deutsch von Ingrid Göhringer. Aus: Alexander Grin, Der Rattenfänger, Phantastische Bibliothek, S. 7-21. © Volk und Welt, Berlin 1984.

Jefim Sosulja, Die Geschichte von Ak und der Menschheit (*Rasskaz ob Ake i čelovečestve*). Deutsch von Marga Erb. Aus: Jefim Sosulja, Der Mann, der allen Briefe schrieb. Erzählungen und Porträts, hg. von Fritz Mierau, S. 190-206. © Der Morgen, Berlin 1981.

Jewgeni Samjatin, Die Höhle (*Peščera*). Deutsch von Marga Erb. Aus: Jewgeni Samjatin, Erzählungen 1917-28, S. 113-126. © Gustav Kiepenheuer, Leipzig 1991.

Michail Kosyrew, Das Krokodil. Drei Tage aus dem Leben des roten Prischtschepowsk (*Krokodil. Tri dnja iz žizni krasnogo Priščepovska*). Deutsch von Dagmar Kassek. © Suhrkamp Verlag, Frankfurt am Main 1997.

Ilja Ehrenburg, Der VKM (*Uskomčel*). Deutsch von Brigitta Schröder. Aus: Ilja Ehrenburg, 13 Pfeifen und andere unwahrscheinliche Geschichten, S. 219-228. © Volk und Welt, Berlin 1984.

Boris Pilnjak, Bräutigam um Mitternacht (*Ženich vo polunoči*). Deutsch von Marga Erb. Aus: Boris Pilnjak, Eisgang. Erzählungen, S. 45-59. © Insel, Leipzig 1981.

Michail Bulgakow, Die Rote Insel (*Bagrovyi ostrov*). Deutsch von Thomas Reschke. Aus: Michail Bulgakow, Hg. von Ralf Schröder, Ich habe getötet. Erzählungen und Feuilletons, S. 53-73. © Volk und Welt, Berlin 1995.

Sigismund Krzyżanowski, Autobiographie einer Leiche (*Avtobiografija trupa*). Deutsch von Hannelore Umbreit. © Suhrkamp, Frankfurt am Main 1997.

Andrej Platonow, Antisexus (*Antiseksus*). Deutsch von Erich Ahrndt. Aus: Andrej Platonow, Die Reise des Spatzen. Erzählungen 2, S. 243-256. © Volk und Welt, Berlin 1988.

Alexander Tschajanow, Julia oder Begegnungen beim Jungfrauenkloster (*Julija ili Vstreči pod Novodevičem*). Deutsch von Dagmar Kassek. © Suhrkamp, Frankfurt am Main 1997.

Trotz intensiver Suche konnten nicht alle Rechteinhaber ausfindig gemacht werden. Berechtigten Ansprüchen kommt der Verlag nach.

Phantastische Bibliothek
in den suhrkamp taschenbüchern

»Phantastische Bibliothek« – das ist Verzauberung der Phantasie, keine Betäubung der Sinne, sondern Öffnen der Augen als Blick über den nächsten Horizont ins Hypothetisch-Virtuelle. Das Zukünftige verbindet sich mit dem Zeitlosen, rationales Kalkül steht neben poetischer Vision, denkbare Wirklichkeit und analytischer Blick in menschliche Abgründe neben Wunsch- und Alptraum. Anregend und unterhaltsam ist es immer.

Phantastische Bibliothek
in den suhrkamp taschenbüchern

Phantastische Bibliothek
in den suhrkamp taschenbüchern

252/3/11.95

Phantastische Bibliothek
in den suhrkamp taschenbüchern

252/4/11.95

Phantastische Bibliothek
in den suhrkamp taschenbüchern

252/5/11.95